蜜雅
喜歡音樂的寡言精靈。
U0074668
亞里沙
前庫沃克王國公主，
前世為日本人。
慶祝新年，品嘗節慶料理！

興奮不已地準備
幼年學校的
遠征實習——!!
小玉
貓耳族少女。
莉薩
橙鱗族少女。
波奇
犬耳族少女。

爆肝工程師的異世界狂想曲
18
Kadokawa Fantastic Novels

露露
出身於庫沃克王國，
亞里沙的姊姊。
娜娜
面無表情的魔造人。
佐藤
闖進異世界的三十歲左右
程式設計師。

爆肝工程師的異世界狂想曲

18

愛七ひろ

Death Marching to the Parallel World Rhapsody

Presented by Hiro Ainana

Kadokawa Fantastic Novels

插畫／shri

C O N T E N T S

Death Marching to the Parallel World Rhapsody

新的一年

「我是佐藤。雖然小時候過新年總是排滿行程，但出社會以後因為年底工作大多都會忙到除夕，因此經常在睡夢中度過元旦。」

「久等了，蕎麥麵煮好了喔～」

擺動著亮麗黑髮走進王都宅邸飯廳的，是美到就連傾城這個詞彙都無法完整形容的和風美少女露露。一身圍裙的打扮非常適合清秀的她。

女僕們跟在露露身後，一個接一個地將散發鰹魚高湯香氣、裝著蕎麥麵的餐具擺在桌子上。從湯汁的色澤和香氣來看，今天的蕎麥麵似乎是關西風格。

「等好久了！果然除夕夜就是該吃跨年蕎麥麵呢！」

擺出彈手指動作的，是露露同父異母的妹妹，同時也是轉生者的幼女亞里沙。平時藏在金色假髮底下的淡紫色長髮，現在正隨亞里沙的動作輕輕地搖晃著。

「嗯，重要。」

對亞里沙點頭同意的人是蜜雅。從她那綁成雙馬尾的淡藍綠色頭髮中，可以窺見精靈具標誌性的微尖耳朵。

由於數百年前似乎有個叫「大作」的勇者在她的故鄉波爾艾南推廣日本文化，因此她對「跨年蕎麥麵」這個習慣並不覺得稀奇。

「食材很樸素，我這麼報告道。」

說話方式獨特、目不轉睛看著僅添加碎青蔥蕎麥麵的人，是金髮巨乳美女娜娜。身為魔法人造生命體的她雖然只出生一年左右，已經擁有猶如高中生般的外表。

「配菜好像是另外放喔。」

莉薩瞇起眼睛聞著鰹魚高湯的香味，朝女僕們接著推來的下一臺推車看了過去。

橙鱗族的莉薩有著朱紅色的頭髮，頸部與手腕上都生有如同蜥蜴般的橙色鱗片，腰際還長著一條形狀細長、覆有同色鱗片的尾巴。

「是肉喲！」

留有一頭茶色鮑伯頭短髮、長著犬尾跟犬耳的幼女波奇，雙眼發光地指著裝滿鹹甜風味薄切肉片的大盤子。

「炸蝦也Big～？」

身旁是留有白色短髮，並有貓耳與貓尾的幼女小玉。她在看到與肉盤並列的炸蝦天婦羅及炸什錦的盤子後，露出了燦爛的笑容。

「可以自由選擇配菜喔。」

露露這麼說完，在盤子旁邊放了幾個夾子。

「Great～？」

「波奇選肉喲！」

用肉片塞滿整碗蕎麥麵後，小玉與波奇的表情顯得十分雀躍。小玉的尾巴高高豎起，波奇則是以彷彿會將它甩斷的力道搖著尾巴。

「莉薩也吃肉就行了嗎？」

「是的，非常感謝。」

而莉薩雖然一臉淡然地接過肉片蕎麥麵，但她的尾巴宛如在顯示出她的心情一般有節奏地晃動著。尾巴還真誠實。

「那我就選正統派的炸蝦天婦羅吧。」

「我要加了大量蘑菇的炸蔬菜。」

亞里沙和蜜雅也紛紛把天婦羅盛在蕎麥麵上。

「我也選擇傳統款式好了。」

「那我也一樣。」

見我拿起炸蝦天婦羅，露露也高興地選了同樣的東西。

「娜娜要什麼呢？」

「我選擇基本款。」

「意思是只要一開始的蔥末就好？」

「是的，主人。小小的蔥很可愛，我這麼告知道。」

原來如此，很像娜娜喜歡可愛嬌小事物的風格。

「那麼，主人。請說點什麼吧。」

亞里沙突然開口要我演說，這肯定是她一時興起想到的吧。

「大家辛苦了。雖然今年發生了像是被捲進魔族製造的迷宮，或是與魔王戰鬥等各種各樣的事——」

最重要的是今日白天與「魔神的產物」之間的激戰。

巴里恩神國的霍茲納斯樞機卿好死不死利用了在除夕舉行的驅魔儀式，用以召喚「魔神的產物」以及魔族的軍隊，想藉此毀滅希嘉王國的王都。

在夥伴們的活躍下，我們擊退了魔族軍隊，也在剛好在場的王祖大和與天龍的協助下解決了三隻「魔神的產物」。

雖然不久前我們還在為了收拾殘局和救助行動而留在王城，但現在已將所有需要幫助的人救出，阻塞主要道路的瓦礫也清除完畢，因此我們便將後續交給了官方機構並回到這裡。

「——能像現在這樣沒受重傷，健康地一起跨年實在是太好了。大家要好好注意身體，明年也開開心心地度過每一天吧。」

我簡單地結束演說，夥伴們以莉薩為首，紛紛精神飽滿地回答了「是」。

「好了，開動吧。難得吃蕎麥麵，要是泡爛可就浪費了。」

見我這麼開口催促，大家隨即一如往常地以亞里沙那句「我開動了」當作信號開始享用蕎麥麵。

「吃麵的人冷靜不下來喲。」

「滑溜溜～？」

波奇和小玉無法順利用筷子夾住蕎麥麵而陷入苦戰。雖然她們用筷子的技巧已經進步許多，似乎仍然難以夾起又細又滑的蕎麥麵。

「波奇、小玉，這裡也有叉子喔。」

「不行喲，那樣就輸了喲。」

「戰鬥到勝利為止～？」

即使露露看不下去地將印有肉球花紋的叉子遞給她們，兩人似乎依然決定用筷子與蕎麥麵奮戰。或許是因為從側面勉強舉起蕎麥麵來吃的緣故，兩人的頭髮都沾到蕎麥麵的湯汁。

之後叫她們去洗個澡吧。

這麼想著的同時，我也將筷子伸向蕎麥麵。

「嗯，好吃。」

嘴裡充滿了蕎麥麵的風味。

雖然酥脆的炸蝦天婦羅也不錯，但因為蕎麥麵湯汁而變得柔軟的炸蝦有著獨特的味道和口感。

連同化開的炸蝦外衣一起喝下溫熱的湯汁，會有一種從身體內部變得暖和的感覺。

「今天的工作結束了，妳們也來吃吧。」

我也招呼在牆邊待命的女僕們一同享用蕎麥麵。

雖然女僕長拚命婉拒，但我用今天是特別的日子這個說法說服了她。無論如何，即使王都面臨滅亡危機，她們依舊願意留在這裡守護宅邸，因此我認為一起享用美味的蕎麥麵也沒什麼關係。

「——或許這就是王都沒有麵食文化的理由也說不定。」

見女僕們戰戰兢兢地吃著蕎麥麵，亞里沙悄悄地對我說道。

似乎是對用力吸取蕎麥麵的用餐方式有點抗拒，女僕們採用捲在叉子上或是同時連同湯汁一同飲用的用餐方式。

當蕎麥麵的容器空空如也，放在盤子上的配菜也都進入獸娘們和女僕們的胃裡時——

「叮咚～？」

小玉的耳朵敏銳地聽見遠處傳來的報時鐘聲。

「莉薩小姐，把窗戶打開。」

在莉薩聽從亞里沙的要求打開窗戶後，即使不用順風耳也能聽到鐘聲。

「雖然聲音感覺有點西式，但這也算是『除夕鐘聲』吧。」

亞里沙聆聽著鐘聲摸了摸肚子。

「新年快樂！今年也請多多指教啦！」

「**新新**快樂喲。」

「指教～？」

亞里沙開口向我和夥伴們問候，而夥伴們也用不清楚「新年快樂」意思的感覺回應了她的新年問候。畢竟亞里沙老是毫無預警地散播日本文化，大家似乎早就習以為常了。

「主人，機會難得，我們一起去新年參拜吧！」

「新年參拜～？」

「要去神社喔。」

亞里沙回答歪頭表示不解的小玉。

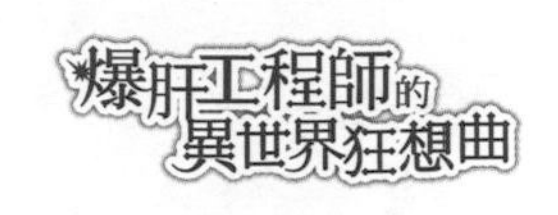

「希嘉王國也有新年參拜的習俗嗎？」

「雖然不知道新年參拜是什麼，不過聖留市好像也會在跨年時前往神殿獻上祈禱。」

接著莉薩補充了一句「雖然沒有參加過」。

「那麼，大家一起去新年參拜吧。」

雖然離這裡最近的是巴里恩神殿，但從地圖上來看，那裡似乎因為樞機卿的緣故而被衛兵與騎士們包圍調查著。

儘管有點遠，但還是去特尼奧神殿比較好吧。

「啊，在那之前——」

我從胸前口袋拿出幾個紙袋。

「難不成是壓歲錢！」

「沒錯。」

「裡面應該不是年糕吧？」

「我才不會做那種麻煩事。」

雖說壓歲錢的起源似乎來自年糕，但我可沒有閒到為了這種事而刻意去搗年糕。

而波奇和小玉嘴上說著「年糕很好吃喲？」、「美味～？」地向亞里沙提出抗議。

總之，我逐一將壓歲錢發給大家。

得好。

「感謝～？」

「太好了喲！」

「感謝主人，我這麼告知道。」

夥伴們異口同聲地向我道謝並收下壓歲錢。

壓歲錢裡面裝著一枚金幣與賀年卡。雖然這麼做有點害羞，但我認為這樣比只放錢要來得好。

看著賀年卡的夥伴們嘴角逐漸上揚。

嗯，這麼做真是太好了。

「那、那個，也有我們的份嗎？」

「這是我對大家工作表達的感謝心意，希望妳們別客氣，收下來吧。」

我也將壓歲錢發給女僕們，金額跟夥伴們一樣，唯獨女僕長稍微多了一些。

「「「非常謝謝您，老爺。」」」

女僕們猛然低下頭向我道謝。

接著悄悄地看了看紅包袋裡面，隨即開心地發出尖叫聲而被女僕長訓斥了一頓。不過女僕長臉上也不見平時的嚴肅表情，嘴角微微揚起，她大概也跟女僕們抱持著同樣的想法吧。

接著我告知女僕長今晚不需要守夜，同時允許女僕們下班回家。

當然，由於夜路很危險，因此我也同意想留下來的人可以在客房過夜。

而包括女僕長在內，似乎有大約一半的人打算留下，於是我將宅邸交給她們，自己則和夥伴們一同出門新年參拜。

◆

「行人還挺多的呢。」

正如亞里沙所說，有許多拿著燈籠和燭臺的人走在路上。

今天由於「紅繩魔物」的騷動導致路面到處都凹凸不平，因此包含我們在內，街上見不到乘坐馬車的人。

「嗯，大家的目的地似乎都是神殿。」

「肯定很不安吧。」

露露和莉薩閒聊著這類話題。

到達特尼奧神殿入口，看起來感到不安的人們排成隊伍。

年輕神官們一一跟隊伍裡的人搭話，同時向湊近的人們施加「祝福」和「慈愛」等神聖魔法讓他們冷靜下來。

因為是貴族住宅區，隊伍裡的人都是貴族家的傭人以及跟我同樣屬於名譽士爵的下級貴族。而看似富裕的永代貴族及其家人似乎不用排隊就能直接進入禮拜堂。

「好香的味道～？」

「是蕎麥麵的香味喲。」

「哈哈哈，分發蕎麥麵的人在禮拜堂的另一邊喔，再忍耐一下吧。」

排在前面的人聽見小玉與波奇用鼻子聞了聞之後說的話，笑著回應道。

這也算是「跨年蕎麥麵」的一種嗎？

「哦，輪到我們了。」

前面的人將賤幣或銅幣投進入口處神官拿著的箱子裡。

「不好意思，我們是第一次參加新年參拜，請問這是在做什麼呢？」

因為沒有頭緒，所以我直接向神官詢問。

「這叫做香錢，是只在由王祖大和尊者創立的希嘉王國流傳的風俗，因此您可能不清楚也說不定。」

香錢——香油錢嗎？

由於我只在王都的巴里恩神殿捐過錢，因此我把大約裝著二十枚金幣的小袋子放進神官拿著的箱子裡。

雖然有點多，但由於白天的事件，神殿也因為進行賑濟和復興支援而多了不少開銷吧。

「這、這是！真是失禮了，您是希望特殊參拜的貴人嗎？」

大概是看到絲綢袋子的緣故，神官誤以為我們是希望特殊參拜的人。

我們說了句：「不是，普通參拜就行了。」就進入禮拜堂。

內部構造與公都的特尼奧神殿大致相同，許多人跪在位於禮拜堂深處的聖印前虔誠地獻上祈禱。

畢竟才經歷過早上被魔族軍隊及「魔神的產物」覆蓋整座王都上空的事件，我能理解他們想依靠神的心情。

我們也混在其中獻上祈禱，接著從與進來時不同的大門離開。

「主人許了什麼願望？」

「大家身體健康跟闔家平安吧。亞里沙呢？」

「希望能早點跟主人卿卿我我——」

由於沒有那種打算，於是我隨口說了一句「這樣啊」敷衍過去，接著問起其他孩子。

雖然亞里沙在後面說著「你這冷淡的反應會讓我上癮～」之類的蠢話，但要是做了回應她似乎會很開心，於是我假裝沒聽見。

「波奇希望能吃到很多肉喲！」

「小玉也是～」

「希望能接觸到許多幼生體，我這麼報告道。」

「我則是希望大家健康──剩下的是祕密。」

「我也差不多。」

雖然波奇、小玉與娜娜在我的預料之中，但露露和莉薩卻紅著臉蒙混了過去。

亞里沙說了句「很令人在意耶～」逼迫兩人從實招來。「會替妳們保密啦！」這種話感覺很明顯就是不會遵守約定的前兆。

「蜜雅呢？」

「沒有。」

「咦，真的沒有任何願望嗎？」

「嗯。」

蜜雅點頭回應亞里沙的問題。

「不對喔，神並非是用來實現願望，而是應該說「謝謝」來感謝自己能幸福度日的存在。是真的喔？」

蜜雅長篇大論起來。

大概是在說對精靈們而言，神並不是能夠實現願望，而是守望著他們的存在嗎？

「主人，這邊喲！」

「Hurry up～？」

波奇和小玉用力揮著手。

她們兩人站在院子裡，對面似乎正在分送暖烘烘的湯。

「麵疙瘩？」

「原來是把蕎麥麵團加進湯裡面啊。」

那是一種將蕎麥製成的麵糰搓成麵疙瘩的料理，跟被稱為蕎麥年糕湯的料理很相近。

雖然才剛吃過跨年蕎麥麵，難得有人在分送祈福的食物，因此我決定陪大家一起享用。

◆

「真棒的櫻花。」

結束新年參拜，哄夥伴們睡著後，因為覺得難以入眠，我獨自在院子裡喝著酒欣賞夜櫻風流了一番。

雖然院子裡的櫻花很漂亮，但遠方被燈光照亮的王櫻更充滿了幻想之美。

「——嗯？」

當我無意間檢查起今天的戰鬥紀錄時，發現了令人在意的字樣。

V特殊能力「單位配置」已有效化。

我打開主選單確認。

原先顯示為灰色而無法點選的「單位配置」現在能夠選擇了。

特殊能力——是獨特技能啊。

突然變得能夠選擇的理由，正常來想肯定是因為打倒了「魔神的產物」吧。

我一瞬間回憶起被神劍神氣侵蝕的漆黑左手，但我無論如何都不想認為那就是關鍵。若真是如此，感覺我會產生「只要讓神氣侵蝕右手，該不會連『製造單位』也能解放吧」這種危險的想法。

「主人，您睡不著嗎？」

當我獨自對著夜櫻飲酒時，莉薩向我搭話。

我關掉主選單，朝莉薩舉起酒杯說：

「我稍微欣賞一下櫻花再去睡。」

雖然認為不會再有事發生，但能夠引發那種大事件的傢伙或許還有什麼陰謀也說不定。

我想稍微再繼續以監視的名義享受名酒和夜櫻。

「莉薩要來一杯嗎？」

莉薩有個一旦喝醉就會睡著的酒癖，因此無法在戶外邀她喝酒，但在這裡喝的話我就能把她送回床上，於是試著邀請了她。

「那我不客氣了。」

莉薩放下長槍坐在我身旁。

接著從我這裡接過酒杯，津津有味地一飲而盡。

「還要再來一杯嗎？」

「好。」

我一邊跟莉薩喝起希嘉酒，一邊稍微聊起今後的事。

像是關於爵位、出人頭地、解放奴隸身分，以及將來的希望等話題。在酒精的幫助下，聊起了清醒時難以啟齒的真心話。

「我的長槍是為了主人而存在的。倘若您允許，直至這副身軀腐朽，我的忠誠和靈魂都會陪著主人——」

不勝酒力的莉薩說完這些話之後，在我回答之前就拿著酒杯睡著了。

晚安，莉薩。今後也請多多指教。

◆

「好了，在這裡驗證應該沒問題吧。」

把莉薩搬上床後，我為了驗證「單位配置」來到建在王都附近的祕密基地。

主選單的備註欄上寫著「單位配置：將我方成員重新配置在己方區域」這種過於簡略的說明。

「總之，先從魔像開始吧。」

我用土魔法「地隨從製作」打造預設的魔巨人。

「單位配置——」

這麼說出口的同時在心中默念，只見魔巨人迅速轉移到我身邊。

沒有消耗魔力，也絲毫沒有疲憊感。

用魔像試了幾次之後，接下來我試著用「單位配置」轉移透過召喚魔法「蝙蝠召喚」召來的小蝙蝠，過程依然非常順利。感覺無論對象是生物或魔像都沒什麼區別。

「那麼能不能連自己也轉移呢——成功了。」

跟歸還轉移不同，不僅感覺不到魔力流動，也沒有扭曲空間的那種獨特感受。

多萊雅德的「妖精之環」與祕密基地的轉移鏡都會產生跟歸還轉移一樣的觸感，所以單位配置似乎是採取和空間魔法不同的轉移方式。

「而且，似乎有點延遲呢。」

或許是因為還不習慣，轉移完成之前會產生些許延遲。近距離的話目前還是縮地或閃驅比較好用，這項技能在有許多障礙物的地方或許會很寶貴吧。

「能用地圖選擇移動地點嗎——」

我試著在相同地圖內進行移動。

「沒有問題。其他地圖也行嗎？」

我接著切換地圖檢查一下。

「唔嗯……能移動的地點似乎有限。」

隨後檢查起可以移動的場所。

由近到遠來看，包括現在所在的地圖全域、王都宅邸、各個地區的大部分轉移點、迷宮都市的宅邸和安養院、探索者學校、蔦之館、賽利維拉迷宮內的別墅和溫泉、大沙漠的大多數區域、波爾艾南之森的樹屋，以及「龍之谷」的所有區域吧。南洋的拉庫恩島則並未包含在內。

差不多弄懂判定為我方領域的規則了。

似乎是以支配源泉的地圖所有區域，以及屬於自己的建築物來進行判定。

從沒有用石製結構物打造建築物的王城涼亭，以及迷宮內幾個零散的地點都不屬於轉移地點來看應該沒錯。

接著我來到王都試了一下，發現無法移動到王都宅邸和越後屋商會中建築物以外的地方，看來即使是同一張地圖，也無法移動到支配領域外。

若是在目視範圍內，就算想轉移到支配領域外的區域也沒問題。

「長距離移動沒問題吧？」

我試著用「單位配置」從王都宅邸移動到大沙漠西側。

眼前瞬間就變成夜晚的沙丘。

「唔嗯，沒有冷卻時間也不會消耗魔力——這會不會太方便了？」

而且還不會感到疲勞。如果要長距離移動，只要有這項獨特技能就很夠了。

雖然有我方領域這個條件，但只要用「石製結構物」或「製作住宅」隨便蓋個建築物就行，再說這個世界到處都是無主空地。實際上，只要是去過一次的地方，幾乎就能無限制地來回。

「問題在於——」

這麼做真的沒有任何代價嗎？

雖然同為獨特技能的「主選單」沒有任何風險，但亞里沙那類轉生者的獨特技能要是使用過頭，將會傷害「魂器」，可能有最終變成魔王的危險性。

依照隱居在迷宮下層的轉生者唯佳和骸的說法，主動技能比被動技能危險，而一擊必殺系和突破極限系的獨特技能又比主動技能更加危險。

與可以算是被動技能的「主選單」不同，「單位配置」毫無疑問是主動技能。

還是別太過樂觀比較好。

萬一魔王佐藤真的誕生，那就真的是世界末日了。

要是感覺到任何異狀就立刻結束測試吧。

「最後再做個實驗就回去吧。」

我搖搖頭甩掉睡意，使用單位配置將自己移動到距離大沙漠西邊最遠的「龍之谷」。

眼前出現了天剛亮的荒野。

「真是好久沒來——唔喔喔喔喔喔喔喔喔喔喔。」

話還沒說完，一股龐大的魔力流進我的體內。

這是什麼？

視野變成了彩虹色。

糟糕，再這樣下去身體會從內側開始崩壞——

「——主人！我說主人！」

突然消失的視野瞬間恢復。

眼前是淚水流個不停的亞里沙。

「怎麼了，亞里沙？」

聲音有點沙啞。

腦袋還昏沉沉的。

「這裡是？」

「是祕密基地！因為主人直到早上都沒有回來所以過來看看，結果發現你倒在這裡！不管怎麼搖你都沒醒來，我還以為你死掉了！」

亞里沙緊貼在我身上，我摸了摸她的後背。

這麼做了之後，我的意識也漸漸變得清晰。

我的記憶在因為單位配置的實驗轉移到「龍之谷」後龐大的魔力流進體內，正感到不妙的時候中斷了。

看來是我在即將失去意識之前，用單位配置移動到了這裡。

我認為自己會選擇這裡，是因為即使有個萬一，受害程度也比較小，而且夥伴們還有可能會來的緣故。

「抱歉。因為學到了新的轉移系獨特技能，所以實驗了一下。」

從我口中得知技能效果之後，眼眶含淚的亞里沙怒髮衝冠，氣勢洶洶地發起火來。

「竟然亂用不知道使用次數限制的主動型獨特技能，你到底在想什麼啊！」

「抱歉，我在反省了。」

畢竟因為這項過於方便的技能變得有點興奮也是事實，於是我坦率地道了歉。

我一邊哄著亞里沙，一邊檢查起ＡＲ顯示的紀錄。

從紀錄上來看，我在「龍之谷」沒有遭到任何人攻擊的痕跡。

另外留下了打敗「魔神的產物」後獲得的空白技能不知為何有效化的紀錄。

當我因為魔力流入體內而痛苦萬分時，主選單也對我混亂的意識產生反應而不停地開關，一定是當時操作失誤才將它有效化的吧。

由於主選單的技能一覽最下方又多出一個空白技能，於是我立刻將功能關閉。

「真是的，真的要小心點啦！假如要做實驗，記得先找我借『魂殼花環』喔。」

「嗯，我會的。」

跟亞里沙約好不再亂用單位配置後，我們一起回到了王都宅邸。

我在王都宅邸的私人房間更換禮服，同時思索起在「龍之谷」發生的事。

用單位配置轉移到「龍之谷」後，突然有股龐大的魔力流入體內。

雖然這個過程讓我感覺到了死亡的危險，但從紀錄來看並沒有受到攻擊的跡象。

單位配置不消耗魔力，因此使用過度導致這個情況發生的可能性應該很低。

這麼一來，那個並不是攻擊，而是我無法控制住從「龍之谷」源泉流入的龐大魔力的可能性比較大。

但是，我當初剛來到這個世界，支配完「龍之谷」的源泉時還很正常。

說不定是被放置了將近一年、匯聚了龐大的魔力，才會導致遇到那種事，不過我提不起勁去確認。雖然一開始做好準備的話或許能控制住，但我完全不想再經歷那種身體從內部被撕裂開來的感覺。

今後如果不是非常必要，還是別去「龍之谷」好了。

◆

「「「為您獻上新年祝福。」」」

我換好為了新年而準備的禮服來到客廳，女僕們便排成一列齊聲向我打招呼。

這好像是這個國家的新年賀詞。

「希望大家也能過個好年。」

正當我不清楚該如何應對時，莉薩替我做出了回答。我也模仿她慰勞起女僕們。

「莉薩，妳竟然在這裡啊！主人，等一下早餐就好了喔。」

此時亞里沙連忙闖了進來，並且帶走莉薩。

遠處傳來了熱鬧的聲音。

等了一會兒之後，夥伴們換好衣服走進房間。

「鏘鏘——！」

「叮咚鏘～？」

「輕飄飄的禮服喲！」

「振袖。」

「嗯，大家都很可愛喔。」

亞里沙、小玉和波奇三人穿著振袖和服擺起姿勢；蜜雅則是用手上常用的魯特琴演奏起新年電視節目中常聽到的樂曲。

關於振袖和服的花紋，亞里沙是薔薇、蜜雅是百合、波奇和小玉的是混入少量肉球圖案的櫻花。布料好像採用了個人喜好的顏色。

「主人，這樣會不會很奇怪？」

「一點都不奇怪，非常適合喔。」

露露挑的似乎是天鵝花紋。是從醜小鴨聯想過來的嗎？

「我真的可以穿這麼華麗的服裝嗎？」

「那當然啊。雖然平時威風凜凜的服裝也很合適，但配上這種華麗的服裝也非常相襯，一直穿也沒問題。」

莉薩是牡丹花紋的振袖和服。雖然有點害羞，但看起來並不討厭。

「主人，希望你誇獎我，我這麼懇求道。」

「很漂亮喔，像是哪裡來的大小姐一樣。」

身穿小雞花紋振袖和服的娜娜晃了晃頭上的髮飾。

稱讚完夥伴們的振袖打扮後，我們便前往飯廳享用早餐。

「哦，Amazing～？」

「是大餐喲！」

見到擺在飯廳的節慶料理，夥伴們紛紛興奮起來。

桌上是露露以精靈村落與歐尤果克公爵領的貪吃鬼貴族羅伊德侯爵以及何恩伯爵提供的

食譜為基礎，重現的許多節慶料理。

由於過於忙碌，我幾乎沒有幫上忙，因此很期待味道究竟如何。

「沒想到連頭尾俱全的鯛魚都有，挺機靈的嘛！」

「這道菜有寫在何恩伯爵大人的食譜上喔，據說是吉利的食物。」

見亞里沙高興地拍起手來，露露也面帶笑容地回答。

「這邊的大蝦是做成生魚片呢。」

「因為太大了。也用比較小的種類做成了烤蝦喔。」

畢竟是大小有龍蝦三倍大的新鮮蝦子，用一般方式燒烤很浪費吧。

接著一如往常，大夥以亞里沙說出「我開動了」當作信號，開始享用節慶料理。

「火腿火腿火腿～？」

「厚厚的烤牛肉大明神也很棒喲。」

小玉和波奇一如既往地以肉類為主。

我為了潤喉，先是嘗了一口白味噌年糕湯。

「嗯，真好吃。」

細心熬煮的湯汁更凸顯了年糕湯的味道。

煮得恰到好處又鬆軟的芋頭那粘稠的風味，以及每次咀嚼就會碎開的白蘿蔔和胡蘿蔔也

很入味，實在非常美味。

而只放一個的圓形年糕，似乎是為了不要溶進湯裡而採用前幾天搗好的。

「佐藤。香菇、茨菰、黑豆，美味。」

蜜雅將料理塞進我嘴裡。

形狀像蝌蚪的茨菰只有在新年才能見得到，有種結實的獨特口感。

對蜜雅表達了「很好吃喔」的感想後，我轉頭向露露問道：

「真虧妳找得到茨菰這種蔬菜呢。」

「是妮雅小姐送過來的。」

如果是精靈廚師妮雅小姐，擁有能獲得這種罕見蔬菜的管道也不奇怪。

「主人，甜甜的栗子金團也很好吃，我這麼告知道。」

「真的耶。看來沒有加入甜薯，而是全部用栗子做成的呢。」

「是的，因為食譜上是這樣寫的——難道用甜薯做會比較好吃嗎？」

「不是，不同區域有不同的作法，這麼做也不錯吧？」

由於我只在料理漫畫中看過，不清楚詳細內容，於是便像這樣敷衍了過去。

「鱈魚乾還是烹調前更有嚼勁呢。不過味道是煮過比較鮮美，真是難以取捨。」

雖然鱈魚乾在烹煮前硬得不像話，仍然不敵莉薩強韌的牙齒和下顎。

「能吃到昆布捲和頭尾俱全的鯛魚，真的很有過新年的感覺呢。」

吃到各種料理的亞里沙顯得十分滿足。

我也為了稱霸全種類而依序享用料理，最後朝著激戰中的火腿與烤牛肉戰線突擊。雖然筷子暫時在有如野火燎原般的盤子前停了下來，但在女僕們的迅速補充下，我成功達成了稱霸全種類的野心。

放在節慶料理餐盒裡的火腿和烤牛肉，莫名地令人上癮呢。

「真好吃～？」

「非常滿足喲！」

夥伴們滿意地發出讚嘆。

「是啊，都是些非常出色且精緻的料理。謝謝妳，露露。」

「感謝～？」

「謝謝喲！」

莉薩向露露道謝後，以獸娘們為首，大家接二連三地道謝起來。

「我也要道個謝。露露，謝謝妳做的美味食物。」

「嘿嘿嘿，大家能滿意就好。」

露露難為情地露出微笑。

「不過因為太好吃，差點吃太多了。」

亞里沙隔著腰帶拍了拍自己的肚子。

「咦？莉薩妳吃得很少嗎？」

亞里沙看著莉薩扁平的腹部提問。

「不是，我吃了很多東西。」

「說得也是，應該吃了很多才對吧……那為什麼肚子周圍還這麼扁啊？」

「靠氣勢。」

莉薩這麼說完，看著一臉驚訝的亞里沙補充道：

「腹部用力，壓縮胃裡的食物。」

「真、真的假的？」

「是真的。亞里沙只要努力也做得到。」

「不會吧……要是有驚奇人類競賽的話，我肯定會把妳拉過去。」

亞里沙表情驚訝地說出感想。

「波奇跟小玉做不到嗎？」

接著轉向一臉幸福地摸著肚子的小玉和波奇問道。

「喵～？」

「雖然做得到，但是不會做喲。幸～福～的飽足感消失掉很浪費喲。」

小玉也點點頭，比出勝利手勢同意波奇的主張。這樣很有波奇和小玉的風格。

「主人，今天預計幾點出門？」

亞里沙將矛頭指向我。

「『大謁見之儀』下午才會在王都舉行，待會兒去一趟穆諾男爵邸吧。」

等拜年結束後，再跟男爵他們一同前往「大謁見之儀」應該就行了。領主及王都周邊的貴族家主似乎都會在「大謁見之儀」齊聚一堂。我們的升遷和授爵也會在這場儀式中進行。

「ＯＫ，那麼，總之大家先換衣服吧。」

「不穿振袖和服參加嗎？」

「嗯～雖然振袖和服也不錯，但要是在『大謁見之儀』太過顯眼，總覺得會被那些笨蛋貴族糾纏，還是穿普通的禮服吧。」

說得也是。

這場「大謁見之儀」結束後，王城的某座廣場會舉辦成人儀式，剛成年的貴族和平民將會前往參加。

說起成人儀式，即使在日本也是那些想引人注目的青年強烈展現自我的地方；而在成年是十五歲這個正值青春期年齡的希嘉王國，總覺得會更誇張。

越後屋商會販售的華麗首飾和裝飾品似乎也十分暢銷，要是穿著振袖這種稀奇的打扮去的話，應該會如同亞里沙所說的遭人糾纏吧。

「久等了。」

在我想著那些事的時候，亞里沙她們換完衣服回來。

雖然看起來很自然，似乎仍化了一點淡妝。

「來吧，露露！用妳的美少女之力迷倒主人吧！」

「慢、慢著，亞里沙！別推我啦——」

——哦哦。

眼前的她宛如玻璃雕塑的藝術品那般纖細美麗。

話雖如此，仍未給人冷淡的印象。而是適合用「如同水蜜桃般」來形容的嬌嫩美貌。

儘管剛剛的振袖和服也很可愛，但亞里沙認真化的妝與妖精絹製成的白色禮服相輔相成，讓露露的美貌又更上一層樓。

雖然我選了清純系成熟風格的流行禮服當藍本製作，但今天也是露露成人禮的日子，或許做得更成熟一點比較好也說不定。

「等等，主人。看得入迷是無所謂，但露露正感到不安，快點誇獎人家啦。」

「喔喔，抱歉——很漂亮喔，露露。比我至今見過的任何模特兒或偶像都還要美。」

為了避免像是在搭訕，我粗淺地說出感想。

「謝謝您！我很開心能得到主人的稱讚。」

露露露出猶如太陽般耀眼的笑容回答。

要是今天的成人儀式能成為一個難忘的好日子就好了。

◆

「「「為您獻上新年的祝福。」」」

「祝大家也能過個好年。」

當我們前往穆諾男爵的王都宅邸拜年時，以碧娜與艾莉娜為首，男爵家的傭人們用希嘉王國風格的新年賀詞迎接我們，所以我也用剛學到的慣用語做出回應。

「艾莉娜妳們也穿新的工作圍裙嗎？」

「沒錯！啊，但是，只有圍裙的部分是新的就是了。」

「艾莉娜小姐！這種事情不必講出來啦。」

聽到艾莉娜的失言，新人小妹小聲提醒。

「士爵大人，男爵大人正在等您——」

「喔喔，抱歉。我馬上過去。」

我跟艾莉娜她們道別，在侍女的帶領下前往男爵在等待的接待室。

「新快～？」

「多指教喲。」

小玉與波奇見到穆諾男爵後，用才剛從亞里沙那裡學到的詞彙親切地向他打起招呼。

「那是勇者國家的新年問候吧。」

男爵摸了摸兩人的頭這麼說，接著補充一句「新年快樂」。

不愧是研究勇者的權威。

「是該說『新快』嗎？今年也多指教啦。」

「新年快樂。我才該說請多多關照。」

原本坐在穆諾男爵對面的妮娜．羅特爾執政官起身將座位讓給我們，自己則走到男爵身旁就座。

「亞里沙她們的打扮也比平時更漂亮呢。」

「畢竟我們要去授爵，況且還有露露的成人儀式，所以試著努力打扮了一下。」

亞里沙擺了個姿勢回答妮娜女士的問題。

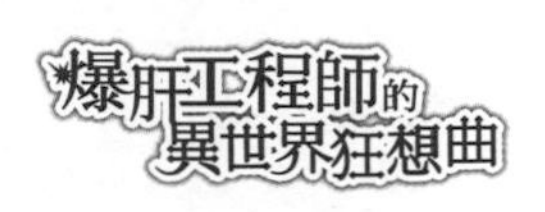

「卡麗娜呢～？」

「她正在裡面的房間梳妝打扮喔。」

見小玉偏頭提出詢問，男爵回答。

雷達顯示卡麗娜小姐的光點正逐漸接近，她似乎換好衣服了。

身著更加高檔禮服的卡麗娜小姐從仍敞開的門走了進來。

她那非常適合用「魔乳」來形容的胸口上，戴著發出藍色光芒、以鐵壁防禦著稱的「具有智慧的魔法道具」拉卡。

「為您獻上新年的祝福。」

朱紅色的禮服與她那縱捲的華麗金髮非常相襯。

那應該是請王都工匠製作的新衣吧，上面的布料是由我提供，來自拉拉基的朱色絹布。

她身上的裝飾品與寶石類我也有印象。看她這麼喜歡還挺開心的。

「Beautiful～？」

「非常非常漂亮喲！」

小玉和波奇開心地在卡麗娜小姐身邊蹦蹦跳跳。

而卡麗娜小姐臉頰泛紅，眼神像是在期待什麼似的注視我。

「新禮服也很適合妳喔。總覺得能在『大謁見之儀』時獨占紳士們的目光呢。」

我一邊這麼說，一邊拿掉沾在她頭髮上的絲線。

「オ、オオオ——才沒那回事呢！」

雖然我只是講些無關痛癢的社交辭令，卡麗娜小姐卻滿臉通紅地衝出房間。

似乎是因為靠太近，導致她感到害羞了。

「卡麗娜～？」

「等等喲！」

小玉和波奇因為擔心卡麗娜小姐而追了上去。

「靠太近了。」

「就是說啊！想示愛應該先找小亞里沙嘛！」

蜜雅和亞里沙開口抗議。

「如果你想追求卡麗娜，我可是非常歡迎喔。」

「嗯，如果是佐藤的話，可以放心把卡麗娜交給你。」

不，我沒有那種打算。

我露出曖昧的笑容帶過兩人說的話，接著將話題轉回「大謁見之儀」上。

「卡麗娜大人和妮娜女士也要去謁見儀式嗎？」

「是啊，通常是由貴族的當家夫人和嫡子等親子一同參加。我原本打算休息準備明天正

式開始的王國會議，卻因為具備名譽子爵的爵位而被命令參加了。」

妮娜補充一句：「這也是任官的辛苦之處。」

「想參加王國會議的話，我可以把你當作執政官助手帶過去喔？」

「不，我心領了。」

「是嗎？因為等你晉升子爵之後必須強制參加，我還覺得趁現在讓你體驗一下應該會很有幫助呢。」

一旦晉身為上級貴族，即使未就任國家重要職位也擁有王國會議的投票權，因此為了有利領地的運營，一般而言都會前往參加。

「請不必擔心，這應該會是最後一次升爵了吧。」

「是嗎？如果是你，總覺得兩三年就會升到子爵呢。」

雖然妮娜女士說得自信滿滿，但晉升成永代貴族這種事，若非情況十分特殊，基本上不可能。

姑且不論晉升成准男爵或男爵，像我這種來路不明的人，理應不可能會升爵到被分類為上級貴族的子爵。

「話說回來，俄里翁大人不在王都嗎？」

因為沒見到曾說會在王都參加成人儀式的俄里翁，於是我向穆諾男爵問道。

「俄里翁決定在公都參加成人儀式。」

「雖然在聽說從公都出發的飛空艇因為空力機關故障，出發日將延後兩天左右的時候，我還在想『真是個不走運的孩子』；但在昨天那件事發生後，我得到了完全相反的感想。」

因為昨天的大事件，飛向王都的飛空艇聽說全部掉頭回公都了。

妮娜女士接著說：「俄里翁公子說不定是帶著好運出生的。」

由於侍女前來通知時間差不多了，於是我帶著大家前往玄關。

「出發吧，主人！」

亞里沙挽住我的手臂。

「啊，很快就不能再喊『主人』了呢～」

「為什麼～？」

「因為授爵之後就不再是奴隸了吧？那麼一來就必須把稱呼改成『老爺』之類的才行，不是嗎？」

聽亞里沙這麼說，獸娘們露出大受打擊的表情。

「失望～？」

「無、無論如何，都不行喲？」

小玉和波奇像是在求助似的環顧四周。

「妮娜女士，這方面應該怎麼做呢？」

「嗯？你說稱呼嗎？雖然叫什麼都行，但還是別用『老爺』當作稱呼吧。可能會被誤以為是家裡的傭人。」

這麼說來，我家的女僕們好像都叫我「老爺」呢。

「那麼，一般而言都怎麼稱呼呢？」

「如果是指佐藤，大概就是『士爵大人』或『潘德拉剛大人』之類的吧？」

「咦——總覺得很見外耶。」

的確給人疏遠的印象。

「那麼，繼續保持『主人』的稱呼不就行了？」

「咦？可以嗎？」

「嗯，奴隸被解放後依然用『主人』稱呼對方是很常見的事。如果妳們不打算隱瞞自己原本是奴隸這件事，保持那樣也沒關係。」

聽了妮娜女士的發言，獸娘們的表情變得開朗起來。

「太好了～？」

「波奇維持原樣就好喲！」

「主人，我今後可以繼續叫您『主人』嗎？」

我用「如果想這麼稱呼的話當然可以」向表情一臉認真的莉薩表示同意。

「亞里沙和露露想怎麼做呢？」

「當然是維持『主人』的稱呼就好了呀。我預計將來你娶了我之後，再開始叫『老公』或『達令』。」

拜託別叫達令。

總覺得會陷入賭上星球命運玩起捉迷藏的狀況。

「我也跟大家一樣就好。」

最後露露這麼說。

看來她們似乎會用原本的方式稱呼我。

我們和樂融融地分別搭上數輛馬車，跟著穆諾男爵他們一起朝王城出發。

◆

「繞了許多遠路呢。」

「畢竟是挑路面比較平坦的地方走啊。」

雖然這種速度比走路來得慢，但徒步進城畢竟不太好，因此才忍著搭乘馬車行動。

可以從窗邊看見土魔法師正在修復牆壁和道路，而魔巨人在搬運瓦礫。

「輕飄飄的～？」

「那是魔法喲。」

小玉和波奇看到飄浮在空中的岩石眼睛一亮。

從魔法師拿著長杖站在岩石前面來看，好像是在使用術理魔法的「理力之腕」來協助搬離瓦礫。

另外還能見到看似神官的人，正在施展淨化魔法。

當然，不光只有魔法師和神官，還有正在工作的士兵和工人。

「明明還在過年，大家真是勤勞呢～」

亞里沙感到佩服似的小聲說道。

救人及搬移大部分的瓦礫都已經在昨晚告一段落，但似乎還要一陣子才能讓王都恢復原本的狀態。

「真嚇人的隊伍呢。」

正如露露所說，抵達王城正門的我們前面，有一條由馬車組成的隊伍。

我們的馬車跟穆諾男爵一起排在隊伍的最後方，過沒多久就離開隊伍繼續往前。

「因為是領主大人及其家臣，才得到特別待遇嗎？」

亞里沙偏著頭感到不解。

因為我也覺得很好奇，於是用地圖調查了一下，正在排隊的是參加成人儀式的下級貴族以及看似富豪階級的名流。

而中午開始舉行的「大謁見之儀」的參加者，則要前往位於兩扇城門之後、能夠搭乘馬車進入的出入口下車的樣子。

我們抵達的出入口，有許多身穿燦爛耀眼的禮服及珠寶飾品的貴婦人正在與胸前佩戴無數勳章的紳士談天說地，整個空間金光閃閃。

「是穆諾男爵閣下吧，我來帶您前往會客室。」

下車後，一名老練的仕女帶著幾名侍女出現，將由穆諾男爵領頭的我們帶到被稱為等候室的超豪華大房間。這裡寬敞到大約足以讓五十個人在這裡休息。

從地圖上來看，相同的會客室大約有五十間，而且還用不到三成。

「畢竟一般而言，領主會帶著家人和家臣一同前來嘛。」

我們一邊聽妮娜女士的說明，一邊用王城侍女們送來的清涼果實水潤了潤喉。

在房裡閒聊等了一陣子後，剛才的侍女再次走了進來。

「我將帶領各位大人前往授爵會場。」

慣例似乎是由地位較低的人開始進場。

「潘德拉剛士爵大人請和穆諾男爵大人一同入場。」

當我打算跟夥伴們一同動身時，對方這樣開口挽留我。

或許是因為我預計會晉升為永代准男爵，所以才這麼區分的也說不定。

又等了三十分鐘後，我們被引領前往會場。

──哦哦。

寬廣的謁見大廳裡坐滿了彷彿能塞滿整座會場的大量貴族。

雖然莉薩她們的位置在會場角落，波奇依舊眼尖地發現我並揮起手來，結果遭到一旁的莉薩責罵。

我朝大家輕輕揮了揮手踏出步伐。

一代爵與名譽貴族的隊伍結束後，隨後是永代貴族家人的隊伍，他們的前方則是排成一列的貴族家主。攜家帶眷的似乎只有上級貴族。

家族席位最前頭留有穆諾男爵家的位置，我們將在那裡與妮娜女士及卡麗娜小姐分開。妮娜女士會留在家族席位，是因為卡麗娜小姐說她不想獨自待在那裡。

本來應該留在名譽貴族隊伍中的我，也跟著穆諾男爵一起坐在領主與公爵所在的最前列。令人驚訝的是，我們排在貴族的最後方。

祕銀冒險者「紅色貴公子」傑利爾·莫撒多准男爵的身影也出現在最前排的角落。

看來這裡似乎是預定升爵到永代貴族的人排隊的地方。

我輕輕向他點頭示意之後，走到帶路文官指引的座位，跟男爵並肩坐在一起。

總覺得傑利爾先生正一臉訝異地看著我，但還來不及開口，宮廷樂團就開始演奏起莊嚴的樂曲。

王族紛紛進入會場，最後國王帶著宰相與希嘉八劍首席祖雷堡先生坐上王座，「大謁見之儀」就此開幕。

即使在異世界，大人物的演講似乎也一樣漫長。從新年問候開始，國王連綿不絕地演講了十幾分鐘。而就我個人而言，他不斷稱讚勇者無名的那些話讓人著實有點難為情。

「——那麼，現在開始進行升爵以及授爵的儀式。」

開幕之後過了大約一小時，我們的升爵儀式終於開始了。

「雷奧·穆諾，請上前。」

穆諾男爵臉上充滿緊張，走到國王面前下跪行禮。

途中幾度差點摔倒的模樣實在很有趣。

「雷奧啊。朕對復興荒廢領地、成為真正領主的你感到很自豪。那擊潰眾多魔族陰謀、以少數人擊敗魔族所率領的魔物大軍的武勳，以及創立新產業為內政盡心盡力的模樣，值得加陞進爵。」

國王用滿是慈愛的聲音稱讚。

大概是被那些話感動了吧，穆諾男爵臉上充滿滂沱淚水。

「朕將領主雷奧・穆諾提拔為伯爵。」

「謝主隆恩。」

在用希嘉國語結束交談後，國王拿著猶如藍寶石製成的權杖展開詠唱。

「■■陞爵。」

是一句從未聽過的咒文。

國王詠唱結束後，穆諾男爵和國王身邊出現了藍色光環，外側連接在一起形成了類似無限的符號。

光環短暫地照亮四周。

最終光環有如蒸發一般消失在天地間，隨後穆諾男爵的稱號與階級都變成了「伯爵」。

儀式就此結束，穆諾伯爵向國王低頭行禮之後回到座位上。

或許規矩就是這樣，四周並未出現掌聲或歡呼聲。雖然應該不算作為代替，但樂團像是在炒熱氣氛般演奏起莊嚴的樂曲。

接著是已故列瑟烏伯爵的嫡子接受「襲爵」的儀式，成為新的列瑟烏伯爵。

在列瑟烏伯爵進行儀式的途中，我的技能「順風耳」聽見了「真不配」或「不是說要降格嗎？」這種不滿的聲音。

似乎有不少貴族認為被魔族襲擊導致失去首都以及大半領地軍隊的人不配擔任領主。看來年輕列瑟烏伯爵的仕途將會困難重重。

「佐藤・潘德拉剛士爵，請上前。」

聽見我的名字，上級貴族間傳出些許騷動的聲響。

原以為會依照爵位順序傳喚，我卻比擁有准男爵爵位的傑利爾先生更早被叫了出去。

我抱著些許不好的預感跪在國王面前。

「佐藤・潘德拉剛士爵，你在穆諾領立下諸多功勞，並且擁有在歐尤果克公爵領、迷宮都市賽利維拉與王都多次討伐魔族的功績，在賽利維拉迷宮還率領部下討伐『樓層之主』，又在昨日討伐襲擊王都的強大魔物時展現不遜於希嘉八劍的武勇。同時，砂糖航路上的諸多國家，也送來了關於你討伐擾亂航路海賊的感謝狀。」

國王一一宣讀我的功績，這下連下級貴族都喧鬧了起來。

「此等功績，光憑上奏的男爵位是不夠的吧。」

才沒那回事。

「因此，朕要將佐藤・潘德拉剛士爵升為子爵。」

不會吧……

跟穆諾伯爵與列瑟烏伯爵那時不同，國王並未確認我的意見，而是直接開始詠唱。

「■■陞爵。」

光粒子隨著國王的詠唱輕飄飄地灑落在我身上。

視覺效果跟剛才伯爵們的時候不一樣。

>獲得稱號「希嘉王國子爵」。

>獲得階級「貴族（子爵）」。

僅限一代的名譽士爵與子爵這種分類為上級貴族的永代貴族，差別就像是居委會的會長與國會議員一樣。

貴族們似乎也對這破例的連升四級感到很意外，無論級別都開始竊竊私語起來，其中也不乏低聲發出謾罵的名門貴族。

雖然我明白你們的心情，但有意見的話請你們去找國王。

話說回來，原本預計會是名譽男爵或者准男爵的，為什麼會變成這樣？出乎意料也該有個限度吧？

正當我打從心裡感到困擾的時候，傑利爾先生從准男爵晉升為男爵，接著舉行了幾名貴族子弟繼承永代准男爵或永代士爵的襲爵儀式。

接下來是僅限一代的名譽貴族們的升爵和授爵。

長年辛勤工作的上級文官晉升為名譽男爵，年邁的上級武官也升到了名譽准男爵。

隨後是祕銀冒險者中，原本是名譽士爵的人都升上了名譽准男爵。

「穆諾伯爵領，潘德拉剛家族奴隸——莉薩。」

或許是因為勝過了希嘉八劍的首席祖雷堡先生，名譽士爵的授爵是由莉薩開始。

選擇騎士服做為正式服裝的莉薩，神情緊張地走到國王面前。

「潘德拉剛家的奴隸莉薩，朕解除妳奴隸的身分，賜予基修雷希嘉爾扎作為家族名稱，並授予名譽女准男爵的爵位。」

——名譽女准男爵？

「■■授爵。」

國王的詠唱結束，莉薩的名字變成「莉薩．基修雷希嘉爾扎」。

基修雷希嘉爾扎是莉薩的氏族名。然後原先ＡＲ顯示在莉薩角色狀態旁邊的稱號「佐藤的奴隸」與階級「奴隸」消失，同時增加了「潘德拉剛家家臣」與「希嘉王國女准男爵」兩項新稱號，以及新的階級「貴族（女准男爵）」。

「莉薩·基修雷希嘉爾扎名譽女准男爵啊，運用妳那無雙的槍術守護民眾吧。」

「遵旨。」

莉薩深深一鞠躬回應國王的話語。

接著她回過頭與我四目相交，於是我帶著自豪的心情用嘴型向她說了句「恭喜」。

莉薩似乎明白了我的意思，開心地瞇眼一笑。

接下來娜娜、露露、亞里沙、小玉與波奇也依照順序被授予「名譽士爵」之位。

不過亞里沙和露露依然維持著「奴隸」階級。我事前已經透過妮娜女士向宰相說明，因此破例得到了許可。

等在王都休養夠了之後，我預定要為解除將亞里沙和露露束縛為「奴隸」身分的「強制」展開行動。

另外由於精靈的規定，蜜雅不能成為他國的貴族，因此她辭退了「授爵」。

不過，因為光是身為精靈就會受到國賓等級的待遇，所以她本人對此也不太在意。現在她正擺出一副理所當然的表情跟亞里沙她們並肩坐在一起。

爵位的晉升和授予結束後，便開始公布降爵和廢爵的貴族。

雖然主要都是些跟魔王信奉團體「自由之光」有關的貴族，但由於不可能在這麼短的時間內找出犯人，所以這次公布的名單是紅繩事件發生前，我用勇者無名身分協助告發的事件相關人士。

此外，罪行最重的貴族據說以叛國罪論處，而且整個家族都會遭到處決。

未滿十歲的小孩子似乎不會被處刑，而是會送到富士山脈山腳下的修道院。異世界的刑罰一如往常相當沉重。

另外我從周圍貴族之間的閒聊中得知，關於昨天樞機卿的事件，巴里恩神殿與巴里恩神國的相關人員，以及調查紅繩事件時名字出現好幾次的馬庫雷家都成了搜查對象。

或許是為了抹去這股沉悶的氣氛，現場開始了勳章授予的儀式。

這時，因為滯留在歐尤果克公爵領的期間跟勇者隼人前往盧莫克王國擊退黑龍赫伊隆的功績，我得到了希嘉王國退龍勳章。雖然完全忘記了，這麼說來國家似乎曾提過會頒發勳章和獎金。

接著宣布新設省廳以及高級官員的任職。

成立了由宰相兼任大臣的「觀光省」這個部門。

不管怎麼想，不僅業務跟「外務省」重複，還有種只是為了偽裝宰相直屬的間諜組織而成立的突兀感。儘管名稱有點吸引人，但還是儘量別扯上關係比較好。

同時也宣布將會在這個月決定希嘉八劍三名空缺的人選。

雖然覺得宰相的視線一直盯著我看，但肯定是我的錯覺。應該是看著坐在我旁邊的希嘉八劍候補傑利爾先生吧。一定是這樣沒錯。

◆

「還挺漫長的呢。」

「是啊，有點累人。」

儀式結束後，我們跟與其他領主一同前往交誼廳的穆諾伯爵道別，和夥伴們一起朝露露的成人儀式會場移動。

跟穆諾伯爵他們分開時，妮娜女士囑咐我既然已經成為子爵，就記得出席從明天開始的王國會議。

「話說回來，聽到主人成為子爵真是嚇了一跳呢！為什麼不提前告訴我們啊？」

「我也是在正式上場時才突然知曉的。」

或許是打算當作驚喜，但還是希望能事先知會我一聲。

說不定是某個知道提前通知我會被婉拒的人所想出來的策略。

算了，事情都過去了。

事到如今大概也無法辭退了。

當我們來到能眺望整座王都的走廊時，看到王都上空有國王身姿的投影。

『親愛的國民啊——』

天空傳來國王的聲音，內容好像是新年的賀詞。

由於走廊上的貴族紛紛停下腳步當場低下頭行臣下之禮，於是我們也順應氣氛做出同樣的動作。

從四周貴族閒聊的內容來看，將國王投影在天空的力量並非出自都市核，而是運用了名為「廣報房間」的王城魔法設備。這個看似日語的「廣報」應該是指公關吧。

賀詞結束後，國王將話題轉到昨天的事件上，講述了魔族軍隊在勇者無名與守護著希嘉王國、鎮守富士山脈的天龍努力下遭到擊退一事，最後再以「希望國民能團結一致為王都復興盡心盡力」這句話當作結尾。

「——新成人請在這邊排隊。攜帶邀請函的人以及貴族家的嫡子麻煩過來這邊。」

抵達成人儀式的會場後，幾名工作人員大聲地指示人數眾多的新成年人排成隊伍。

「我應該去哪裡排隊呢？」

「因為露露是渡士爵家的主人，排到『貴族家嫡子』那邊就行了。」

由於貴族家的主人參加成人儀式非常罕見，因此負責整隊的人才沒有刻意提及。更何況如果有登記在紳士錄上，就會收到邀請函。

而露露的情況，肯定是因為「渡」這個新興貴族是在邀請函發送結束之後設立，所以才會漏掉的吧。

「潘德拉剛卿，恭喜你升爵。」

「非常感謝，蕾蒂爾大人。為您獻上新年的祝福。」

「我也祝潘德拉剛卿能過個好年。」

才剛送露露離開，我們立刻就遇見身為迷宮都市賽利維拉太守夫人的蕾蒂爾．亞西念侯爵夫人。

「蕾蒂爾大人是來參加蓋利茲公子的成人儀式嗎？」

我試著用太守夫人三男的名字提問。

「嗯，沒錯。不過才剛到王都，就發生了那種騷動吧？早知道我就像杜卡利家那樣在迷宮都市進行簡單的成人儀式就好，並為此感到後悔呢。」

「這還真是不走運呢。」

「呵呵呵，明明你也在王都，卻說得一副事不關己呢。」

太守夫人面帶微笑地說。

而她的老公太守大人似乎因為要在迷宮都市執行成人儀式而沒有前來王都。

「等成人儀式結束之後，您就要返回迷宮都市了嗎？」

「不，我打算待到拍賣會結束。」

「您有想要競標的東西？」

「是啊，我要幫波布提瑪競標萬靈藥。」

太守夫人的嘴裡出現了熟悉的名字。

被人稱作綠貴族、將「焉」當作口頭禪的波布提瑪前伯爵，是個遭到綠色上級魔族操縱、在迷宮都市引發諸多問題的人物；同時也是太守大人的心腹，擔任迷宮都市賽利維拉防諜中樞的重要人物。

現在他應該是為了彌補在魔族魯達曼那場騷動失去的下半身，將身體與迷宮都市的生命維持魔法裝置連結在一起來維繫生命才對。

雖然我持有的上級魔法藥也能夠修復缺損的部位，但要用來復活失去大半內臟的波布提瑪實在沒把握。畢竟要是搞砸的話，有可能會害死年老衰弱的他。

縱然我製作的下級聖靈藥應該能正常治好，但要是被追問出處可就麻煩了，所以我才有些猶豫是否該拿出來。

「你們看，什麼『從背影推測一定是個絕世美女』，根本就是個醜八怪嘛！」

「算了，任誰都會有猜錯的時候——嗯？這不是奴隸嗎！為什麼這種地方會有奴隸？」

「咦，那、那是因為——」

「理由是啥都無所謂。把這傢伙交給衛兵，讓這傢伙的主人向我們下跪吧。」

我的順風耳聽見露露的聲音混在一群得意忘形的吵雜聲中。

糟了，露露有危險。

「失禮了，我暫時離開一下。」

我對太守夫人這麼說，隨即迅速衝向人群對面的露露身邊。

「——你們竟敢包庇這種傢伙！」

穿過人群之後，已經有幾名少年站在露露的前面。

「別誤會，我是在幫助無知的你們。」

「沒錯、沒錯！蓋利茲大人說得對！」

他們是太守家的三男蓋利茲及其友人托凱男爵家的魯拉姆。雖然我忘了另外兩位尚未發言的少年姓名，但我記得他們的長相，應該也跟蓋利茲是一起的。

「等等，巴里。他是亞西念侯爵家的蓋利茲公子，跟他起爭執可不是明智之舉。」

「嘖，我們走。」

聽見朋友低聲這麼說，狂妄少年咂了咂舌準備離開。

「慢著，你忘了向她道歉嘍。」

「沒錯、沒錯，想跟魔族一樣被扔飛嗎！」

蓋利茲與魯拉姆用與他們豐腴外表不相襯的動作，迅速繞到狂妄少年一行人的前面。這似乎是在迷宮都市探索者學校訓練得來的成果。

「扔飛魔族？——難不成，她是傳聞中的女僕王嗎！」

狂妄少年驚訝地叫出聲。

看來露露的別名和故事比預期更加出名。

「慘了，這可不妙啊。如果她就是那位女僕王，那她的主人就是『不見傷』。他可是敢不穿鎧甲砍向中級魔族的戰鬥狂耶。」

說戰鬥狂也太失禮了吧，毀損名譽也該有個限度。

「對、對不起。我為剛才的無禮道歉。」

「請、請別把這件事告訴『不見傷』大人。」

狂妄少年及他的朋友都向露露低頭致歉。

「呃，那、那個——」

「如果接受的話，只要說句『原諒你』就行了。假如對他的道歉方式不滿意，也能向他發起決鬥喔。」

蓋利茲的其中一位朋友向露露建議。

「奴隸發起決鬥？」

「你的情報太過時了。她剛剛從國王陛下那兒獲頒爵位，現在是渡士爵家的主人。」

聽見狂妄少年感到不解的發言，剛才對露露提供建議的少年回答。

「說什麼決鬥！——我、我原諒您，所以請您抬起頭來。」

得到了露露的原諒後，狂妄少年一行人紛紛逃離現場。

「蓋利茲公子，還有各位，感謝你們幫助了困擾的露露。」

我向蓋利茲等人道謝，接著幫露露戴上為了出席大謁見之儀脫下的妨礙認知髮飾。

「別在意——不對，請不必在意。畢竟受了潘德拉剛子爵關照。」

蓋利茲用著雖然立刻改口卻依然不算標準的敬語回答。

「話說回來，米提雅大人和梅莉安小姐似乎都沒來呢。」

「據說梅莉安因為父親的方針要出席迷宮都市的成人儀式，而殿下打算留下來陪她。」

杜卡利准男爵家的千金梅莉安似乎跟諾羅克王國那外表像個小女孩的米提雅公主一起留在迷宮都市參加成人儀式了。

我們聊著這些話題時，成人儀式也到了開幕的時間，於是我回到夥伴們等著的監護人座位上。

成人儀式本身跟日本的幾乎沒有區別，在國王和大臣說完漫長的賀詞後，就輪到親屬爵位最高的貴族子弟——這次是蓋利茲——來負責致詞。

最後在眾人齊唱國歌之後，儀式宣告結束，露露回到我們身邊。

「嘿嘿嘿，總覺得有點更像個大人了。」

露露面帶笑容地說。

「妳好像跟附近的千金聊得很開心，聊了些什麼呢？」

「是關於主人製作的禮服和首飾的話題，大家都讚不絕口呢！」

面對亞里沙的提問，露露掛著燦爛的笑容回答。

畢竟我有刻意挑選配得上露露美貌的款式，千金們的反應有點令人高興。

下次就以能夠突顯出露露美貌的飾品為目標努力吧。

「——潘德拉剛卿。」

希嘉八劍的赫密娜小姐推開人牆走了過來。

希嘉八劍的海姆先生跟在她身後，看到我便輕輕舉起手來。

「能陪我一下嗎？」

那麼才剛過新年，他們究竟要帶我去哪裡呢——

◆

「潘德拉剛卿！」

「好久不見，葛延大人。」

在兩位希嘉八劍的帶路下抵達的地點，是幽禁著葛延先生的離宮。他因為比斯塔爾公爵府襲擊事件，已經確定要被送往碧領。

「謝謝你，潘德拉剛卿。託你的福，我才沒有殺害自己的主人。」

我緊握住葛延先生伸過來的手。

「我也要向您道謝。託您的福，我才能再次跟丈夫見面。」

一名身材矮小纖細的女性從葛延先生身後走來，露出輕柔的笑容向我道謝。

或許是還未滿三十歲的緣故，就算說她是葛延先生的女兒我可能也會相信。

「雪琳、梅莉菈，妳們也過來。」

「是的，母親大人。感謝您幫助了父親大人。」

「謝謝你，大哥哥。」

兩名原本躲在葛延先生身後年齡與小學生相仿的女兒，在母親的催促下滿臉通紅地向我低頭道謝。他的女兒們似乎很怕生。

「託你的福，我才能跟家人共度前往碧領前的時光。」

聽葛延先生這麼說，身為姊姊的雪琳有了反應。

「父親大人，我們也想跟您一起去。」

「不行，雪琳。碧領是個嚴酷的地方，有著日曬強烈的太陽、悶熱難受的溼氣，再加上毒蟲和瘟疫不絕，我不能把年紀還小的妳們和莉雪菈帶去那種地方。乖乖聽話，雪琳。」

葛延先生一臉苦澀地拒絕女兒的請求。

雖然我預計要改善碧領的居住環境，但不能在這裡開誠布公，於是只好內心糾結地守望著這對父女的對話。

「——既然如此，我要變強！強到足以扶持父親大人跟母親大人！」

雪琳小姐雖然外表像母親，但似乎有著跟父親相似的熾熱心腸。

我們跟葛延一家聊了一會兒之後，便在離宮監督官的指示下離開了。

◆

「原來這就是王祖大人故事中提到的節慶料理啊。」

「唔嗯，雖然是初次品嘗，但真是美味。」

跟葛延先生一家見過面後，我邀請赫密娜小姐和海姆先生來我家一同享用了節慶料理。

「**嗨姆**大老師，這邊的烤牛肉也很好吃喲。」

「火腿和龍蝦也豪吃喔～？」

波奇和小玉在海姆先生的左右兩側服侍著他。

「這個希嘉酒味道濃厚，很好喝呢。」

「是啊，這是百年的『王櫻』。」

聽見我的回答，赫密娜小姐突然一陣咳嗽。

「我說你，別隨便拿出這種東西啦。這不是一杯就要幾十枚金幣的名酒嗎？」

「因為這個最適合節慶料理啊。」

美味就是正義。

「佐藤！我們來了！」

「唔唔唔，基里克家的丫頭和海姆也來了啊！」

比帶路女僕更快進入房間的，是歐尤果克公爵領的貪吃鬼貴族羅伊德侯爵與何恩伯爵。

「歡迎光臨。我馬上就準備好，請來這邊就座。」

因為兩人提供了節慶料理的祕藏食譜，所以我請他們坐到特等席。

「潘德拉剛卿，恭喜你晉升子爵。」

在羅伊德侯爵和何恩伯爵抵達後沒多久，西門子爵也來了。

他此行似乎並不只是擔任那兩人的限制器，同時也是來祝賀我升爵。

「這是多爾瑪給你的，而這個是我的份。」

西門子爵將他弟弟，也就是我朋友多爾瑪先生交給他的幾本公都流行小說，以及在卷軸工房倉庫發現的舊卷軸遞給我。

舊卷軸是出自迷宮的道具，雖然破損很嚴重，似乎仍能正常使用。

因為時機正好，我同時訂了總是找不到機會委託——已有的六種和原創的四種卷軸。

「露露小姐，這個料理是？」

「那個是賀茂茄子（註：外形圓潤的茄子品種）的味噌燒烤。」

「剛才那個叫伊達捲（註：一種混有白肉魚漿或蝦漿和蛋液一起製成的甜味煎蛋捲，為日本常見的節慶料理）的也很不錯，但這個叫賀茂茄子的味噌燒烤實在是太好吃了。」

「然也、然也！這個叫薑燒奧米牛的和燉煮鯨魚也很美味呢。」

兩名貪吃鬼貴族一邊聆聽露露的料理說明，一邊享受料理。

幸運的是，兩人並沒有提出「鯨魚」是什麼生物的問題。

我陪著西門子爵和赫密娜小姐聊天，享受著熱鬧的元旦之夜。

小光

「我是佐藤。幼年的回憶有時會在自己沒發現的情況下逐漸偏離事實。假如與青梅竹馬久別重逢，聊起回憶卻出現差異會嚇一跳吧。」

「跟昨天不同，馬車數量很少呢。」

「嗯，同意。」

亞里沙跟蜜雅坐在通往王城的馬車裡望向窗外說出感想。

今天是在希斯蒂娜公主的邀請下前往王城。由於跟之前一樣，是一大早才從召喚獸收到邀請，所以準備得有些匆忙。

「因為只有今天參加王國會議的貴族才會走這條路嘛。」

由於我在昨天的「大謁見之儀」成為了子爵，所以必須出席王國會議。

我預計先送亞里沙和蜜雅去希斯蒂娜公主的房間之後，再立刻前往王國會議的會議廳。

王國會議將會從今天開始持續到一月五日。

——PYWEEE！

遠方傳來類似猛禽類的叫聲。

「姆？是鷲？」

「是養在王城裡的嗎？」

「畢竟有王櫻在，或許是擅自住在這裡的吧。」

當我們聊著這些內容時，馬突然激動地發出叫聲，馬車開始搖晃。

「嗚哇。」

「姆姆。」

亞里沙和蜜雅發出慘叫抱了過來，馬車朝著路肩的斜坡翻倒掉了下去。

由於我使用魔法版的念力「理力之手」攙扶兩人的身體，所以她們沒有受傷。當然我也一樣。

「亞里沙、蜜雅，沒事吧？」

「嗯、嗯。」

亞里沙拍了拍臉頰讓自己回過神來。

蜜雅或許是神智不清了，發出「啾」的可愛聲音一動也不動。

「發、發生什麼事了？」

「似乎是馬匹發狂導致翻車了。」

我放下抱在自己身上的兩人，推開位在上方的車門走出去。

除了我們以外，還有另外幾輛馬車也翻倒在斜坡上，似乎還有很多直接翻車或撞上路肩的馬車。

「究竟發生了——」

我關掉沒見到任何可疑光點的雷達，操作主選單準備開啟地圖。

就在這時，那傢伙突然大叫一聲飛過樹林的上空。

——PYWEEE！

接著在樹林的另一端，見到了那個盤旋在大量翻覆馬車上空的身影。

有著鷲的上半身加上獅子的下半身。

天空的霸者，空之幻獸——獅鷲。

我看過的許多書上都寫著「見其身姿者除了『逃跑』之外別無選擇」。

——PYWEEE！

獅鷲俯瞰著地面發出吼叫。

「獅鷲的叫聲應該是『咕嚕』（註：咕嚕與獅鷲的日文發音相近）才對吧！」

聽見獅鷲叫聲的亞里沙大喊。

或許是從獅鷲當夥伴的小說中聯想到的吧。

「——嗯?那個是……」

「喂,快看!好像有人騎在獅鷲身上耶!」

亞里沙也在同時跟我發現到同樣的光景。

似乎有個黑色長髮、身穿白色長衣的女性正緊緊抓著獅鷲的背。

我使用遠觀技能,確認起詳細情況。

「——那個笨蛋。」

當得知對方是誰的瞬間,我不自覺地罵了出來。

「主人?」

「亞里沙,等蜜雅醒過來之後,拜託妳們去幫忙翻倒的馬車。」

「咦,等、等一下。」

我丟下一臉困惑的亞里沙,使用歸還轉移來到王城涼亭,找了個角落變成勇者無名的模樣飛到獅鷲下方。

「小鷲!乖乖聽話啦!」

一靠近獅鷲,我的順風耳技能就聽見緊抓獅鷲背部的女性叫喊聲。

「美都!」

此時獅鷲叫了一聲，朝著呼喚女性名字的我放出風刃。

我一邊用閃驅回避，同時揮拳放出魔力鎧擊碎風刃。

「給我聽話！」

我飛上獅鷲的背，用騎乘和訓練技能讓失控的獅鷲鎮定下來。

「你、你是——勇者無名。」

近距離見到她的容貌，果然是我熟知的青梅竹馬。

她本應在原來的世界繼承鄉下神社，竟然在數百年前作為勇者被召喚到沙珈帝國，我一直覺得很不可思議。是因為不同世界的時間流動差異很大嗎？

「小光，是我。」

我脫掉假面以及裝在內側的變裝面具，向美都展示自己本來的面貌。

「一、一郎哥！！！」

見到我原本容貌的美都，睜大雙眼說出了我的本名。

果然，她的真實身分就是我的青梅竹馬小光。

◆

「一郎哥、一郎哥、一郎哥、一郎哥——」

小光以驚人的氣勢向我抱了過來。

我連同不斷呼喚著我姓名的洶湧情感，緊抱住小光纖細的身體。

小光哭得像個孩子，我溫柔地撫摸她的頭髮，同時決定放任她宣洩自己的感情。雖然對我而言只是一年前的事，但是對她來說應該經歷了漫長的歲月吧。

「終於見到你了！」

小光眼眶泛淚地在我胸前抬起頭看著我。

雖然她看起來比我印象中成熟了些，不過比來到異世界的我還要年輕。

她的本名叫高杯光子，小光是她的小名。因為她覺得光子這個名字不夠時尚，所以自己在小時候取的。

「就跟祭神大人說得一樣呢。」

小光說完，再次把臉埋進我的胸膛。

「——祭神？是小光家的神社供奉的神明嗎？」

「嗯，天之水花比賣神。當巴里恩大人將完成使命的我送回原來的世界時，祭神大人告訴我即使回到原來的世界，也無法再見到一郎哥了。」

似乎是因此才取消送回，改為聽從祭神的建議在魔術版的冷凍睡眠艙中休眠到現代。

「天之水花比賣嗎——」

——咱討厭那個名字。這是那群來自國外、懼怕咱力量的天神，為了將咱以水神而非龍神鎮住所取的名字。

我腦中突然浮現小時候的記憶。

年幼的小光好像曾經假裝被祭神附體，並且說過那樣的話呢。

當時我總是因為小光逼真的演技而樂在其中，但是這次聽她這麼說，不禁讓人覺得那時候她可能真的被神明附體了。

「嗯，因為是個傳說中與最愛之人生死離別的神明大人，所以或許是同情要和一郎哥分別的我也說不定。」

——妳知道嗎，一郎？

小光的聲音混雜某個人的聲音。

『這座神社祭祀的神明天之水花比賣呢，過去曾和一名年輕人類結婚。但由於對方是人類，所以先一步過世了。但他在死前向水花比賣立下了「總有一天我會轉世回到妳身邊」的約定。很浪漫對吧？』

因為對方給人的印象有些成熟，所以我想應該是小光的母親或者阿姨吧。

那個人對小時候問出「真的會有轉世嗎？」的我點了點頭，看起來有點寂寞地說：『神

和人的壽命不同，如果只是轉世，很快又會分開。』

『那只要把喜歡的人變成神不就可以了？』

『神明並未萬能到可以隨意賦予他人神格喔。』

我留有講過這段話的記憶。

「一郎哥？」

小光凝視著我的表情。

我似乎沉浸在回憶之中了。

「小光，我們換個地方吧。」

因為見到飛龍騎士從王城角落向我們飛來，於是我將她連獅鷲一同帶往在魔物區域建造的祕密基地。

雖然和亞里沙約好不會隨便濫用，但由於無法將獅鷲完全送進設置刻印板的地點，所以我使用了單位配置而不是歸還轉移。

「這不是轉移——的魔法吧？因為沒有空間魔法那種獨特的感覺，這是一郎哥的獨特技能嗎？」

「嗯，沒錯。」

「果然，一郎哥真厲害。像我就只有能和各種孩子好好相處的**能力**而已。」

小光面帶微笑說。

「對了，一郎哥。公司的大家過得好嗎？」

移動完地點、我們再度慶祝彼此重逢之後，小光提起了這個話題。

「公司？」

——是指什麼呢？

「因為突然被召喚成勇者，導致我將瘋狂加班中的ＦＦＬ丟著不管了不是嗎？其實我一直很在意呢。」

「你為什麼會知道ＦＦＬ這款開發中遊戲的事？」

那是我來到異世界前代替失蹤後輩完成的遊戲名稱。

「問我為什麼，因為我是那款遊戲的主要程式設計師啊？」

小光微微偏過頭去。

「不對，那是後輩——」

「嗯，所以說，那個人就是我。」

隨即指著自己說。

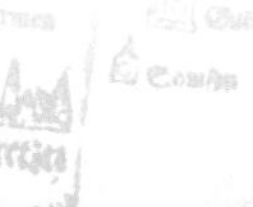

如果沒記錯的話，我的後輩並不是小光，而是個喜歡少女漫畫的男性。

「不就是肥仔取的綽號嗎？就是他把高杯讀作後輩（註：高杯跟後輩的日文發音相同）被我糾正之後，惱羞成怒地說出『你的綽號就叫後輩！』這種話，害我的綽號就此被定了下來。不過，我也幫他取了肥仔這個綽號，所以算互不相欠。」

不對，肥仔這個綽號應該是營業部門的女孩子取的才對。當時他還高興地說：「第一次被女孩子取了個綽號。」還告訴周圍的人「以後就叫我肥仔」。

我把這件事告訴小光。

「咦？做這件事的人不是營業部門的女孩子，而是我才對。我印象中肥仔先生好像很開心地說過那種話。」

小光一臉困惑地回答。

「不記得了嗎？幫我研修的人不正是一郎哥嗎？」

隨後一副泫然欲泣的表情說：

「像是不要隨便架設迴圈，或是沿用區域變數等，教了我很多東西耶。」

「這麼說來——」

我腦中浮現小光在公司通宵工作的身影。

「——不對，不可能有那種事。」

後輩跟小光是不同人，差點就敗給小光的壓力偽造虛假的記憶了。

為了保險起見，我朝紀錄看了一眼，但沒有受到精神魔法攻擊的痕跡。

「一郎哥？」

小光表情不安地盯著我。

雖然彼此的記憶有誤差，但她的確是我認識的小光沒錯。

那麼，為什麼——

我腦中閃過兩名被梅妮亞公主所在的盧莫克王國召喚的日本人的臉。

對了。他們是從大倭豐秋津島帝國以及南日本聯邦這類平行世界的日本被召喚過來的。

那麼，眼前的小光，或許也不是來自我所在的那個日本。

「……小光，仔細聽我說。」

雖然把真相告訴以勇者身分被召喚，歷經與魔王的激戰建立希嘉王國，為了與鈴木一郎重逢度過漫長時光的她很讓人難受，但我認為現在不該輕易蒙混過關。

「怎麼了？」

「我……並不是你的一郎。」

「咦？這是怎麼回事？」

「我恐怕來自與妳不同的另一個日本——是平行世界日本的鈴木一郎。」

接下來，我開始說明自己的記憶和她口中情報之間的差異。

「怎、怎麼會……不該是這樣的啊！」

小光頓時癱坐在地上，像個孩子似的哭了起來。

我找不到話來安慰，只能緊緊抱著小光，溫柔地撫摸她的背。

最後將哭累睡著的她抱回客房床上。

小光那變得成熟的側臉，與某個人的側臉重合。

與此同時，剛才談到天之水花比賣時的記憶再次復甦。

『真的會有轉世嗎？』

『當然有啊。』

我已經忘了她說這句話的表情。

『不過呢，光只有轉世是不行的。神和人的壽命不同，很快又會分開。』

『那只要把喜歡的人變成神不就可以了？』

『神明並未萬能到可以隨意賦予他人神格喔。』

我還記得她當時略顯寂寞地撥了撥淺綠色的頭髮這麼說。

『只有一個人的靈魂是不夠的，必須把許多靈魂搓合在一起才行……』

以及她最後說出口，那句有些嚇人的話。

◆

「——一郎哥！」

小光呼喚我的名字跳了起來。

因為我讓哭累的小光睡在王都宅邸的客房裡。

由於獅鷲已經在祕密基地解放，現在應該已經回到自己的巢穴裡了吧。亞里沙和蜜雅依約造訪希斯蒂娜公主的房間，而我以身體不適當作藉口在王國會議的第一天裝病休息。

「妳醒了嗎？」

「一郎哥！」

聽見我的聲音，小光猛然轉過頭來，緊接著露出悲傷的表情。

「——這樣啊，原來不是作夢啊。」

「小光，妳聽我說。」

我在守望著她的睡臉時注意到了一件事。

「怎麼了？」

「祭神是說能見到妳的鈴木一郎嗎？」

「嗯，祂說：『如果想再見到妳所愛的一郎，就留在那個世界吧。』」

果然是這樣嗎。

「那是指就算回到原來世界，也見不到該在小光那個世界的鈴木一郎吧？」

「嗯、嗯，大概吧。」

「換句話說，那不就代表小光那個世界的鈴木一郎，也來到這個世界了嗎？」

雖然時間系統很奇怪，但平行世界之間的時間流逝不會一致，這種情況我記得經常看的科幻小說裡有讀過。

「是這樣嗎？」

我看著像是在尋求幫助的小光，用力地點了點頭。

「要放棄還太早了。」

雖然眼中依然泛著淚光，但她終於有了笑容。

「如果沒地方去的話，可以住在我家喔。」

「可以嗎？」

「當然啊。就算是平行世界的人，妳對我而言依舊是重要的青梅竹馬啊。」

「一郎哥——呃，用這麼親密的稱呼是不是不太好？」

「無所謂，小光想怎麼稱呼都可以。不過我現在叫做佐藤，在其他人面前請用這個名字稱呼我。小光比較喜歡被叫做美都嗎？」

「不，小光比較好。大概是因為來到這邊之後一直被人叫做大和或美都，所以希望能被人用在日本時的名字稱呼吧？雖然光子也不錯……但我比較喜歡小光這個名字。」

「那麼，我以後就叫妳小光吧。」

「嗯——」

雖然我們兩人之間似乎充斥著曖昧的氛圍，但由於小光和亞里沙一樣很會自爆，這股氣氛並未持續太久。

「——話說回來，你為什麼變得這麼年輕啊！」

事到如今才注意到這件事嗎？

◆

「——總覺得好厲害呢。」

我簡單解釋來到這個世界成為貴族的事情經過。

因為可能會讓話題變得複雜，所以並沒有講出流星雨和弒神的事。

「也就是說，你不是以勇者身分被召喚的嗎？」

「是啊。依照這一代勇者的說法，我很有可能是被盧莫克王國召喚的普通人。」

「哼嗯～盧莫克王國啊……總覺得那位粉紅色頭髮的年輕國王長得很像網球╳勇的希嘉君呢～」

網球╳勇是我還在日本時後輩相當入迷、內容是藍髮魔王與粉紅頭髮勇者用網球戰鬥的神祕少女漫畫，小光似乎也相當著迷。

印象中，登場人物有——

「小光，難不成大和‧希嘉這個名字跟網球╳勇的主角們有關？」

「嘿嘿～因為是玩遊戲常用的名字，就隨口講出來了。」

我也是用遊戲裡常用的「佐藤」當名字，所以沒資格說她什麼。

「不過，稱呼全名的時候請叫我希嘉‧大和，這個非常重要。」

小光明明自稱希嘉‧大和，鑑定之後卻變成了大和‧希嘉這種令人啼笑皆非的狀況。對腐女而言左右順序似乎非常重要。

「那麼，小光在這邊過得怎麼樣？」

「雖說在白色的房間被巴里恩神授予了神力，但我討厭互相殘殺，所以就選了跟誰都能友好相處的『友愛』，結果光是這個技能就填滿魂器了。」

小光的特殊能力——獨特技能欄裡有稱作「友愛」的技能。

這個選擇很有她討厭爭鬥的風格。

「拜此所賜，召喚後一直被那些大人物當成廢物勇者，不僅聖劍和聖具被收回，還讓我用無限容量的收納庫擔任最前線的運輸兵。」

據說當時沙珈帝國除了小光以外，似乎還有另外三名勇者。

「隨後飛空艇在運送我的途中因為黃金陛下的奇襲而墜落，我成了歐克帝國的俘虜——不要緊，放心吧！我還為了一郎哥守著自己的純潔喔。」

「我沒操這個心。」

——對喔，她指的並不是我。不過，即使是小光那個世界的一郎，現在應該也會說一樣的話。

當然，我很高興小光沒有受到性方面的傷害。

小光口中的黃金陛下，應該就是我在公都地下與之戰鬥過的「黃金豬王」吧。

淪為階下囚的小光似乎利用「友愛」這項獨特技能讓歐克成為了同伴，還跟魔王築起了友誼。

但那並不長久，因為戰爭而過於使用獨特技能的魔王受到「神之碎片」侵蝕，似乎向當時的兩大帝國——孚魯帝國和沙珈帝國挑起了大型戰爭，導致狀況一發不可收拾。

「戰爭嗎……」

「嗯，是場很慘烈的戰爭。」

據說是一場許多魔王和多名勇者互相對抗的激烈戰爭。

依照小光的說法，除了她之外的勇者都在那場戰爭中失去性命，當時號稱最強的孚魯帝國也因此滅亡，整個世界都變得一團混亂。

在那之後，脫離俘虜身分的小光似乎在「龍之谷」與天龍成為夥伴，還被授與以光之劍為首的聖武具，成就了討伐大魔王的偉業。

不過，小光本人好像很後悔討伐了魔王「黃金豬王」和歐克們的樣子，對此一點都不覺得自豪。

「討伐魔王結束後就收到了祭神的神諭嗎？」

「嗯，沒錯。因為我想回到一郎哥的身邊，所以立刻就決定歸還，在回日本的途中收到了我家祭神大人的神諭——即使回到原來的世界也見不到一郎哥。」

小光說到這裡停頓一下，接著注視我的雙眼。

「遇到天之水花比賣了嗎？」

「沒有見到面，只有聲音……不對，我收到的是化為言語之前的意念團塊。」

她似乎相信那個意象，而回到了現在的公都。

看來就是在那之後，小光跟當時的隨從及同伴們一同建立了希嘉王國。

「當國王真是太辛苦了~」

即使如此她還是想辦法協調好諸侯，創造出如今希嘉王國的原型。

隨後以希嘉王國現在的公都遷都到王都為契機，小光把王位傳給第二代國王，接著改名為美都，過著為修復世界周遊列國，或是拚命從迷宮寶箱獵取返老還童藥的生活。

之後她再次收到神諭，將魔法冷凍睡眠艙設置在富士山山腳下的某個設施進入休眠。

被娜娜的姊妹們以及叫「約翰」的人喚醒好像是最近的事。

眼前突然浮現紫色假髮。

——對了，還得跟小光道歉。

我對模仿她的長相製作變裝面具來當作勇者無名的真實身分，以及國王等人將我誤認為王祖大和，我卻對此放任不管的事向她道歉，並簡單地提議：

「如果妳打算去探望子孫的狀況，只要戴上這個假髮，就能作為王祖大和的轉生體跟他們見面喔。」

「我說過自己守住純潔了吧！第二代國王是我的養子啦。他是孚魯帝國最後一位皇帝的庶子，是個很努力的好孩子呢。『為了不辱希嘉之名』是夏洛利克的口頭禪——」

跟第三王子同名——不，應該相反，是第三王子繼承了第二代國王的名字吧。

「——不過，確實。或許跟夏洛利克的子孫見個面也不錯呢。」

小光靜靜地說著。

於是我從儲倉中拿出沒用過的紫色假髮及無名的服裝，並將其交給小光。

「對了，這個也要還給妳才行。」

接著再將聖劍光之劍自儲倉中取出，抽光魔力之後交給小光。

「這樣好嗎？沒有聖劍的話，對付魔王和上級魔族會很麻煩喔？」

「沒關係，反正我還有其他聖劍。」

更何況還有神劍這個殺手鐧。

「那我就收下了。」

小光向聖劍光之劍說了句「歡迎回來」同時注入些許魔力，溫柔地撫摸劍身。

劍柄上的寶珠發出藍色光芒，看起來就像在回應她那句話。

◆

「我回來了～我是主人的小亞里沙——又出現新的女人！」

當我和小光在王都宅邸的客廳裡喝茶時，從王城回來的亞里沙用看著外遇男似的語氣脫口說出這句話。

「外遇。」

「不是啦。」

跟在亞里沙身後進來的蜜雅瞪大雙眼。

「**歡回**～？」

「歡迎回來——是不認識的人喲！」

「喵！」

接著是小玉和波奇。

「一郎哥——不對，抱歉。佐藤自從來到異世界就變成蘿莉控了？」

「不是，她們是受我保護、如同我家人一般的孩子們喔。」

小光似乎很容易把我和自己世界的一郎混為一談。

「比自己大的妹妹？還挺重口味的呢。」

亞里沙並未對小光說出口的一郎這個名字做出反應。

或許認為那只是我的眾多假名之一吧。

「這孩子叫小光。是類似我——青梅竹馬的人。」

「類似？」

「嗯，正確來說她似乎是『平行世界的我』的青梅竹馬。」

「哦～是這樣啊。我叫亞里沙。請多指教！」

聽到是青梅竹馬的瞬間，亞里沙突然變成奇妙的歡迎態度。

「姆？」

「不用擔心啦。說到青梅竹馬——」

我的順風耳技能聽見亞里沙在蜜雅耳邊小聲說「青梅竹馬是典型的敗北旗標」這種失禮的話。

「主人，我們回來了，我這麼報告道。」

「主人，十分抱歉未能參與討伐獅鷲。」

娜娜和莉薩走進客廳。

看來亞里沙離開王城時也把大家接回來了。

「哇啊，威風凜凜的金髮巨乳美女，十分符合佐藤喜歡大姊姊的品味呢。」

「我跟妳說過返老還童的事了吧？她們兩個的年紀都比我小喔。」

她的一郎似乎也喜歡年長的大姊姊。

露露從廚房那邊的門口露出臉。

「主人，午餐的年糕湯該放幾個年糕呢？」

「唔哇，怎麼回事？這位超級美少女是誰？」

小光對露露的美貌大吃一驚。

「那、那個……」

「她叫小光。跟我和亞里沙具備相同的審美觀，所以她並不是在挖苦喔。」

見露露一臉陰沉的表情，我迅速打圓場解釋。

「是、是這樣啊。初次見面，我叫做露露。」

「這是我該說的，初次見面妳好。」

既然夥伴們都到齊了，我決定讓她們彼此自我介紹。

我打算之後把小光就是王祖大和的事還有我的本名告訴莉薩和亞里沙。

「那麼，小光光要在王都等待思念之人出現嗎？」

「嗯。因為佐藤說在那之前我都可以住在這裡——當然，如果不方便的話我會離開。」

「怎麼可能不方便，況且我們月底就會回迷宮都市，有人住在這間屋子裡才能繼續僱用女僕們啊。」

更重要的是，宅邸還有很多空房間。

這時候波奇和小玉的肚子「咕嚕咕嚕」地叫了起來，於是我們暫停自我介紹後的閒聊，決定大家一起去吃午餐。

因為今天用餐的只有家人，所以我事先知會女僕們上完餐點之後不必隨侍，而是去傭人

專用的餐廳吃飯。

「唔哇，節慶料理！」

小光看到豪華豐富的節慶料理發出驚呼。

「太好吃啦啊啊啊啊啊啊啊啊啊！」

咬下一口昆布捲的她如同料理漫畫的美食家一樣大叫起來。

「這是什麼，好厲害。味道在嘴裡面炸開耶。這個沙丁魚乾和伊達捲也超讚！」

小光熱淚盈眶地不停把料理送進嘴裡。

「沒想到能再次吃到節慶料理，謝謝妳，露露。」

「像、像我這種人……」

見小光拚命誇獎，露露顯得很惶恐。

「也吃這個～？」

「鯨魚的大和煮也很好吃喲。」

小玉推薦奧米牛燒烤，波奇則是大和煮。

「真的耶！非常好吃呢。雖然是第一次吃鯨魚，但這個世界原來也有鯨——噗。」

小光突然將嘴裡的大和煮噴了出來。

「大、大怪魚托布克澤拉？」

這麼說來，勇者好像都擁有高性能的鑑定技能。

「因為前陣子這傢伙出現在公都上空，就狩獵下來了。」

「咦？不，既然肉會出現在這裡，應該就是那麼回事吧……但那可是大怪魚喔？你狩獵了那個被稱作恐懼象徵、破滅使者、連魔法和吐息都能吃掉的惡食飛行要塞——大怪魚托布克澤拉？」

我朝睜大眼睛的小光點點頭。

「……這麼說來，一郎——佐藤是那個勇者——」

講到一半，小光露出「說出來是不是不太好？」的表情看著我。

「沒關係，這件事大家都知道。」

「這樣啊——畢竟佐藤是那個勇者無名嘛。能在沒有龍神大人的協助下打敗三隻『魔神的產物』，那大怪魚當然也不是對手嘛。」

小光一副了然於胸的表情。

「就是喲！主人是最強的喲！」

「波奇真的很喜歡佐藤呢。」

「沒錯喲！」

波奇炫耀起我，小光則摸摸她的頭。

「——呃，咦咦？妳超過五十級了？」

「嘿嘿嘿喲。」

「嗯，努力過了。」

「包含我在內，大家都超過五十級了喔。」

小光驚訝地叫出聲。

「佐藤！精靈族的蜜雅姑且不論，你是從幾歲開始讓這兩個耳族小孩戰鬥的？」

小光擺出一副「姊姊我生氣了喔」的模樣逼問我。

「十歲開始吧？」

「咦？因為現在是十一歲——從一年前開始？」

「正確來說是快一年吧？」

「到、到底是進行了什麼樣的力量升級法啊？」

「除了一開始以外，都只讓這些孩子去戰鬥。」

「騙、騙人。」

雖然會幫忙整理場地、準備裝備和物資，以及削弱過剩的敵人戰力就是了。

「是真的。妳看這把作弊法杖。」

「綠寶石——不對，是用世界樹的晶枝製成的法杖？這個跟孚魯帝國的大賢者所擁有的很像呢。」

「波奇，讓她見識一下祕密裝備的劍。」

「好喲。」

「神授聖劍——不對，雖然我只能用光之劍，但也能看得出這把魔劍有多厲害。」

「那是聖劍喔。」

「聖劍？現在的人造聖劍已經達到這種水準了嗎？」

小光發出驚訝的聲音。

「怎麼可能有這種事，那是作弊的主人打造的劍。」

亞里沙稍顯得意地糾正。

「這麼說來，小光也鍛造過聖劍朱路拉霍恩吧？」

「咦？不是喔。我只是準備素材和使用術理魔法幫忙加工而已，主要工作的人還是魔劍鍛造士雷普先生喔。」

應該是傳聞經過漫長的歲月，從「王祖幫忙製作」變成了「由王祖製作」吧。

同理，製造出傳說中由王祖大和發明的「油」和「味噌」的，也不是對料理一竅不通的小光，而是同一支隊伍中負責料理的煉金術士研究得出的成果。

看來透過這類意外的趣聞、勇者故事和魔法話題，小光成功和我的夥伴們打成了一片。

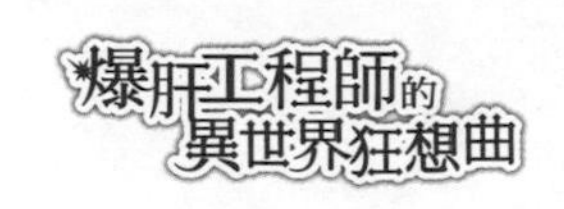

◆

「來王城也只要一瞬呢。」

我和小光化身成勇者無名的模樣來到王城的轉移點。

我們一同從窗口進入國王辦公室。由於平時都是晚上前來，白天造訪感覺有些奇怪。

「午安，陛下。」

聽見我用無名的語氣向國王搭話，小光伸手捂著嘴拚命憋笑起來。

雖然事先告訴過她我會為了防止暴露真身而改變說話語氣，但無名的語氣似乎戳中了她的笑點。

「原來是王祖——勇者無名大人啊。」

「歡迎您大駕光臨，勇者無名大人。今天是兩位前來造訪嗎？」

注意到小光的宰相好像有點驚訝，不過或許認為她是我的替身，並未過於追究其身分。

「嗯——確實長得很像夏洛利克呢。」

「您認識犬子嗎？」

國王以為小光指的是第三王子，於是如此問道。

「犬子？不是喔。不過，原來他被仰慕到名字會被用在孩子身上啦。」

「您、您的意思難不成！」

查覺到小光口中的「夏洛利克」是誰的宰相提高音量。

「你很像小利——果然是杜克斯家的孩子。小利有好好聽我的話去結婚呢。」

小光看著宰相——前杜克斯公爵，感到懷念似的瞇起眼睛。

「——我可以把這個拿掉嗎？」

我對指著面具的小光表示無妨。

「對不起喔，我不想對夏洛利克和小利的子孫隱瞞身分，」

小光說完，便拿掉勇者無名的面具和紫色的假髮。

「果然是王祖大人！據說初代利坦索爾大人為了實現與王祖大人的約定，迎娶了絕世美人尤米娜為妻！」

「哈哈哈，小尤米果然豁出去了呢。我能夠想像他們構築的幸福家庭喔。」

因為宰相的報告回憶起過往熟人的小光眼角泛淚並露出笑容。

「王、王祖大人？」

「嗯，的確是我。感謝你們為了人民令希嘉王國如此繁榮。」

聽到小光這麼說，國王和宰相都流出感動的淚水。

「恭祝您從長眠中甦醒。」

國王和宰相紛紛低下頭去。

我一邊感受著身為局外人的心情，一邊看著他們交流。

「那、那麼無名大人就不是王祖大人了？」

「是啊。我不是一直都這麼說嗎？說『我不是王祖』。」

國王和宰相都露出訝異的表情。

「總覺得像是欺騙了你們一樣，抱歉啦？」

姑且還是道個歉吧。

「您不需要道歉。如果沒有無名大人在，希嘉王國早已被復活的『黃金豬王』和『狗頭古王』毀滅了。」

「不僅如此，還有前幾天的魔族大軍和『魔神的產物』。雖然富士山脈的天龍大人前來協助，但沒有無名大人是不可能擊退的。」

國王和宰相滔滔不絕地說。

即使知道我不是王祖，他們的態度似乎也沒什麼改變。

「豬王是指黃金陛下？狗、狗頭是指你打敗了那個邪神？」

見小光一臉驚訝，我點了點頭。

這麼說來，雖然昨天順著話題走向提到過「擊敗了復活的魔王」，但沒有具體講出打倒了哪個魔王。

「不愧是一——勇者無名呢。」

差點說出一郎二字的小光強硬地改了口。

「無名大人不是王祖大人的隨從嗎？」

「不是喔，比較像是未婚夫的兄弟——青梅竹馬的哥哥那種感覺吧？」

「王祖大人有未婚夫！如果真的出現了，必須舉國歡慶才行！」

國王產生反應的地方有點不太對。

「哈哈哈，謝謝你。因為收到了會在王都重逢的神諭，等**哪天**見到面我再帶來介紹給你們吧。」

小光語氣輕鬆地說。

「——啊，不過在找到他之前，我還能來這裡玩嗎？」

「當然可以。希嘉王國裡不存在任何將王祖大人拒於門外的地方。」

聽到國王這麼說，小光笑得更開心了。

「說到底，既然王祖大人已經回歸，我應該退讓王位，將其歸還給王祖大人才對。」

「咦，慢、慢著！那個，等一下，不能那麼做！」

面對突然開口說要轉讓王位的國王，小光顯得驚慌失措。

「可是，既然真正的王已經回來了——」

「就說了不行啦！我在幾百年前就已經讓出王位了！不可以一直依靠隱居的人！未來還在前方等著你們耶！」

小光強硬地把國王的發言蒙混了過去。

「那麼，至少請您收下光圀公爵的爵位以及宅邸。」

原來如此，所以才叫美都．光圀啊？畢竟小光很愛看時代劇，肯定是從水戶光圀聯想過來的。

「光圀府位於城堡前面的一級地區吧？不能把原本住在裡面的人趕出去喔。」

後來聽說，光圀公爵家是小光把王位轉讓給第二代國王時創立的家族名稱，似乎因為小光如同黃門大人一樣踏上改變世界的旅行而變得很出名。

「不會的，那裡自從退位後的第四代國王福拉格陛下住過之後，至今仍由王家保管，現在並沒有人居住。」

福拉格王好像是最後一位繼承光圀公爵的人。

當時似乎發生了些什麼，自那以後就沒有任何人繼承。

「當然，那裡一直都有僕從打點，以便能隨時使用。不僅是建築物，傢俱也使用『固定化』維持著當初的模樣，我想一定能夠讓王祖大人放鬆心靈。」

維持當初的狀況似乎觸動了小光的心弦，她坦率地收下了光圀公爵家的宅邸和爵位。

我帶著跟國王他們約好會再度造訪的小光離開國王辦公室，然後應她的請求前往王城前面的光圀公爵家宅邸看一看。

出示國王的親筆書信及代表光圀公爵爵位的都市核終端給衛兵和宅邸管理人看過之後，我們就直接走了進去。

「……嗯，這裡還是當時的樣子。」

小光感慨萬千地環顧寬闊的交誼廳。

「夏洛利克他們經常會在工作疲勞之餘來這裡玩呢。大家都很喜歡那張沙發喔。會在上面相互抱怨、討論怎麼讓國家變得更好，或是一起耍笨呢～」

看來這間寬闊的宅邸到處都充滿她的回憶。

為了不妨礙小光回憶過去，同時也不讓她感到孤單，我保持適當的距離跟在她身邊。

「我今天可以住一郎哥的家嗎？這裡的回憶稍微有點太多了。」

「嗯，當然可以。」

我帶著小光用空間魔法「歸還轉移」回到王都宅邸。

此外，小光那彷彿看破紅塵般的美女模式，在吃完晚飯的時候受到夥伴們熱鬧的笑容影響，又變回了平時的她。

果然笑容才是最適合她的表情。

祈願戒指

「我是佐藤。長期劇情（活動）的TRPG曾經出現過能實現願望的戒指。但因為有願望過大就會造成反效果的設定，印象中得到後反而更傷腦筋。」

「——以上就是進度報告。」

讓小光和夥伴們睡著後，我變成庫羅的模樣來到越後屋商會。

聽完擔任掌櫃祕書的銀髮美女蒂法麗莎報告進度後，我從艾爾泰莉娜掌櫃這位金髮美女聽取了幾項建議。

「我們從亞里沙顧問那兒收到了設立帶薪休假以及禁止連續出勤等建議。」

聽完她的說明，我簡短地給出「允許」作為回應。

為了改善堪稱黑心企業的「希嘉王國勞動環境」，亞里沙統整出一份建議書。由於希嘉王國不僅薪資低廉且大多都是論件計酬，因此只要經營者不強制休假，大多數勞工似乎都全年無休。

「庫羅大人，宰相大人向我們提出協助復興王都的委託。」

「──協助？」

「是的。雖然名義是協助，實際是向我們越後屋商會訂購復興的材料。」

我看了一眼掌櫃旁邊的蒂法麗莎遞過來的文件。

雖然是比市價高五成的好價格，但貨期相對較為吃緊。

「好，就接下來吧。」

「庫羅大人，請恕我多嘴──」

掌櫃給出忠告，說現在王都附近有建材壟斷的情況，即使價格比市價高五成也很難收購到足夠的數量。

「沒問題。我打算從歐尤果克公爵領、穆諾伯爵領以及庫哈諾伯爵領訂購建材。」

「那樣的話運費會……」

「掌櫃，妳忘了我會轉移嗎？」

只要由我搬運就沒問題了。

而且在當地購買的話，應該能以市價三成左右的價格收購。

只要讓當地的商人保證貨源，應該就能省下不少麻煩。

由於掌櫃的議題到此結束，話題來到我本次造訪的主題。

我說出為了救濟貧困階級，打算開拓農村以及開墾新礦山的事，並表示想聽聽她們兩人的意見。

「因為從列瑟烏伯爵領逃到王都和分歧都市凱魯通的難民逐漸演變成問題，所以我認為應該能取得開拓和開發的許可。但由於兩者都需要龐大的資金，因此有可能要花很長的時間才能收回前期投資。」

「可以把盈虧置之度外。」

只要有我的魔法，兩方面都能幾乎無成本來進行準備。

不對，礦山必須準備排水設備和升降機吧。

「我打算把地點安排在這附近以及這座山。麻煩妳根據難民和貧困階層的人數，算出適合的開拓村數量與規模。」

「我明白了。請問可以給我三天左右的時間嗎？」

三天就能搞定嗎——我朝可靠的蒂法麗莎點點頭。

「話說回來，之前提過從平民那兒徵求方案的事，有派得上用場的嗎？」

越後屋商會在亞里沙的提議下，向大眾公開募集了大量便利道具和商業方案。

「目前並沒有能夠立刻商品化的方案。」

「這樣啊。一開始重要的是儘量收集大量的點子。就保有耐心地繼續進行吧。」

「我明白了。話說回來——」

她將幾項無法製成產品卻很有趣的東西拿給我看。

「這個是——點火工具嗎？」

雖然尺寸跟便當盒差不多，但毫無疑問是打火機。

「似乎不是魔法道具，而是一種打火石。」

「這個無法採用嗎？」

「是的，據說製作一臺要花費大約一枚銀幣。在距離迷宮都市不遠的王都，只要一枚大銅幣就能買到便宜的點火魔法道具，因此無法與其競爭。」

原來如此，是成本問題啊。

畢竟如果不考慮安全裝置和使用難度，很簡單就能做出點火用的魔法道具。

「不過，的確是個不錯的點子。」

「我也這麼認為。這邊是開發者的詳細資料。」

上面的名字我有印象。

是盧莫克王國召喚的葵少年。

如果是來自大倭豐秋津島帝國——另一個世界日本的他，就算知道打火機的構造也一點都不奇怪。

「雖然稍嫌年輕，請問可以邀請他來越後屋商會的研究部門嗎？」

「無所謂，我也有點興趣。若是成功聘僱，讓我跟這個叫做葵的人見個面。」

我玩弄著打火機這麼對掌櫃說。

如果他有想製作的物品，我打算協助他。畢竟還必須提醒他別去觸碰製造電波塔和列車這些禁忌才行。

◆

「有件關於拍賣會的事想告知庫羅大人——」

商討結束後，掌櫃開口這麼說。

因為拍賣會將會展出「樓層之主」的戰利品，我也預計會以佐藤的身分參加。

掌櫃以「雖然是年初在商業公會聽到的非官方情報」作為開端，壓低音量繼續說：

「——聽說會拍賣『祈願戒指』。」

「祈願戒指？是指附有神聖魔法『祈願』的戒指嗎？」

「具體資訊還不清楚，但我聽說那是巴里恩神殿祕藏的珍寶。」

巴里恩神殿嗎……

我腦中閃過召喚出「魔神的產物」的巴里恩神國霍茲納斯樞機卿的身影。

「對方有說明展出的理由嗎？」

「據說是打算將拍賣所得的金錢全額捐贈給王都的復興事業。」

王國和巴里恩神殿之間或許透過樞機卿的事，進行了某項交易吧。

不對，如果是交易的話，比起金錢，應該會讓他們直接獻出「祈願戒指」才對——

「那個戒指任何人都能使用嗎？」

如果可以，我想買下來用在解除亞里沙和露露的「強制」上。

「那好像是巴里恩神殿的神器，我想只要是在巴里恩神殿接受過洗禮的信徒，任何人都能使用。」

沒辦法嗎——不，小光是巴里恩神的勇者，應該接受過洗禮才對。

即使並非如此，越後屋商會的幹部女孩之中應該有在巴里恩神殿接受過洗禮的人，到時候拜託她們就好。

好——

「——我要買下來。」

為了亞里沙和露露。

即使用上我那高到亂七八糟的財力也要買下來。

「我明白了。」

聽到我宣言的掌櫃，毫無遲疑地點了點頭。

「以比斯塔爾公爵和歐尤果克公爵為首的大貴族，以及王都第一的富豪果庫茲商會應該也會參加競拍吧。為了牽制那些對手，我想優先使用幾項商品，請問可以嗎？」

「雖然無所謂，不過能夠牽制嗎？」

「參加拍賣會前必須先提交持有現金額度的申請。因此只要我們拒絕賒帳，限定使用現金交易，就能讓大貴族和富豪們在拍賣會前用掉現金。」

原來如此，也就是在戰爭（拍賣會）前，先削弱對手的戰力（財力）啊。

「要做就做得澈底一點——」

我提出也推銷給可能借錢給大貴族的人，好讓他們也無力借錢的建議。

「我明白了。可以請您補充『符文光珠』和『魔法盾手環』之類的商品嗎？另外還希望您製作幾種魔法藥……」

「補貨沒有問題，同時把所需的魔法藥清單和商品要補充的數量一起算給我。」

「掌櫃，富豪姑且不論，想讓大貴族們用掉現金資產的話，光靠那些雖然缺貨的現有商品是否稍嫌不足呢？」

見蒂法麗莎指出這點，掌櫃也面有難色地點點頭。

「既然如此，我去準備賣給大貴族的特製魔劍和魔法道具吧。」

「可以嗎？」

「無妨。掌櫃就採取自己認為最好的行動。不過飛空艇和空力機關跟國王約好不會外流了，因此希望妳能諒解。」

在砂糖航路打撈沉船以及在大沙漠支配的都市核房間也找到了為數不少的飛翔木馬和飛翔靴，那些也拿出一點交給她們吧。

「庫羅大人，那把特製魔劍有樣本嗎？還是說，是像『英傑劍』那種附加了特殊能力的劍呢？」

她口中的「英傑劍」是我為了增強希嘉王國對付魔物的戰力，透過越後屋商會批發給國家的祕銀鍍造魔劍。

「和那種鑄造魔劍是不同的物品。我先給妳們幾個樣本吧。」

我將幾種在製作給小玉和波奇用的魔劍和聖劍的過程中，為了確認功能試做的全魔法金屬製鍛造魔劍交給她們。雖然遠遠比不上給小玉和波奇她們裝備的祕密裝備，卻具備了鑄造魔劍無法比擬的高性能，應該足以讓人上鉤。

「庫羅大人，也有一些家族是由夫人掌管財務，因此我認為準備一些像『天涙之滴』或是大顆珍珠之類的女用商品比較好。」

「說得也是。我去伊修拉里埃弄一些最高級的『天淚之滴』吧。另外我還有諸如此類的寶石，能派上用場嗎？」

我將用土魔法「石製結構物」做的寶石工藝品拿出來。

「這、這是裘葉爾大師的寶石工藝品？」

「妳說的裘葉爾大師，是指那位寶石魔法師？」

這是我看了裘葉爾在博物館展示的寶石工藝品後，嘗試自己是否能製作相同東西而試做出來的，掌櫃的著眼點很正確。

「但是，確實很了不起。裡面彷彿裝了太陽的金剛石……」

因為我在金剛石中間塞了光石，所以確實有這種感覺。

雖然試圖模仿了明亮式切割，但我對此還只是一知半解，所以是和亞里沙老師促膝長談，不斷嘗試才終於成功。這似乎是一種稱作圓形明亮式切割的代表性切割方式。

對了——

「如果獲得了礦山開發和農村開拓的許可，就去公開募集願意出資的人吧。」

「將截止日期定在拍賣會開始的前一天，限定現金出資是吧？」

猜透我內心想法的掌櫃心領神會地露出微笑。

「沒錯。澈底壓榨一番——只不過……」

「為了不影響平民的生活，採用只收金幣的形式可以嗎？」

我朝搶先一步講出我內心想法的蒂法麗莎點點頭。

將後續事宜交給兩位值得信賴的人後，我便返回王都宅邸。

幕間：波紋

「──『祈願戒指』？」

「怎麼，身負怪盜夏露倫之名的妳也不知道嗎？」

噴泉前的廣場，一名禿頭男子與市井女孩風格的美女正目不相交地低聲交談著。

「皮朋！不要在這種地方用那個名字叫我。」

「沒有人聽得到啦。」

夏露倫的抱怨被皮朋隨便帶過。

由於聲音被噴泉的水聲覆蓋，兩人又是依照腹語術的方式不動嘴進行交談，因此周圍的人絲毫沒有察覺。

「所以呢？那個戒指怎麼了？」

「那個珍藏在巴里恩神殿深處的祕寶，將會在這次的拍賣會上出售。」

夏露倫腦中閃過巴里恩神殿跟年末的大騷動有關聯的傳聞。

因為發生了那件事，神殿才會交出祕寶吧；她如此思索。

「然後呢？你該不會是來找我組隊偷那個吧？」

「呵呵呵，如果我說正是如此呢？」

夏露倫微微皺起眉頭。

「神出鬼沒的皮朋需要幫忙？不可能吧？」

「妳這麼抬舉我，實在令人感激涕零。」

皮朋語帶戲謔地說。

「雖然放在巴里恩神殿多重結界壁內側深處時無法下手，但如果是搬運到拍賣會場途中或是展示的時候，就能輕易下手了吧？」

「當然，『神出鬼沒』這個綽號可不是浪得虛名的。」

夏露倫偷偷窺探起皮朋的表情。

察覺到視線的皮朋揚起嘴角竊笑。

「戒指是放在號稱連龍也能封住的『封龍匣』裡喔。」

「真虧你連這種事都能調查到……」

「是靠本大爺的魅力啦。」

「哦，是嗎？所以那個匣子怎麼了？」

夏露倫不再追問不打算詳細解釋的皮朋，強硬地繼續話題。

「封龍匣只有知道正確解鎖順序的人才能打開。假如強行將其打破，裡面的戒指也會消失到次元的盡頭去。」

「我可沒有打開那種匣子的能力喔？」

夏露倫先一步提醒。

她雖然對開鎖和魔法鎖的技術很有自信，但不認為自己能打開那種連龍都能封住的誇張祕寶。

「這點我知道。有種叫做『龍瞳』的道具，只要用那個似乎就能了解打開封龍匣的正確順序。」

「我記得，那好像是某個國家的祕寶吧？你是要我去現場偷嗎？」

見夏露倫語帶厭惡地這麼說，皮朋的眼神變得像惡作劇的小孩似的。

「沒那個必要。『龍瞳』現在就在這個國家。」

「在王城嗎？」

熟知皮朋的夏露倫立刻就注意到「龍瞳」的所在地。

「呵呵呵，不愧是我的對手。」

「說起神出鬼沒這個外號不管用的地方，就只剩下那裡了吧？」

「其實並非不管用，只是立刻就會被發現而已。」

皮朋大言不慚地說。

「你的意思是要我去把那個偷出來？」

皮朋朝開口確認的夏露倫輕輕點了點頭。

「既然打算把我當跑腿一樣使喚，你應該會拿出合適的報酬吧？」

「那當然。無論是聖靈藥還是裘葉爾大師的魔法寶石，無論什麼我都會弄來給妳。」

「兩個我都不需要，只要幫我做事就行了。只是前往有些危險的地方獨自回收物品的簡單工作。這種事對你而言很輕鬆吧？」

「嗯，那當然。無論是魔王信奉者的據點還是迷宮，我都奉陪到底。」

兩人彼此打了個表示契約成立的地下社會手勢。

「話說回來，你知道得還真詳細耶。以前就知道了嗎？」

「是啊，十年前偶然得知的。從那以後，我就一直等待祕寶被帶出神殿。」

「哼嗯～這樣啊。」

雖然夏露倫從皮朋的話語中察覺到糾結於過去因緣的感覺，但她並未深究地帶過。

「那麼，『龍瞳』的事就交給妳了。拜託在拍賣會開幕日前搞定。」

皮朋說完這句話，便忽然從夏露倫眼前消失無蹤。

「拜託嗎……還真不像你呢。」

夏露倫如此喃喃說道，隨即取下臉上的美女面具，以不起眼的真面目消失在人群中。

◆

正當怪盜們開始暗自行動時，貴族和商人們也紛紛蠢蠢欲動起來。

在某個公爵家——

「『祈願戒指』嗎……竟然出現這麼麻煩的東西。」

「您是說麻煩嗎？」

隨侍在旁的心腹聽見家主的喃喃自語。

「嗯，要是落到敵對勢力手中可能會被用來做壞事，但我們自己拿到又沒什麼用。」

「是這樣嗎？依臣愚見，那是可以解決不治之症、詛咒、不幸事故等致命危險的優秀道具吧？」

「哼，疾病或詛咒之類的有萬能藥或萬靈藥就夠了。即使是喪命，借助神殿的力量便能應對。向神祈願實現願望的戒指，並非人類應當持有的物品。」

家主嘆了口氣這麼說。

「那麼，您是不打算買下來了？」

「——並非如此。不能放任它落入西邊蠢貨和三教九流手中的危險性。若是能讓陛下對其產生興趣就好了……」

家主說完再次大大歎口氣，便命令心腹為了買下戒指展開行動。

接著，在另一個公爵家——

「居然是『祈願戒指』！無論如何都要買下來！」

「可是，王都宅邸囤積的貨幣已經在先前出征時用完了。在無法透過國航運送資金的情況下，實在是無可奈何啊……」

親信對滔滔不絕的公爵說出公爵家的現況。

「唔嗯嗯，再這樣下去會被東邊的老不死給買走。」

呻吟著的公爵咬牙切齒地擠出一句：「唯獨這件事無論如何都要阻止。」

親信只能靜靜地守望著開始打起鬼主意的公爵背影。

「絕對要買下來！讓大家知道我們才是王都第一商會！」

如同朽木般消瘦的老商人用力敲打厚重的桌子。

這裡是王都堪稱數一數二的老牌商會。

「可、可是，爺爺。如果是那種程度的珍寶，那些名門貴族——不，甚至連國王陛下都有可能出手參與拍賣不是嗎？」

「哼，你的眼睛是裝飾品嗎！不僅新打造了多艘大型飛空艇，又遭受了魔族襲擊，王國寶物庫裡剩下的金幣應該屈指可數，剩下的威脅只有那些領主和太守。不過——」

老商人露出奸詐的笑容。

「領主們不是問題。歐尤果克公爵經歷魔王復活和大怪魚托布克澤拉襲擊；比斯塔爾公爵不僅和親兒子起了糾紛，甚至還發生內亂；遭受海賊及魔族侵擾的加尼卡侯爵與過於保守的艾爾艾特侯爵應該不會有所行動。雖然還有其他伯爵出手的可能性，不過姑且不論他們的領地，光靠他們在王都宅邸的資產是構不成威脅的。」

老商人的話讓孫子一臉釋然地點點頭。

「大多數名門貴族手上都沒多少現金。但那些太守，尤其是迷宮都市的亞西念侯爵和貿易都市的荷依念伯爵都不能小覷。必須準備亞希念侯爵會喜歡的美術品以及會讓荷依念伯爵夫人產生興趣的珠寶來削弱他們的財力。」

「明白了。那麼珠寶就交給我準備，美術品則交給叔父籌措比較合適吧。」

「嗯，別忘了這次不能賒帳，一定要用現金當場結清。」

「——是，我明白了。」

最後被強塞難題的孫子反應瞬間慢了一拍。

畢竟地位越高的貴族越會選擇先賒帳——憑信用來購物，因此大多時候都必須等到下個月底之後才能回收現金。

「咯咯咯，這麼一來我們商會的名號就能登上王都頂點，再也不會被頑固又貪婪的區區鼬人比下去了。」

整個會長室都迴蕩著老商人的大笑聲。

不過，也不是所有商會都對戒指有興趣。

「『祈願戒指』？那種東西交給貴族和不識大局的商會就行了。」

會長眼神冷淡地看著氣喘吁吁闖進房裡的孫子。

「比起那種東西，設法購入萬靈藥或『英傑劍』對商會才更有幫助。」

「『英傑劍』會在拍賣會上展出嗎？」

由越後屋商會售給王國，名為「英傑劍」的魔劍非常受騎士與軍閥貴族的歡迎。但由於出貨量遠遠供不應求，而且買到的貴族們也一副不肯脫手的態度，因此私底下有許多人無論價格多少都想弄到手。

「雖然拍賣會上似乎也會展出，聽說僅接受現金交易，一把要價三百五十枚金幣且數量不多。」

「三百五十！」

一般以祕銀合金製成的劍大約金幣一百二十枚就能買到。以出自迷宮的魔劍也只要兩百到三百枚金幣來看，這個價格十分昂貴。

「價格至少會被哄抬到四百，順利的話即使到五百左右也賣得掉。」

「但、但要是越後屋商會直接對貴族出售的話——」

「如果真有那種打算，對方一開始就不會向我們商會洩露風聲。不愧是勇者大人關照的商會，他們對商人同行很講情義。縱然已領先我們，也不會做出讓人背後說閒話的事。」

或許是無法接受會長的說詞，孫子一臉不滿地陷入沉默。

「你還對戒指有所執著嗎？」

面對無法隱藏自己表情的孫子，會長心裡歎了口氣。

「就算真的把戒指弄到手，之後又能怎麼樣？既然終究要賣出去，那麼比起靠一枚戒指賣人情，透過魔劍讓複數軍閥或上級貴族欠下人情更划算。」

孫子在會長的開導下恍然大悟。

「如果想繼承商會，就應該有遠見一些。隨著眼前利益起舞的人無法成為繼承人。」

「……是，我會更加努力。」

見孫子一臉釋然地低下頭，會長滿足地點點頭。

「嘻嘻嘻，似乎到處都在傳跟戒指有關的有趣謠言呢。」

鼬人商會會長與心腹聊起了「祈願戒指」的話題。

「什麼願望都能實現的戒指，實在讓人很感興趣呢。」

「但若是以商會的利益優先，應該著眼於魔劍和護身防具才是。據說『英傑劍』好像也會在拍賣會上展出。」

他們作為異國商會，無法透過正規管道取得「英傑劍」。

既然入手的騎士和貴族們都絕不會放手，這次拍賣會就是他們取得那把劍的唯一途徑。

「嘻嘻嘻，我當然清楚。戒指應該會作為拍賣會的壓軸登場，要是因為一己私慾捨棄商會利益就太愚蠢啦。」

會長瞇起眼睛，喃喃自語地說：「畢竟錢要有效運用才行嘛。」

◆

「陛下究竟在想什麼啊！」

王城的某個房間裡，身穿豪華服飾的第一王子正在發脾氣。

房間裡的僕人們都因為害怕招惹他而不敢出聲。

「放任『祈願戒指』這麼危險的物品不管，就等於把王國暴露在危險中，為什麼陛下就是不明白！」

「殿、殿下，陛下應該也有自己的想法——」

有著夢幻般美貌的第一夫人戰戰兢兢地勸著王子。

即使是具備第一王位繼承權的第一王子，公然批評國王依舊過於不敬。雖然這個房間裡的侍從都是一些長年侍奉王子的忠僕，但萬一洩露出去，很有可能會被其他王位繼承人緊咬不放。

「那種事我當然很清楚。但現在的陛下——」

——正遭到自稱王祖大和的詐欺師蒙騙。

第一王子雖然這麼想，但由於王祖大和復活是僅有國王及部分王族與重臣才知道的祕密，他無法在此開誠布公。

「……又不是不死族，人怎麼可能沉睡幾百年。」

「殿下？」

第一夫人一臉擔憂地對第一王子詢問。

「沒事。陛下沒有動作的話，就由我來行動吧。畢竟那些謀取王位的笨蛋可能會私下有所企圖。」

第一王子這麼說完，腦中浮現自己派系裡那些貴族的身影。

為了不打擾王子的思緒，第一夫人留下最低限度的僕人後離開房間。

即使是接近至尊之位的人們，似乎也有很多麻煩事。

友情與決心

「我是佐藤。大概是因為網路發達的緣故，總覺得親戚或朋友的居住地出現災害新聞速報時，用電話來確認安危的情況變少了。畢竟用社群媒體較能知曉確切情況嘛。」

時間來到一月三日，小光住進宅邸的隔天——

我參加了第二天的王國會議。

「建造中的小型飛空艇將會借給各位領主。另外，目前運輸用的大型飛空艇從兩艘增加到四艘，新增的兩艘分別將於連接聖留伯爵領和王都的北方航路，以及連接全部領地的環形航路展開航行。」

擔任議長的宰相說完之後，議事廳內的貴族紛紛發出歡呼。

在議事廳中有一席之位的除了國王與領主，就是包括我在內的上級貴族，以及大臣為首的高級官員。

我被視為穆諾伯爵的親信，與妮娜女士一起待在領主席的後面。

「北方航路的飛空艇將預定在三個月後，環形航路的飛空艇則在半年後起航。我國人與物的流通，應該會因為這兩條新航路而變得更加活躍。」

接著宣布用來建造這些飛空艇的新型空力機關，是由勇者無名提供的。

王立造船廠負責半數的小型飛空艇及北方航路的大型飛空艇，剩餘的一半小型飛空艇與環形航路的大型飛空艇則是交給越後屋商會的造船廠修理。

配給到環形航路的那艘大型飛空艇，是我們從迷宮都市前往王都時搭乘、緊急降落在王都近郊的那艘。

「小型飛空艇完工後，將會依據先前決定的順序逐艘借出。」

目前航行中的東方航路是指歐尤果克公爵領、加尼卡侯爵領首都和王都的通路。西方航路則是連接著比斯塔爾公爵領與艾爾艾特侯爵領的首都，以及迷宮都市賽利維拉。

北方航路就是為了方便出現新迷宮的聖留伯爵領往返王都而增加的直達航班。

因此除了上述的兩位公爵和兩位侯爵，以及聖留伯爵等五位領主之外，會依照對王國的貢獻度借出小型飛空艇。

「我的領地是最後嗎……」

我的順風耳技能捕捉到憤憤不平的抱怨聲。說話的人是列瑟烏伯爵領的年輕少年領主。

大概是因為中級魔族奇襲，導致失去領都、前領主、三成領民和多數重臣的影響很深遠吧。再加上魔族聚集的魔物軍團也尚未完全驅逐，使得淪為難民的領民對王都及鄰近領地造成麻煩，我想這也是沒辦法的事。

或許是因為前任列瑟烏伯爵以無聊的理由使蒂法麗莎和妮爾變成犯罪奴隸的緣故，我目前絲毫沒有幫助列瑟烏伯爵的打算。

「接下來將發表自迷宮取得，分配給各領地的魔核數量。」

雖然覺得資源分配上會出現爭執，或許事先早已溝通過，沒有任何人對宰相的分配提出抱怨或反對。

——不對，有個人唱起了反調。

「我方領地竟然要停止供給一年，您不覺得實在太過分了嗎！這樣一來，領地復興將會遙遙無期啊！」

剛剛的少年領主如此大叫。

列瑟烏伯爵豁出去了似的向國王和宰相抗議。

雖然不清楚如何將魔核用在復興上，不過他好像對本來應該分配給自己領地的魔核，被分配給前往比斯塔爾公爵領的騎士團以及迅速復興的穆諾伯爵領這件事感到不服。

這麼說來，之前妮娜女士似乎曾說過，繼承爵位前的列瑟烏伯爵在王國會議的事前協商失敗，不僅沒能得到其他領主和名門貴族的協助，似乎還招致了反感。

事前協商這些事時肯定也被排除在外了吧。

列瑟烏伯爵被老奸巨猾的長者們說服回座位之後，隨即轉到下一個議題。

先是討論越後屋商會訂購振興王都的資材與鎮壓比斯塔爾公爵領叛亂等事宜，最後商議由聖留伯爵提出何時正式開發聖留市迷宮並招募出資貴族等相關議題。

貴族間的交涉與事前磋商似乎在過年前就已經結束，由於每件事都像在確定結果一樣，因此議題數量非常多。

會議不斷持續，期間只穿插了短暫的午餐時光，當座位上的顯要們差不多開始出現疲態時，才終於見到盡頭。

「——今天的王國會議到此結束。對今天議題有異議的人請站起來。」

擔任議長的宰相說出固定的謝幕詞。

這三十年以來，似乎**從未有人**在此提出異議。

之所以用過去式，是因為我見到少年領主從領主座位中站起來的身影。

「少主，請先回座。」

「放開我，你是打算強迫領民過著水深火熱的生活嗎？」

少年領主粗魯地甩開低聲勸其回座的親信之手，朝宰相瞪了過去。

「是列瑟烏伯爵啊。若有異議就請您提出吧。」

面對宰相富有威壓感的低沉嗓音，列瑟烏伯爵雙肩一顫。

「那、那麼，啟稟大人，希、希望能重新考慮提供魔核給吾等領地！」

雖然列瑟烏伯爵用下了覺悟的表情訴說，但由於聲音顫抖而缺乏魄力。

「這件事應該已在上午的會議中達成共識——」

宰相對列瑟烏伯爵充滿耐心地解釋。

或許是依然感到不服，列瑟烏伯爵低著頭不發一語。

順帶一提，作為問題中心的魔核雖然是設置在礦山或者移動據點等地方的魔力爐燃料以及製作魔法藥與魔法道具的必要材料，但不算是人們生活不可或缺的物品。

都市所需的魔力都取自都市核源泉。

只要沒有波爾艾哈特自治領的祕銀爐那般使用魔力宛如燒水的魔力裝置，都市內應該不需要用到大量魔核才對。

況且加以分配的只有迷宮都市的部分，從各領地的魔物取得的魔核交由領主自行處理。

不夠的話，只要狩獵領地的魔物就行了。

當然，那也必須具備足夠的軍力才能實現。

「——貴領地的首要任務是恢復治安才對吧？將原本預定分配給你領地的魔核，用來供應從比斯塔爾公爵領追加的王國騎士團移動據點的魔力爐；作為代替，王國騎士團將會驅除在貴領地肆虐的魔物以確保道路安全。你也同意了這個方案不是嗎？」

「那、那是……」

原來如此，我稍微猜出宰相的想法了。

宰相是打算確保經過列瑟烏伯爵領的中央道路安全吧。

而且還讓列瑟烏伯爵支付相關費用。

從位置上來看，假如列瑟烏伯爵領內的道路不安全，將難以維持派向比斯塔爾公爵領的叛亂鎮壓部隊補給線，只能仰賴艾爾艾特侯爵領那顛簸不平的西方道路。

況且，倘若無法確保中央道路的安全，就會對王國北方眾多領地與王都之間的運輸造成影響。

雖然只是從軍事與經濟方面來看，不過應該沒錯。

另外，看來只有列瑟烏伯爵沒有察覺到這點。

「哼，嘴上說復興是為了領民，其實只是想再次開墾領地內的礦山吧？」

傑茲伯爵領的領主刻意大聲說。

從列瑟烏伯爵咬牙切齒的模樣來看，似乎正是如此。

「傑茲老爺子也真是孩子氣呢。」

身旁的妮娜女士傻眼似的低聲說。

根據妮娜女士的說法，由於傑茲伯爵領和列瑟烏伯爵領相鄰，因此遭遇了許多麻煩。

「唉，那小子的如意算盤大概正如傑茲老爺子所說，是打算優先滿足伯爵家及手下貴族們的利益，藉此掌握領內貴族吧。」

同時也將列瑟烏伯爵的企圖告訴我。

「雖然已經講過很多次，讓騎士團沿路殲滅魔物，會比起供給魔核更有復興效果。不在乎領民安全，只顧著提供魔核給礦山與要塞魔力爐又有什麼意義？」

宰相無視傑茲伯爵的話，語重心長地對列瑟烏伯爵說。

口吻猶如用絲綢勒住脖子那般溫柔。

「那我通融把我領地的那份魔核讓給你吧——」

列瑟烏伯爵聽到這句話滿面期待地抬起頭，卻在確認發言人之後表情再度蒙上陰影。

要說為何，因為那個人是比斯塔爾公爵。

「——取而代之，我要請騎士團直接穿過列瑟烏伯爵領，並且優先鎮壓我領土內的叛亂分子。」

「那、那麼一來……」

「我都給了你要求的魔核，還有什麼不滿的！」

比斯塔爾公爵的怒罵聲令列瑟烏伯爵顫抖起來。

接著他的家臣與其他名門貴族也紛紛應聲起鬨。

「慢著，比斯塔爾公——」

宰相插嘴阻止激動的比斯塔爾公爵等人。

看來王國會議要延長了。

真是沒辦法。

◆

「——嗯？」

當我在王城與穆諾伯爵他們道別、搭乘馬車從主幹道返回王都宅邸的途中，我那因為進城而縮限範圍的雷達上出現了藍色光點。

原以為是夥伴的其中一人，實際上似乎並非如此。

我從馬車窗口探出身子，迎面看到對街的燦陽色頭髮。

那是本該在迷宮都市的——

「潔娜小姐！」

我走下馬車朝她揮手。

潔娜小姐從遠處發現我之後，將馬匹韁繩塞給身旁的同伴後便跑了過來。

「佐、佐藤先生！你、你平安無事真是太好了。」

潔娜小姐藉著奔跑的勢頭一把將我抱住。

她用顫抖的手緊抱著我，同時帶著哭腔不斷重複說：「太好了，實在太好了。」

潔娜小姐應該是知曉「魔神的產物」與魔族軍團出現在王都，才會擔心我們的安全特意來到王都。

「非常謝謝妳，潔娜小姐。我家孩子們全都平安無事，請別擔心。」

聽到我這麼說，潔娜小姐被淚水沾溼的臉龐終於露出笑容，小聲地說了句「那就好」。

「喂，那邊的小姑娘！」

此時一道粗獷的嗓音自背後傳來。

「果然是亞爾菲准男爵的侄女啊。」

「奇、奇果利閣下！」

對粗獷聲音做出回應的，是潔娜分隊使用大劍的美女伊歐娜小姐。

回頭一看，我發現擔任聖留伯爵護衛的奇果利卿以及貝爾頓子爵正從馬車探出頭來。

「潘德拉剛卿？還有，這不是魔法兵潔娜嗎？」

注意到貝爾頓子爵正一臉好奇地看著自己，潔娜小姐連忙放開緊抱我的手。

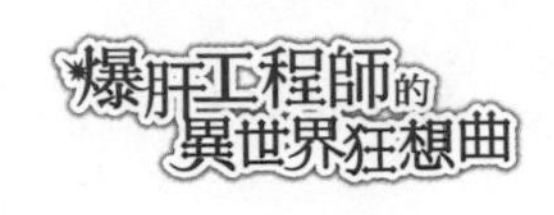

「妳們應該在迷宮都市執行任務才對，怎麼會出現在王都？」

「那、那是因為──」

面對貝爾頓子爵的問題，潔娜小姐顯得欲言又止。

看來她因為過於擔心我，沒得到許可就趕過來了。

「她是因為聽聞前些日子王都發生的異常情況，為了確認家主聖留伯爵大人的安危，才馬不停蹄地趕回來。」

我透過詐術技能替她編了個無傷大雅的理由。

並向潔娜小姐說：「抱歉，在執行任務的途中叫住了妳。」藉此讓貝爾頓子爵他們誤以為潔娜小姐在此停下腳步是因為我的緣故。

「原來是這樣啊。放心吧，聖留伯爵大人平安無事。我作為首席家臣，很開心妳們能如此忠誠。」

貝爾頓子爵如此慰勞潔娜小姐她們。

看來詐術技能取得了勝利。

「雖然想儘快讓妳們跟伯爵大人會面，不過大人暫時無法離開王城。王都宅邸也只有一板一眼的托流大人在，如果不想太過拘謹，就隨便找個地方打發時間到晚上吧。」

貝爾頓子爵說完看了我和潔娜小姐一眼，便再度讓馬車出發了。

他的嘴角帶有些許笑意，應該是打算讓潔娜小姐她們稍事休息吧。

於是我帶著潔娜小姐返回王都宅邸。

「大家都累了吧，我馬上叫人準備熱水和休息的房間。」

我吩咐接待的女僕準備客房，並將潔娜小姐她們的馬匹交給馬夫照顧。

「雖然主要道路周邊似乎遭受到嚴重的損害，不過這附近沒有受到影響呢。」

「是啊，運氣似乎很好。」

我一邊對伊歐娜小姐這麼說，一邊帶著她們四人前往會客室。

「難不成是魔王出現了？」

「不，只是魔族大軍和大量的魔物罷了。」

「——魔族大軍！」

我直率地回答莉莉歐半開玩笑的問題，坐在一旁喝著冰涼果實水的潔娜小姐驚訝地跳了起來。

「嗯，請別擔心。牠們全都被勇者無名大人及其隨從給收拾掉了，完全沒有我們出場的機會。」

「那我就放心了……」

根據潔娜分隊成員的說法，她們似乎是偶然得知王都發生異常情況的。

當冒險者公會的公會長接到報告，大聲喊出「王都遭受魔族襲擊！」時，她們似乎剛好在場。

由於在那之後日食變暗的天色也使得潔娜小姐感到不安，使得她丟下一句「要前往王都」，便衝出了公會。

「唉呀～要阻止突然打算用魔法跑去王都的潔娜真的有夠累人的呢。」

「莉、莉莉歐真是的！明明都說過好幾次要保密的！」

印象中風魔法的「疾風步」的確能跑得比馬還快，但會導致肌肉嚴重疲勞，並不適合用在馬拉松等長距離上。

「雖然以『調查王都的異常情況』為由向騎士韓斯取得許可後馬上就出發了，但……」

「各城鎮都陷入了混亂，一下被困在征翼關的哨所，一下遇到城鎮和都市大門遭到封鎖，花了三天的時間才抵達這裡。」

伊歐娜小姐和魯郁小姐聊起這段艱難的旅程。

沒想到居然不辭艱辛也願意趕來，實在非常感謝潔娜小姐。

「是主人的氣味喲！」

開朗喊著的波奇從庭院那邊的窗子跳了進來。

雖然她立刻發現有客人而露出「糟糕了」的表情，察覺對方身分後便立刻露出笑容。

「是潔娜喲！」

「久見～？」

小玉從波奇身旁探出頭來。

「佐藤回來了嗎？」

不知為何，擁有具代表性金色縱捲髮的卡麗娜小姐搖晃著魔乳，也從小玉和波奇中間探出了頭。

「噫，難道你在王都也是和大小姐一同生活嗎？」

「不妙，潔娜。再這樣下去就太遲了。」

莉莉歐這麼問我，她身後的魯鄔小姐對著潔娜小姐講起奇怪的話。

「我只是因為妮娜說佐藤身體不適，才過來探望的。」

「原來是這樣啊。卡麗娜大人，非常感謝您特地跑一趟。」

妮娜女士應該很清楚我是裝病不去王國會議，她肯定是想讓我和卡麗娜小姐多接觸才宣稱我是真的生病了。

「少年，你生病了？」

「不、不要緊嗎！」

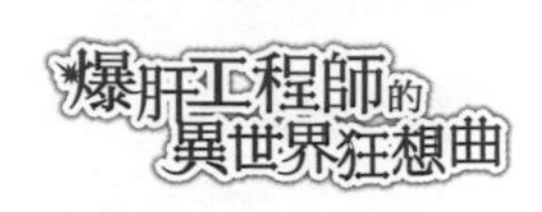

「沒事、沒事。只是昨天稍微有點不舒服而已。」

伊歐娜小姐斥責稱我為「少年」的莉莉歐並說：「應該叫士爵大人。」

此時女僕長敲門走進來，見到窗外的卡麗娜小姐後露出困惑的表情。

或許是因為女僕長是來轉達卡麗娜小姐來訪，卻發現她已經在這裡的緣故吧。

「不、不好了！」

另一名女僕從女僕長背後衝進來。

「發生什麼事？現在可是在老爺和客人面前喔。」

「非、非常抱歉。可、可是，大事不好了！」

我讓不停重複說著大事不好的女僕喝還沒人喝過的果實水，藉此讓她冷靜下來。

「公主殿下駕到了！」

「是希斯蒂娜殿下嗎？」

我一邊思索是盧莫克王國梅妮亞公主的可能性，並且向女僕詢問。

「殿、殿下！」

「公主是指國王的女兒？」

「竟然是王族。」

潔娜分隊一行人似乎有些混亂。

原以為她們因為在迷宮都市的冒險者學校裡與諾羅克王國的米提雅公主有所來往，應該早已習慣和王族交流，看來並非如此。

「唉呀？真是抱歉，您有客人嗎？」

帶著平時那兩位侍女出現的，是以眼鏡作為特色的希嘉王國第六公主希斯蒂娜。或許是她今天將接近橙色的金髮綁得較為寬鬆的緣故，給人的感覺比平時更加柔和。

由於我家只有一間會客室，因此不知道潔娜小姐來訪的女僕便直接將希斯蒂娜公主帶了過來。

「前陣子無法回應您的邀請，實在萬分抱歉。」

「您並無大礙就好。想到佐藤大人要是有個萬一，我就擔心得睡不著覺。」

不過，估計她擔心的並不是我本人，而是我對於咒文製作的相關知識與見解吧。

「我回來了～總覺得一團亂呢。」

「嗯，混亂。」

此時出門的亞里沙和蜜雅回來了。

「去大一點的房間如何？」

在亞里沙的建議下，我們決定往至今沒機會使用的會客廳移動。

◆

「那麼，雖然冒昧，就由我逐一介紹各位。這位小姐是希嘉王國的第六公主，希斯蒂娜殿下。」

聽我這麼介紹，公主提起長裙以屈膝禮進行了淑女般的問候。

潔娜分隊的諸位都緊張得一臉僵硬。莉莉歐和魯鄔小姐雖然打算在進入會客廳前逃跑，卻被伊歐娜小姐抓住，一起帶了過來。

小玉和波奇則是被莉薩抓住，在被要求封口的狀態下待在房間角落。

夥伴之中，只有前往王城的小光不在這裡。

「感覺很聰明耶。」

「嗯，那是叫眼鏡的魔法道具吧？我知道喔。」

「妳真厲害耶，莉莉歐。」

莉莉歐和魯鄔小姐低聲交談著這些內容。

由於卡麗娜小姐和潔娜小姐曾在迷宮都市見過面，我便向公主介紹起她們。

「然後這位就是我主家穆諾伯爵的次女卡麗娜大人。」

聽到我這麼介紹，不清楚穆諾伯爵升官的潔娜分隊成員說：「伯爵？」「不是男爵嗎？」交頭接耳聊了起來。

「這位就是佐藤大人主家的……」

身材苗條的公主盯著卡麗娜小姐的胸部小聲說。

肯定是在看卡麗娜小姐胸前的「具有智慧的魔法道具」拉卡吧。

「令尊似乎很有看人的眼光呢。妳是佐藤大人的未婚妻嗎？」

「不、不是！才、才沒那回事！」

卡麗娜小姐紅著臉否定公主的提問。

雖然這麼做很好，但在別人面前不斷揮舞手臂有損淑女形象，希望她快點停手。

「她們幾位是從聖留伯爵領前往迷宮都市研修，同時也是我重要朋友的士爵千金潔娜・馬利安泰魯，以及她的同僚伊歐娜小姐、魯郇小姐與莉莉歐小姐。」

潔娜分隊的另外三人變得像是潔娜小姐的附屬品了。

「初次見面，馬利安泰魯家的潔娜。佐藤大人的朋友也就是我的朋友，萬一遇到什麼問題就來找我吧。」

「好、好的，我很榮幸。」

潔娜小姐雖然對公主那可能遭人誤會的發言感到困惑，依然帶著緊張而僵硬的表情行了個軍隊式的敬禮。

「話說，蒂娜大人只是過來慰問主人的嗎？」

亞里沙不假思索地詢問公主。

「慢、慢著，小亞里沙！對方可是公主殿下，要好好使用敬語——」

潔娜小姐連忙制止亞里沙。

「沒關係，是我允許的。」

公主語氣平淡地對摀住亞里沙嘴巴的潔娜小姐說。

由於和公主一起玩偵探遊戲的時候，亞里沙的態度顯得很客氣，應該是昨天訪問時她們的感情變好到能親暱稱呼，以及獲得允許使用剛剛的說話方式了吧。

「咦咦……是這樣啊。對不起喔，小亞里沙。」

潔娜小姐放開遮住亞里沙嘴巴的手。

「她是我的師姊。」

「……亞里沙她？」

我不由自主地對公主的話提出反問。

究竟是哪方面的師姊呢？

「亞里沙和蜜雅大人都是『至高的咒文研究者』佐藤大人的愛徒吧？我今天也是自願前

來成為佐藤大人的弟子的。」

公主說了奇怪的話。

「佐藤先生是『至高的咒文研究者』嗎？」

潔娜小姐愣愣地看著我，呆滯的眼神強烈透露出「我怎麼不知道這回事」。

沒關係，我也不清楚。況且稱號列表也沒有這個稱號。

「我第一次聽說這個稱號。」

「是我們取的。」

聽到公主這麼說，亞里沙和蜜雅一臉得意。

「佐藤先生能夠使用魔法了嗎？」

「不，雖然有點沒出息，但我依然不會詠唱。研究咒文是我離開聖留市後旅途中的消遣罷了。」

因為這是事實，所以不用詐術技能。

潔娜小姐帶著好意將之解釋成：「在旅行途中也充滿了學習的上進心呢！」

「蒂娜，要事呢？」

蜜雅直接坐在我的大腿上，把話題拉了回來。

「對喔。佐藤大人，您對延遲術式有興趣嗎？前宮廷魔術師長似乎要在王立學院開個講座，我是來邀請您一起去的。」

「那真是令人感興趣呢。請務必讓我參加。」

之前在王立研究所聽到時，我就對延遲術式有興趣了。

「講座從什麼時候開始呢？由於我必須出席王國會議，希望時間不會有所衝突。」

「請您放心，是在王國會議結束後隔天才開始。」

那還真不錯，看來能去旁聽了。

「那麼，我現在就去辦理手續。」

公主興奮地離開會客廳。看來這似乎就是她此行前來的目的。

「蒂娜大人回去了耶。」

「嗯，自由。」

亞里沙和蜜雅將公主送到玄關，隨即閒聊著回到會客廳。

「唔喵～」

是因為公主離開而不再緊張了嗎，小玉像個玩偶般爬到我空出來的腿上伸起**懶腰**。

波奇似乎也從莉薩的拘束中獲得解放，悄悄坐到了卡麗娜小姐身旁。

「主人，卡麗娜是來談學校的事情喲！」

「——學校？」

我看向卡麗娜小姐。

「是、是的。昨天梅妮亞問我要不要參加王立學院在春假期間舉辦的特別課程。」

理由跟希斯蒂娜公主差不多啊。

「卡麗娜大人，請問一下！特別課程有什麼內容？」

亞里沙興致勃勃地問。

「——什麼內容？呃，梅妮亞說是『類似讓不是學生的人體驗學院課程的感覺』。」

「也就是說並不是單一課程，而比較像是體驗入學的感覺？」

「沒、沒錯，大概吧。」

面對亞里沙的不斷逼問，卡麗娜小姐似乎有點畏縮。

「太棒了！終於要進入學院篇了呢！」

亞里沙興高采烈地吶喊。

雖然一點都不重要，但因為是王立學院才叫學院篇吧。

「要進入被譽為與武鬥大會、迷宮探索並稱三大Eter的學院篇啦！」

Eter是Eternal的縮寫，就網路小說來說似乎是指下一話永遠不會更新的意思。

「唔喔喔喔喔，讓人感到熱血沸騰啦！」

「亞里沙，這樣很沒規矩喔！」

露露訓斥站在椅子上歡呼的亞里沙。

「沒辦法嘛～」

「這可是在客人面前喔？」

「請原諒我。」

露露小聲責罵做出反省動作的亞里沙。

「不過，小梅妮亞還真能幹呢。要是沒有總是想在主人面前自我表現的壞習慣，我應該會經常邀她來家裡才對。」

「——梅妮亞？」

潔娜小姐對亞里沙這句多餘的話有反應。

「又出現了新的女人名字耶。」

「要注意點喔，潔娜。」

「妳們兩個，給我差不多一點。」

伊歐娜小姐訓斥捉弄起潔娜小姐的莉莉歐與魯鄔小姐。

「梅妮亞大人是盧莫克王國的公主殿下。」

「又、又是個公主殿下！」

「潔娜大人，請您冷靜點。」

莉薩朝潔娜小姐遞出冰涼的果實水。

「少年真的認識很多公主和將軍這類高高在上的人耶。」

「畢竟在公都經歷了一些事情。梅妮亞殿下是位把卡麗娜大人當成姊姊般仰慕的人。」

我面對看似傻眼的莉莉歐，向潔娜小姐說明我和梅妮亞公主的關係。

至於梅妮亞公主常做出帶有肢體接觸的舉動這件事不講也沒關係吧。

「卡麗娜大人，您知道具體有哪些授課內容嗎？」

為了轉移話題，我向卡麗娜小姐提問。

「聽說有許多種類，像是給學齡前兒童的春季教室、以希望進入王立學院的學生為對象的特別課程以及春季遠征實習。」

卡麗娜小姐回答我的問題，並將幾張寫有詳細內容的紙放在桌子上。

亞里沙從我身旁探出頭來觀看。

「哦～種類有很多呢。」

如果在最後的遠征實習中取得優秀成績，似乎能夠免除入學考試，或得到不需要返還的獎學金。

除此之外，看來還有由智者或武人所舉辦，類似剛剛希斯蒂娜公主來邀請我參加的各種特別講座。

「波奇想要參加喲！」

「小玉也想～？」

小玉和波奇的想法正如我所料。

「主人，幼年學校有很多幼生體，我這麼報告道。」

娜娜呼吸有些急促地說。

「有興趣。」

「嗯，剛才蒂娜大人提到的延遲術式講座好像很有趣，其他也有不少有意思的講座，我也參加。」

「莉薩呢？」

「我也一起參加。」

雖然莉薩似乎對講座沒什麼興趣，但她因為擔心小玉和波奇而決定同行。

「應該沒有料理課程吧？」

「既然有類似家政科的少女學校，所以應該也會有料理課程吧？」

我一邊閱覽資料，一邊回答露露的問題。

雖說小玉和波奇還有家庭教師的課要上，但只要跟王立學院講座的時間錯開應該就沒問題了。

「——希嘉八劍的指導！」

「好厲害！真不愧是貴族大人的學校！」

聽到伊歐娜小姐唸出特別課程備註欄的內容，魯鄔小姐興奮地叫了出來。

指導者是希嘉八劍第七位「雜草」的海姆與第八位「割草」的盧歐娜女士兩位。

「就算只有一次也好，真想接受希嘉八劍的指導呢。」

「肯定是很厲害的劍士吧～」

伊歐娜小姐和魯鄔小姐像是面對無法實現的夢想般喃喃自語地說。

「Yes～？」

「**嗨姆**大老師很厲害喲！」

小玉點點頭，而波奇就像在誇讚自己一般炫耀起海姆先生。

「怎麼感覺像是妳們認識他一樣。」

「認識喔～？」

「**嗨姆**大老師唰唰唰地教過小玉和波奇喲！」

小玉和波奇對魯鄔小姐的問題點點頭。

「又來了～」

「再怎麼說都太扯了——」

見莉莉歐與魯鄔小姐完全不相信，小玉和波奇抗議地說「是真的」。

「她們兩個說的都是實話。我們受邀前往聖騎士團駐紮地的時候，海姆大人曾教導過她們兩個。」

見我做出保證，不光是莉莉歐和魯鄔小姐，連潔娜小姐和伊歐娜小姐也顯得目瞪口呆。

這件事有那麼讓人難以置信嗎？

「我回來了～發生什麼事啦？」

「美、美都小姐！」

見到從走廊上語帶悠閒插話的小光之後，潔娜小姐猛然起身大喊。

「啊～妳是約翰前女友的朋友。」

聽到小光這麼說，莉莉歐轉頭小聲說了句：「別叫我前女友。」

這麼說來，潔娜小姐好像說過在前往迷宮都市的路上，曾和小光共同戰鬥過一兩次。

「怎麼啦，莉莉歐？」

莉莉歐看了看小光的身後及周遭。

「那傢伙沒跟妳在一起嗎？」

「那傢伙——啊，是說約翰嗎？」

聽小光這麼確認，莉莉歐別開視線輕輕地點了點頭。

「不好意思，自從在傑茲伯爵領和約翰分開後，我就再也沒見過他了。」

「是嗎……這樣的話，應該是和那些巨乳美女在一起了吧。」

莉莉歐看向娜娜。

「如果是說我的姊妹，她們正在波爾艾南之森修行，我這麼告知道。」

「妳口中的波爾艾南之森，難不成是——」

「是精靈村落，我這麼補充道。」

「真的假的！」

聽到娜娜的回答，莉莉歐發出大喊。

「哦～那些排外的精靈竟然會接受外來者，真是厲害呢。」

小光用尊敬的眼神看著我。

但精靈村落的大家其實都很平易近人，或許是種族給人排外的刻板印象吧。

「佐、佐藤，這位是？」

卡麗娜小姐繞到我身後，拉著我的袖子問道。

「她叫美都，是術理魔法的專家。這位是我的主家，穆諾伯爵家的次女卡麗娜大人。」

前半段是向卡麗娜小姐，而後半段是向小光進行介紹。

「請多指教啦～」

「我、我才是，請多多指教。」

雖然小光喃喃自語地說出「胸部好大。感覺一郎哥會很喜歡。」之類的話語，但我完全無視了。

「難、難不成，妳是佐藤的未婚妻？」

「佐藤先生的未婚妻！」

聽見卡麗娜小姐那充滿誤解的發言，潔娜小姐宛如慘叫般提高音量。

「不，並不是。」

由於沒那回事，於是我果斷地否定了。

「我最愛的人是佐藤的熟人啦。由於那個人現在行蹤不明，所以佐藤對我說，找到他之前可以住在這裡。」

「原來是這樣啊！」

潔娜小姐語氣爽朗地說。

她似乎也在思索小光為何會在這裡。

卡麗娜小姐也安心地吐了口氣。

「話說回來，美都小姐的長相和少年有點相似呢。」

「嗯，的確如此。」

「兩位是同鄉吧。」

潔娜分隊的三人聊起這些內容。

莉莉歐那位稱作什麼約翰的前男友，好像說過美都是「在遺跡撿到的」。

那位什麼約翰和潔娜小姐似乎都沒發現小光就是在遺跡休眠的王祖大和本人。

「主人，晚飯該做什麼比較好？潔娜小姐她們長途跋涉應該也很累了，是否該準備比節慶料理更清淡的料理呢？」

聽完女僕的悄悄話之後，露露這麼問我。

「節慶？難不成是王祖大人故事中出現的節慶料理嗎？」

「是傳說的廚師贊恩為了思念家鄉而落淚的王祖大人，東奔西走試圖重現的那個嗎？」

潔娜小姐和卡麗娜小姐氣勢洶洶地逼近露露。

「咦，請、請問？那個——主人，請幫幫我。」

我依照露露的請求救出她，並請她將節慶料理拿過來。

畢竟要是考量潔娜小姐她們的身體狀況撤換節慶料理，總覺得她們會很失望。

由於機會難得，我們決定在櫻花樹盛開的院子擺設節慶料理。

「趁著這個機會，我們去外面用餐吧——」

雖然太陽已經下山，不過院子有照明用的魔法道具，所以不成問題。

「這棟宅邸也有櫻花樹呢。」

「是的，潔娜小姐，請看那裡。」

「您說那裡——哇啊！」

那是一幅聳立在王城旁的巨大王櫻被下方燈光點亮、如同幻想般的光景。

「這就是有名的王都櫻花樹吧。」

「有種如夢似幻，世間一切都被染上櫻花色的強烈感覺。」

潔娜小姐和伊歐娜小姐凝視著王櫻發出讚嘆。

莉莉歐和魯鄔小姐則被屋子裡飄來的香味弄得心神不定。

「聖留市也會賞花嗎？」

「會。在草原上作為牧草大量盛開的白花三葉草非常漂亮！大家會一起帶著便當去遠足，一起製作花冠。」

「聽起來很有趣。」

等花開的時候得去一趟聖留市才行。

「好！屆時就由我擔任嚮導！」

「到時候就拜託妳了。」

潔娜小姐察覺到分隊的其他成員正笑嘻嘻地看著自己，臉彷彿會冒出熱氣般變得通紅並低下頭去。

此時小玉和波奇抬著捲好的地毯走了過來。

「地毯～？」

「我們是地毯隊喲！」

小玉和波奇將柔軟的地毯鋪在院子裡。

接著直接在地毯上翻滾玩耍，然後一如往常地捱了莉薩的罵。

「真是柔軟。而且還挺大張的，是什麼毛皮呢？」

「這是從棲息在迷宮中層，名為毛長古虎的『區域之主』身上剝下的毛皮。」

莉薩回答潔娜小姐的問題。

「區、『區域之主』的毛皮？」

「肯定，我這麼告知道。觸感非常好。」

「嗯，同意。」

娜娜點點頭，和蜜雅一起溫柔地撫摸毛皮。

「各位，準備已經完成了。」

露露和女僕們一起把裝進多層餐盒的節慶料理擺出來。

今晚的年糕湯是在清湯中放入烤好的年糕。

「這、這就是節慶料理。」

「真豐盛耶。」

「都是些沒看過的料理呢。」

「好厲害——」

感動不已的潔娜小姐、莉莉歐、伊歐娜小姐與魯鄔小姐紛紛小聲說出感想。

「卡麗娜，這個烤牛肉很好吃喲。」

「龍蝦也很美味～？」

波奇和小玉分別坐在卡麗娜小姐的兩側，不停將自己推薦的料理放進她的餐盤。

「潔娜大人，恕我僭越，由我幫您夾菜吧。」

「謝謝妳，莉薩。」

莉薩一臉認真地不斷把料理放上餐盤。

或許是知道自己喜歡的鱈魚乾太硬，人族的好惡非常明顯，因此她一開始就沒將其盛到盤子上。

「竟然讓基修雷希嘉爾扎女准男爵親手夾菜，真是奢侈呢。」

亞里沙半開玩笑地說。

「基修雷希嘉爾扎女准男爵？」

「是莉薩的家族名稱和爵位，我這麼告知道。」

娜娜回答潔娜小姐的喃喃自語。

「咦？」

「「「橙鱗族是女准男爵？」」」

分隊成員驚訝的叫聲蓋過潔娜小姐充滿疑惑的話語。

「多虧了主人的薰陶。」

莉薩表情平靜地說道。

尾巴則很有節奏地擺動著。

肯定是覺得很自豪吧。

「少年，你被家臣超越了耶。」

「慢著，莉莉歐！」

潔娜小姐責備起多嘴的莉莉歐。

「沒問題的，潔娜小姐。潘德拉剛卿應該也升爵了才對。」

我點點頭對伊歐娜小姐信心十足的話表示同意。

「恭喜你，佐藤先生！」

潔娜小姐向我祝賀。

「又變得更偉大了呢~這次是名譽准男爵？還是永代貴族？」

「是永代貴族，我晉升成子爵了。」

「「「子爵！」」」

我回答完莉莉歐的問題後，潔娜分隊的成員發出了尖叫。

「佐、佐藤先生是子、子爵大人？子爵大人就是那個子爵大人吧？」

「冷靜一點，潔娜小姐。是與貝爾頓子爵大人相同的子爵。」

伊歐娜小姐安撫起陷入混亂的潔娜小姐。

「佐、佐藤先——子爵大人。」

「用名譽士爵時相同的稱呼就行了。除了在公共場合，請一如往常地和我相處。」

被朋友用這種見外的稱呼方式有點寂寞。

「不過，祕銀冒險者真是厲害耶。不如我們也把討伐『樓層之主』當成目標吧。」

「肯定沒辦法吧。」

「伊歐娜說得對，只會白白增加墓碑而已。」

伊歐娜小姐和魯鄔小姐吐槽起莉莉歐的玩笑話。

「哈哈哈，只有主人和莉薩小姐比較特別啦。證據就是我們其他人都是名譽士爵啊。」

「——特別？」

「主人應該就不用多說了吧？莉薩小姐可是戰勝了向她發起挑戰的希嘉八劍首席祖雷堡先生喔。」

「「戰勝？」」

聽到亞里沙的話，潔娜分隊的成員驚訝地叫出聲來。

「祖雷堡指的是那位『不倒』？」

「是啊。而且娜娜也跟聖盾使用者雷拉斯先生戰鬥過，主人也和希嘉八劍候補之類的人交過手。」

從沒提到我與葛延先生戰鬥一事來看，亞里沙果然非常了解我。

由於再這樣下去，我能預料自己被提名為希嘉八劍候補的事將會透過莉莉歐或魯鄔小姐傳遍迷宮都市每個角落，因此我把話題轉回她們身上。

現在她們似乎正與冒險者學校的畢業生「潘朵拉」等人一起設法不斷擴大狩獵範圍。

「我們也進行了莉薩——女准男爵閣下曾經做過的馬拉松。」

「潔娜大人，請直接叫我的名字就好。我能有今天，都是多虧潔娜大人的挺身相護。」

「我、我明白了。」

「可以的話，也希望不要用敬語。」

面對莉薩的要求，潔娜小姐一臉傷腦筋地看著我。

「如果潔娜小姐願意，就麻煩妳這麼做。」

「好、好的。除了公共場合之外就這麼辦。」

見潔娜小姐這麼說，莉薩的表情鬆了口氣。

「——蜜雅大人和樂聖一起同臺演出？」

「嗯，開心。」

伊歐娜小姐和蜜雅聊起這方面的事。這組合真令人意外。

「小不點在這邊也有修行嗎？」

「Yes～？」

「小玉在雕刻工房修行了喲。妳看，放在那裡的『作夢蘋果糖』就是最新的作品。」

「不是吧，那是妳做的？好厲害喔。」

「聽說還會在這次的評選會展出呢。」

「真的假的？」

「妳真厲害，小不點。」

「喵嘿嘿～？」

魯鄔小姐和莉莉歐稱讚起小玉。

「波奇也在寫小說喲！」

「是冒險故事嗎？真努力呢。」

波奇從妖精背包中拿出一疊厚重的紙給卡麗娜小姐看。

「我在教導育幼院的孩子們製作人偶，我這麼發表道。」

「真、真是可愛的人偶呢。」

小光稱讚娜娜從妖精背包裡拿出的人偶。

「莉薩小──莉薩來到王都之後有做什麼特別的事嗎？」

「沒有，畢竟我只會用長槍。」

「不用這麼謙虛吧？女僕們說找妳切磋或尋求指導的武人可是絡繹不絕耶。」

因為在宅邸前會打擾鄰居，所以她似乎是在都市郊外的草原應付那些人。

「聽說連希嘉八劍的候補也來了是真的嗎？」

「是的，是場不錯的比試。」

莉薩滿足地點點頭。

「再這樣下去，或許會被希嘉八劍邀請呢。」

潔娜小姐笑著說。

「被邀請了。」

蜜雅默默地開口說。

「咦？」

「莉薩早就收到首席大人的邀請。不過，已經拒絕了。」

「「「咦咦咦！」」」

「畢竟我的長槍與忠誠是獻給主人的。」

聽見亞里沙這麼說，潔娜分隊的眾人吃驚地叫了出來。

莉薩表情凜然地這麼說。

「真不愧是莉薩。」

「不，與主人相比我還差得遠。」

見到莉薩這不自傲的反應，潔娜小姐像是看見耀眼的事物般瞇起眼睛。

「我們也不能輸！莉莉歐、伊歐娜小姐、魯鄔！跟伯爵大人打過招呼之後，我們明早就返回迷宮都市吧！」

潔娜小姐似乎在見到夥伴們的成長後也有了幹勁。

不過話說回來，我認為才剛到王都就立即踏上歸途未免太性急了。

她們似乎使用了各種魔法藥，無視晝夜馬不停蹄才趕回來，所以暫且悠哉一點也無所謂

才對。

「咦～在王都吃點美食再回去啦。」

「就是說啊！悠哉個兩三天也不會有報應啦。」

「畢竟馬匹應該也很累了。」

潔娜分隊的成員好像也很想放假。

◆

「那麼佐藤先生，我們要回迷宮都市了！」

「不要這麼勉強比較好——」

「沒問題的！喝了昨天佐藤先生給的魔法藥已經精力充沛了！」

看來為了消除疲勞給她們的魔法藥適得其反了。

因為做了一整桶，所以也有馬的份，因此潔娜小姐她們乘坐的軍馬也顯得神采奕奕。

「我明白了。不過，路上請注意安全。」

「好的，佐藤先生。」

潔娜小姐笑容燦爛地回答。

隨後她不知為何沉默下來，於是我暫時和她對看了一陣子。

「有罪？」

「應該不算吧？」

鐵壁組合在我的背後說起這種話。

「潔娜小姐，這麼說來妳跟聖留伯爵打過照面了嗎？」

「是的，伯爵大人稱讚了我們的忠心，讓人稍微——」

潔娜小姐為人認真，似乎對此感到心裡有愧。

由於聖留伯爵半夜才回到宅邸，會面的時間似乎非常短。

潔娜小姐朝我身邊的莉薩看了一眼。

「莉薩，我們也會變強，強到足以讓妳自豪是自己的恩人。」

「倘若是潔娜大人，一定沒問題。」

面對潔娜小姐的宣言，莉薩用力點頭認同。

「沒問題～？」

「說得對喲！潔娜絕對絕對能變強喲！」

「嗯，加油。」

「性命最重要，我這麼告知道。」

「雖然要努力，但不要太勉強喔。」

夥伴們都在激勵潔娜小姐。

「等、等一下！」

這時露露叫住正準備出發的潔娜小姐。

「能趕上真是太好了。這是便當，不介意的話請在路上享用。」

「謝謝妳，露露小姐。那我就不客氣地收下了。」

包好的便當散發出香味，小玉和波奇閉上眼聞了起來。

「那麼，佐藤先生。我們迷宮都市再見吧！」

「好的，我們大概月底會回迷宮都市。」

就算要去環遊世界一周，我也打算在那之前先回迷宮都市露個臉。

「再見——呀啊啊啊啊啊啊啊啊啊啊。」

潔娜小姐騎的馬以驚人的速度衝了出去。

看來疲勞恢復藥的效果好過頭了。

「潔、潔娜大人！」

「不好～？」

「緊急情況喲！」

獸娘們紛紛朝潔娜小姐追了上去。

「沒問題嗎？」

「沒事的。」

莉薩她們似乎已經追上馬匹使其減速，只要不遇到剛剛那種突發狀況，以潔娜小姐等人的騎術應該能駕馭。

「蜜雅，不好意思……」

「精靈？」

「嗯，能召喚希爾芙，用透明模式在空中守望潔娜小姐她們嗎？」

「交給我。」

蜜雅拍拍胸口允諾。

「真是的，主人真是愛操心。」

亞里沙驚呆地聳聳肩。

「只是保險起見啦。」

不過，總覺得就算我不開口，亞里沙也會拜託蜜雅呢。

畢竟亞里沙也和我一樣愛操心嘛。

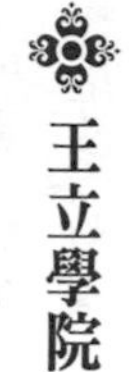

王立學院

「我是佐藤。奇幻小說或漫畫中，偶爾會以校園題材製作番外篇或續集。雖然也有人不喜歡，但與正篇不同，劇情大多是輕鬆快樂的走向，所以我還挺喜歡的。」

「抵達～？」

「了喲！」

目送潔娜小姐等人離開之後，我們來到王立學院。

雖然我今天也必須出席王國會議，但由於距離會議開始還有段時間，我便作為監護人陪同。至於小光則因為不擅長早起而留在家裡了。

「跟大學校園一樣寬廣呢。」

亞里沙站在氣派的大門前環顧起廣大的校地。

「畢竟腹地內有好幾座學校啊。」

王立學院是由高等學校、貴族學校、魔法學校、騎士學校、少女學校和幼兒學校等六所學校組成的大型教育機關。

校區內擁有以龐大藏書量為傲的大圖書館以及大小不一的各式講堂。

校區外似乎還有宿舍和練習場。

「哦～雖然魔法學校和騎士學校名副其實就是培育魔法師和騎士的學校，其他的呢？少女學校應該是女校或新娘學校對吧？」

「對，沒錯。至於其他學校——」

我朝亞里沙點點頭，並且開始講述聽來的知識。

高等學校等同於日本大學的最高學府，只要成績優秀，無論什麼身分都能入學。

貴族學校正如其名，是貴族子弟就讀的學校。而未成年小孩就讀的幼年學校幾乎沒有永代貴族的孩子，大多是是名譽貴族子弟或富裕平民的小孩。這是因為永代貴族的子弟大多會聘請家庭教師在家裡實施英才教育。

「主人，發現了告示牌，我這麼告知道。」

「『新人貴族教室』？是這個嗎？」

娜娜發現立在行道樹前的導覽牌。

「這邊的箭頭上寫著『特別講座報名處』呢。」

「主人，這裡寫的是『特別教室報名處』。」

「『一般教育講座』～？」

「發現了『幼兒學校春季教室』的板子喲！」

夥伴們不斷發現新的導覽牌。

「請等一下，從卡麗娜大人那兒收到的導覽書上應該有介紹。」

露露從妖精背包拿出幾張文件。

特別講座是指希斯蒂娜公主所說的延遲術式等以專家為客群的講座，此外像是新人貴族教室等課程都屬於卡麗娜小姐所說的特別教室。

總之，為了讓夥伴參加最需要且天數最短的新人貴族課程，就順著導覽牌箭頭指示的方向去報名吧。沿路走了一陣子之後，面前出現一大群人。

是一群年紀約國高中的少年少女。

「有決鬥喲！」

「既然是用木劍，那應該不是決鬥而是練習吧？」

興奮的波奇面前似乎正在進行某種比試。

由於被學生組成的人牆阻擋幾乎看不見，小玉和波奇爬上莉薩和娜娜的肩膀觀戰。

因為蜜雅和亞里沙也想看，我便將兩人抱了起來。

「不行、不行～？」

「差勁。」

「兩邊都是新手吧。」

莉薩糾正小玉和蜜雅。

「雖然是這樣沒錯，但身材纖細的那位在談論技術前就已經承受不了武器與防具的重量而搖搖晃晃的。要是受傷可就不好了，比起決鬥她應該先培養體力。」

當亞里沙給出建議時，決鬥也分出了勝負。

「大獲全勝呢，巴里。」

「贏了那種貨色沒什麼好驕傲的。」

「女孩子怎麼可能贏得了佐貢家的公子啊。」

跟班奉承起獲勝的少年。

「這裡不適合妳啦。既然是女孩子，就別妄想騎士這種不適合妳的身分，去練習刺繡或跳舞比較好吧？」

少年語帶挖苦地朝輸給自己的對手說出蔑視女性的發言。

「又是個性格惡劣的孩子，這個國家有問題的年輕貴族真多。」

「嗯，愚鈍。」

「沒那回事啦。大多數的孩子都很普通，只是有些人太具衝擊性，容易留下有問題的印象而已。」

我向皺起眉頭的亞里沙和蜜雅解釋那只是刻板印象，並把她們放回地面上。

「正如巴里所說，妳比較適合去少女學校啦。」

「不、不行，我絕對要成為騎士。」

原本坐在地上的少女站起來，氣喘吁吁地說。

「就說不行了。妳絲毫不具備才能和資質。真難想像妳是原希嘉八劍的女兒呢。」

——原希嘉八劍的女兒？

雖然因為戴著頭盔才沒發現，但她正是原希嘉八劍葛延先生的女兒雪琳小姐。

「就、就算那樣，我也會在騎士學校修行當上聖騎士。」

「然後振興自己的家族嗎？真是個不錯的白日夢呢。」

少年諷刺地挖苦表情認真的雪琳小姐。

見到目標被人嘲笑，雪琳小姐緊咬著自己的下唇。

——再怎麼說都不能繼續無視下去了。

「請到此為止吧。」

我越過人牆，擋在挖苦少年的面前保護雪琳小姐。

「你、你是！」

「好久不見。」

她似乎還記得前幾天見過的我。

「你是什麼人！」

挖苦少年問起我的名字。

「賤名不足掛齒。」

「什麼！你是打算當那個候補生的騎士嗎！」

或許是不滿意我的回答，挖苦少年火冒三丈地說。

「那種沒有才能的傢伙怎麼可能通過騎士學校的入學考試！」

「我們是在幫她認清自己的斤兩！」

挖苦少年的朋友也七嘴八舌地罵了過來。

正當我打算開口否定他們的瞬間，一聲怒吼從人牆對面傳了過來。

「喂，那邊的！你們未經許可在那裡做什麼！」

「噫，不好，是禿子梅斯。」

「被逮到就得接受懲罰訓練了，快逃！」

「嘖，今年他來得真快。」

聽到人群另一邊傳來教師的聲音，挖苦少年一哄而散地逃走了。

這場決鬥似乎是他們幾個在校生擅自挑起的紛爭。
「沒、沒有才能真的那麼差勁嗎……」
雪琳小姐悔恨地流下眼淚，同時說出內心的想法。
「才能只是附帶的。只要不放棄，老實地不停揮劍的話，妳總有一天會成為能讓父親認同的騎士。」
雖然覺得自己有點太講場面話了，但我打算支持她直到本人放棄為止。
「我辦得到嗎……」
「只要妳如此期望，並堅持不懈地努力下去的話，一定可以的。」
畢竟這個世界是等級制，只要好好努力就能累積經驗值嘛。
「佐藤說得沒錯。」
此時一隻大手按住雪琳小姐的頭。
「海姆大人！」
「久等了。已經拿到校長的許可了，上課方面沒有問題。」
雪琳小姐看來是由她父親的朋友，希嘉八劍的海姆先生帶到王立學院來的。
「抱歉啦，佐藤。雖然周圍應該有不少監視的人，但那些傢伙好像不打算介入孩子們之間的紛爭。」

我確認起雷達，發現周圍的確有不少密探風格的人員。
雪琳小姐似乎是在受到監視的狀態下外出的。
「難不成——」
「嗯，允許的那些人，應該是打算把雪琳當作誘餌，釣出反比斯塔爾公爵的餘黨吧。」
真是恬不知恥，海姆先生這麼罵了一句。
不過離開離宮，姑且還是雪琳小姐自己的希望。
「大老師～？」
「是**嗨姆**大老師喲！」
亞里沙帶著夥伴們走過來。
「哦哦，是小玉和波奇啊。妳們今天也很有精神嘛。」
海姆先生摸了摸兩人的頭。
「話說回來，波奇。」
「是喲。」
「之前紅繩事件時妳到底在和誰說話，差不多該告訴我了吧？」
「波、波奇沒有和誰說話喲！」
由於波奇慌張地不時看向我，怎麼看都曝光了。

「自言自語。」

「沒、沒錯喲！波奇是自言自語的專家喲！」

波奇拚命順著蜜雅小聲說出的建議說。

「這樣啊，既然是專家就沒辦法了。」

「是喲，沒辦法喲。」

聽到強忍笑意的海姆先生這麼說，波奇一副鬆了口氣的樣子抹去額頭的汗水。

看來海姆先生以捉弄波奇為樂。

「呀啊啊啊——！」

「巴、巴里！」

一名少年伴隨著慘叫聲飛到半空中。

剛才的聲音是卡麗娜小姐。

「卡麗娜～？」

「卡麗娜出事了喲！」

小玉和波奇衝了過去。

「好猛的踢擊！」

「是來參加騎士學校特別課程的孩子嗎？」

「今年的水準真高啊。」

四周的少年們躁動起來。

「抱歉，我的同伴似乎發生了一點事情，我先失陪了。」

我這麼說完，把剩下的事交給海姆先生，自己朝卡麗娜小姐那邊趕了過去。

「妳毫無疑問合格了！來，我們走吧！騎士學校的入學手續在那裡辦。」

「那、那個？可、可以請您稍等一下嗎？」

遭到滿身肌肉的教師進逼，卡麗娜小姐顯得很畏縮。

「何必猶豫！妳是為了進入騎士學校才來參加特別課程的吧？如果是妳，根本不需要說明和考試。」

「禁止野蠻～？」

「不可以欺負卡麗娜喲！」

「……小玉、波奇，妳們來幫忙了呀。」

波奇和小玉擋在打算伸手抓住卡麗娜小姐手臂的教師面前。

「失禮了，您是騎士學校的教師嗎？」

「嗯，正是如此。」

「這位是穆諾伯爵大人的千金，是來新人貴族教室聽講的，還請您不要強迫她。」

因為感覺對方是個很麻煩的對手，於是我借助詐術技能告訴他卡麗娜小姐是來參加其他課程的。

「但是，怎麼能輕易放走能使出此等水準踢擊的人……」

他似乎把拉卡的「超強化」效果誤認為卡麗娜小姐本身的技能了。

「那麼，至少請來參觀一下也好！新人貴族教室應該只舉辦三天才對！結束之後請務必來一趟！」

「卡麗娜大人，您意下如何呢？」

由於這位教師實在太過熱心，因此我試著詢問卡麗娜小姐的意願。

「獨自前往會有點不安呢。」

卡麗娜小姐眼神有所請求地看著我。

既然如此——

「莉薩，雖然很抱歉，但能請妳陪同卡麗娜大人一起去參觀嗎？」

「我明白了，主人。」

我試著拜託剛好對上視線的莉薩。

雖然我也可以陪她去，但即使是家臣，和未婚男子共同行動總覺得會妨礙卡麗娜小姐的徵婚活動。

「主人在這種時候真殘酷呢。」

「嗯，同情。」

亞里沙和蜜雅看著鼓起臉頰的卡麗娜小姐，同時講著有些失禮的話。

「主人，新人貴族教室在對面的校舍報名，我這麼告知道。」

「這裡似乎是為希望能進入各校就學的學生開放的特別課程報名處。」

娜娜和露露從人群的另一邊走回來。

看來她們似乎特地跑去找服務臺的人諮詢了一番。

我將報完名的夥伴們送到新人貴族教室的上課地點後，寂寞地獨自前去參加王國會議。

◆

「主人，我也想跟波奇和小玉在相同的教室學習，我如此告知道。」

從王國會議回來後，前來迎接我的娜娜提出了這樣的要求。

雖然我必須去職務室處理這幾天接連送到的大量書信，但大多都是茶會、晚餐邀請以及相親，所以先不管應該沒問題吧。

偶爾會有因為在去年年底事件受過夥伴們幫助的人寄來感謝信，或是寄給莉薩的挑戰

書，以及向我尋求官位或金錢方面的幫助，但這類書信十分稀少。

投資相關的事不會透過書信，大多會在王國會議後的交誼會或舞會等活動中找我商量。

「妳們兩個的教室不一樣嗎？」

「幼年學下～？」

「對喲！有好多好多一樣歲數的孩子喲！」

是指幼年學校嗎？

「老師婆婆說她們兩個應該先在幼年學校學習基礎，於是把她們轉去幼年學校的春季教室了。」

原來如此，畢竟兩人無論外表還是內在都還是小孩嘛。

「我的轉班請求卻遭到了拒絕，我不滿地申訴道。」

「畢竟娜娜的外表是大人啊。」

「從外表差別待遇是不對的，我這麼主張道。」

娜娜似乎想去有很多小孩的教室上課。

「我、露露及蜜雅三人已經完成禮儀法度和基礎知識的課程。因為聽說不用另外付學費，所以就趁機去旁聽了其他課。」

因為最初付了不算少的學費，因此似乎能參加期間內的任何課程。

「我和蜜雅參加了魔法學校的特別課程。露露則是少女學校的特別課程，沒錯吧？」

露露點頭同意亞里沙說的話。少女學校好像就是俗稱的新娘培訓學校，是學習上流階級女性所需知識和教養的地方。

「今天學了刺繡和茶會的相關知識。」

露露能覺得開心真是太好了。

幸好沒有出現謾罵或欺負她的人。

「沒問題啦。我也陪露露去少女學校了，結果發現來參加的只有下級貴族的子弟，以及實力在中等以下的商會或富豪家的女兒而已。會參加短期特別課程的學生，大部分都是這種家境並非特別優渥的人。」

亞里沙悄悄對我說。

我的擔憂似乎逃不過她的眼睛。

「主人，禮儀禮法是強敵，我這麼告知道。」

「嗯，不太了解什麼是合乎貴族的態度。」

娜娜和莉薩似乎意外地陷入苦戰。

「這種時候就該想想主人會怎麼做——呃，不行。那不太尋常。想像一下穆諾伯爵家的人怎麼樣？」

亞里沙真過分。

「明白了。我會努力——的呀？」

「了解的呀，我這麼追加道。」

莉薩和娜娜模仿起卡麗娜小姐的說話方式。

「不，說話方式就不必模仿了。」

亞里沙笑著這麼說完，連小玉和波奇也開始學起卡麗娜小姐的說話方式，最後演變成互相模仿的大混戰。

◆

「感覺就像回到了學生時代。」

由於最後一天的王國會議在今天上午平安地結束了，於是我前往王立學院看看夥伴們的情況。

雖然期待的延遲術式講座是在明天，由於傍晚還要舉辦慶祝王國會議結束的慰勞會，因此我打算在那之前來這邊打發時間。

另一方面是那些大人物在傍晚之前都打算進行詭計多端的利益調整和談判，我不打算淌這場渾水，才會跑來王立學院避難。

由於在王國會議上穿著的上級貴族正式服裝在城外非常突兀，因此我在馬車裡更換成輕便的打扮。

「小光！」

小光正站在大門前的廣場仰望初代校長的雕像。

「啊！一郎──佐藤。」

小光先是眼睛一亮，接著有些寂寞地呼喚我的名字。

「妳也是來旁聽的嗎？」

「不是。只是稍微逛一逛有過回憶的地方罷了。」

畢竟隔了數百年才從魔法冷凍睡眠艙裡醒來，從她的角度來看，就像是睡個覺醒來熟人都不在世上了一樣，會失落也是沒辦法的事。

「這樣啊。這位初代校長也是妳的老朋友嗎？」

「嗯，梅爾本是個農家子弟。一起旅行的時候，他從我和同伴身上學到各種知識變得越來越聰明，在我當國王時也擔任副宰相幫了很多忙，老是把總有一天要在王都建立學校這句話掛在嘴邊。」

「那麼，梅爾本先生已經實現這個目標了呢。」

從學生們開心地走在路上就能明白，這裡是所好學校。

「嗯，我為梅爾本感到驕傲。」

小光說完這句話，再次抬頭看著初代校長的雕像。

因為不想打擾她緬懷過去，我一言不發地悄悄離去。

「魔法學校的必修科目『詠唱』的免費特別教室在這裡，報名馬上就要截止了喔——」

走了一會兒之後，一名長袍少女在招募學生的吆喝聲傳了過來。

因為是非常適合我的課程，我決定參加看看。

「我想參加詠唱課程。」

「好的，客人一位這邊請。」

總覺得她就像居酒屋或家庭餐廳的服務生似的。

由於我似乎是最後一個報名的人，在帶路的女孩子——魔法學校的學生帶領下，我來到開設特別課程的學校屋頂。當我在最後方的位置就座後，課程立刻就開始了。

——哎呀？

我發現葛延先生的女兒雪琳小姐坐在最前面的座位，正專心地聆聽老師講課。

想加入希嘉八劍所屬的聖騎士團，能夠使用光魔法是必要條件，看來她也是為了學習咒文詠唱才來聽課的樣子。

「■，這就是生活魔法『微風』的詠唱。將其緩慢拉長宣讀的話，就會變成『Ryu～RyuRiARu～RoNeA』作為開頭的漫長文言文。因此我們在詠唱時——」

這些都是我聽潔娜小姐和亞里沙講過很多次的內容，所以只隨便聽了聽。

原本還期待會不會聽到類似獨門訣竅的東西，但魔法學校的老師只是不斷強調「只要不斷練習，總有一天就會像收到天啟般突然學會了」而已。

不過，由於一般人只要積累足夠經驗值應該就能開啟詠唱技能，所以這個說明或許滿正確的。

教師的說明結束後，來聽課的學生紛紛開始進行詠唱實習。

詠唱實習的指導似乎是由前來協助老師的魔法學校學生們負責，因此教師本人只在最初觀察了一會兒，便將剩下的事交給學生們離開了。

詠唱的實習內容，似乎是練習生活魔法「微風」及術理魔法「信號」這類簡短的咒文。

「▼微風。」

「◆信號。」

「▲微風。」

其他人的水準感覺都和我差不多。

指導的學生會配合揮動短杖的節奏進行詠唱。

「■微風。」

——哦，好像有人成功了。

我回過頭，看見一名臉上掛著奸笑的長袍少年，身邊還帶著跟班。

「喂，巴里！別來搗亂！」

「沒關係吧，我只是讓來聽課的學生們體驗一下何謂真正的詠唱啊。」

為我帶路的女學生責備起那位奸笑少年。

「沒錯！因為佐貢卿的詠唱是班上最優秀的。」

「喂喂喂，你們這麼抬舉我，很讓人害羞耶。」

聽見跟班們拍起馬屁，奸笑少年的笑容變得更加不懷好意。

「各位，別在意那種人。來吧，練習、練習！」

「◆微風。」

「▼信號。」

「▲微風。」

在指導學生的督促下，我們繼續練習詠唱。

奸笑少年是打算進行指導嗎，他一副很了不起的樣子在聽課學生周圍轉來轉去；一會兒說某人的節奏錯了半拍，一會兒說某人的咒文唸錯了，態度十分敷衍，讓聽課的學生和指導的學生都很反感。

「巴里，你少礙事！」

「我只是在進行指導而已。」

「就是那樣才礙事！」

雖然那名向奸笑少年抱怨的女學生要他住手，但他完全聽不進去。

「真是的，還在想馬庫雷那個笨蛋終於不在了，這次又換成巴里了嗎！」

因為覺得再這樣下去沒完沒了，女學生為了找老師而離開學校屋頂。

她所提到的馬庫雷，大概就是那個名字多次出現在紅繩事件中的貴族家吧。看來馬庫雷家就讀魔法學校的子弟似乎也是問題兒童。根據交誼會的傳聞，在紅繩事件調查結束前，馬庫雷一家都會被軟禁在家裡。

「哎呀？這不是在騎士學校特別課程上累倒無數次的吊車尾嗎？」

奸笑少年糾纏起隔壁小組的雪琳小姐。

「妳放棄成為騎士了嗎？」

「▲發光。」

因為被雪琳小姐無視，奸笑少年不愉快地皺起眉頭。

「哼，三天就放棄成為騎士的傢伙肯定用不了魔法啦。」

「這種三分鐘熱度的人肯定辦不到。」

「充滿魔法學校藥味的女人可是不受歡迎的喔？」

「既然長相不錯，不如去少女學校磨練自己，釣個有前途的男人還比較好吧？」

見奸笑少年嘴上越來越不饒人，他的跟班們也開始一起騷擾雪琳小姐。

指導雪琳小姐的學生似乎很怕奸笑少年一行人，顯得不知所措。

「能適可而止嗎？」

我因為看不下去而插嘴道。

「又是你！」

「——又？」

我想起來了，他是昨天和雪琳小姐決鬥的挖苦少年。

「哼，都成年了居然還不會詠唱啊？」

「巴里大人，他大概是個窮人貴族或商人吧。肯定沒受過正經的教育。」

臉上掛著奸笑的巴里少年對我哼笑一聲，他的跟班也跟著幫腔。

或許是來到王立學院前換了便服的緣故，他們似乎把我誤認為貧窮貴族或商人了。

「關於沒有詠唱才能這件事，我自己很清楚。」

聽到我這麼說，巴里少年一行人發出爆笑。

「不過呢，被你們幾個因此謾罵或嘲笑，令人有些不快喔？」

畢竟我也持續練習詠唱將近一年了。

「你說什麼！」

是沒想到我會反駁嗎，巴里少年不高興地皺起眉頭。

「竟敢用『你』來稱呼我，真是不敬！」

「沒錯、沒錯！巴里大人可是佐貢男爵家的次男啊！」

這些跟班似乎是他們的家臣和士爵家的直系親屬。

「巴里，到此為止了！」

屋頂大門被猛然打開，剛才那名女學生回來了。

跟在她後面進來的人不是老師，而是有一頭粉紅色頭髮，盧莫克王國的梅妮亞公主。

「梅妮亞殿下！為什麼殿下會在這裡？」

「因為老師不在，我就請殿下過來了！」

見巴里少年十分吃驚，女學生露出得意的表情。

此時梅妮亞公主朝我們看了過來。

「梅、梅妮亞殿下，這是因為……」

「——佐藤大人！」

梅妮亞公主無視正打算辯解的巴里少年，朝我抱了過來。

她還是老樣子，很喜歡肢體接觸呢。

「「「梅妮亞殿下！」」」

梅妮亞公主的奇特行徑讓學生們驚訝得叫了出來。

「您、您跟那個貧——他是什麼關係？」

「我和潘德拉剛子爵大人是愛——」

「「「子爵！」」」

巴里少年等人的聲音，蓋過了梅妮亞公主後續說的話。

「他——不對，這位是子爵大人嗎？」

梅妮亞公主先是隨興地回了一句：「嗯，沒錯。」接著再次看向我，嫵媚地說：「想學詠唱的話，明明讓我私下教學就可以了嘛。」

「「「梅妮亞殿下的私人教學！」」」

梅妮亞公主似乎在魔法學校很受歡迎，不僅是巴里少年，就連負責指導的學生們也異口同聲地叫了出來。

「喂，不好了。」

「我們嘲笑了子爵家的家主啊。」

「道、道歉吧，巴里大人。」

「……我不要。」

即使被跟班們勸導，巴里少年依舊冥頑不靈。

「像他那種連劍都揮不動的軟弱男，才配不上梅妮亞殿下。」

巴里少年瞪著我說。

與其說是憎恨，感覺更像是嫉妒被梅妮亞公主抱住的我吧？

該怎麼說呢，還真是青春呢。

「哎呀？佐藤大人可是希嘉八劍候補喔？」

「希嘉八劍候補！」

聽梅妮亞公主這麼說，巴里少年發出驚訝的聲音。

「您有被邀請到聖騎士團的駐紮地對吧？」

「嗯，在去年年底的時候。況且有件事要訂正一下。因為我已經正式婉拒了，所以現在並非希嘉八劍候補。」

「哎呀，的確是呢。那麼一來，莉薩也辭退了候補嗎？」

我用一句「是的」，肯定梅妮亞公主的提問。

「慢著，這麼說來子爵大人的家族名稱！」

「潘德拉剛，不就是那個『不見傷』嗎！」

「不、不妙，這下真的不妙啊，巴里！」

跟班少年們似乎知道我的家族名稱。

巴里少年的臉色也變得蒼白。

「子爵大人，我為剛才的無禮道歉。」

「「子爵大人，非常抱歉。」」

巴里少年宛如將頭貼在地上似的跪坐在地，他的跟班也紛紛仿效。

他的態度迅速反轉。看來王都的貴族似乎從小就被澈底灌輸了處世之道。

「佐貢公子，你忘了向她道歉。」

「——她？」

我指著雪琳小姐，對似乎澈底忘了來龍去脈的巴里少年說。

「非、非常抱歉，這位小姐。居然嘲笑了妳沒才能這件事。」

有你這種道歉方式嗎——

我咳了一聲之後，發現自己說的話根本算不上道歉的巴里少年連忙改口說：

「實在萬分抱歉。我撤回對妳說過的那些過分話語進行謝罪。真的非常對不起。」

「……我、我呢！」

雖然雪琳小姐有些猶豫，依然開口對他說：

「我或許不像父親那樣有才能。可是！」

雪琳小姐猶如累積在地底的岩漿噴湧而出似的吐露自己的心聲。

「即使如此，我也不會放棄成為騎士！成為聖騎士必須會使用魔法，所以我才會來接受這個課程！」

「……這、這樣啊。」

畏於雪琳小姐氣勢之下的巴里少年愣愣地小聲說道。

在那之後，巴里少年一行人在從雪琳小姐和我這裡獲得接受謝罪的話語後，連滾帶爬地逃離了學校屋頂。

「之後我會跟老師告他們的狀！」

我會把事情告訴兩所學校的老師，女學生這麼說。

巴里少年似乎兼讀騎士學校和魔法學校的課程。

「那麼，我們繼續詠唱的練習——」

我話才說到一半，代表下課的鐘聲便響遍了整個屋頂。

看來時間到了。

◆

「卡麗娜姊姊，這裡！」

緊抱住我手臂的梅妮亞公主用力地揮著手。

除了梅妮亞公主以外，雪琳小姐也和我們在一起。

「佐藤為什麼會和梅妮亞在一起？」

「在詠唱課上遇到的。」

我回答卡麗娜小姐的問題。

「呀啊。」

我因為小小的尖叫聲回頭一看，發現娜娜將在附近就座的雪琳小姐抱了起來。

「主人，這個幼生體是誰，我這麼提問道。」

「她是葛延先生的女兒喔。」

我對娜娜這麼說，並命令她放開雪琳小姐。

「課程怎麼樣？」

「主人，課程很無聊，我這麼告知道。」

「雖然是劍術課程，但比起實戰，似乎更重視禮儀。」

陪同卡麗娜小姐參觀騎士學校的娜娜和莉薩說出自己的感想。

「從祕銀冒險者的角度來看，即使是實戰取向的希嘉王國制式劍術，看起來也像是觀賞用的呢。」

聽到她們的感想，梅妮亞公主苦笑說。

「……大家都很有才能呢。」

雪琳小姐眼神灰暗地呢喃道。

「我不想被用才能這個詞一筆帶過，我這麼抗議道。」

「是啊。我在接受主人的指點前，也只是個隨處可見的平凡長槍使而已。」

雖然我對娜娜的抗議也有同感，但總覺得莉薩當時就有才能，只是等級低罷了。

「是那樣嗎？」

「是的，父親曾說過我不適合當個戰士。」

「我、我也一樣。」

聽到莉薩過去的回憶，雪琳小姐感同身受地大聲回應。

「那、那個！就算是我也能變強嗎？」

「當然，只要能持續抱持一顆想變強的心，就一定可以。」

雪琳小姐聽了莉薩的話點點頭，眼神熾熱地看著我。

這麼說來，莉薩剛才似乎說了「在接受主人的指點前」之類的話。

「請您收我當徒弟吧！」

不是，那樣就有點……

「等一下！妳那樣太魯莽了！」

亞里沙率領年少組和露露從遠方接話道。

「請、請問妳是？」

「我是主人的超級參謀，亞里沙‧橘名譽士爵喔。」

亞里沙雖然直到最後都在猶豫，究竟是跟露露一同稱作渡姊妹，還是用前世的橘這個姓氏比較好，但她最終選擇了後者。

「突然就打算成為主人的弟子，就像是剛出生的蜥蜴去挑戰成年龍喔！先找一位適合自己的師父比較好。」

亞里沙拉了拉露露的手臂。

「讓能把魔族扔出去的防身術高手，露露姊姊當第一位師父是最合適的！」

「咦，亞里沙，妳突然說什麼啊？」

亞里沙無視感到困惑的露露，推薦她擔任雪琳小姐的師父。

「因為我感覺她是個溫室長大的大小姐嘛。要是交給主人或莉薩小姐做得太過火的話，身體會被搞壞的。」

「怎、怎麼會有那種——」

原本想否認的露露說到一半突然語塞。

縱使莉薩幾乎沒指導過人，但她訓練時總以波奇和小玉為標準的緣故，經常會把難度設定得很高。

「說得也是——」

雖然沒必要讓夥伴們特地成為雪琳小姐的師父，不過這也是一種緣分吧。

對於因為葛延先生的事未來必須面對諸多苦難的她，給予能看見些許光明程度的關照應該無傷大雅。

「——露露也許很適合也說不定。可以嗎，露露？」

「好、好的，如果我幫得上忙的話。」

向露露確認完畢後，我便繼續往下說：

「先教她如何增強體力，然後在騎士學校學習基礎就可以了吧。」

如果以騎士為目標，她還是學習正統的劍術比較好。

「我明白了。露露老師，請多多指教。」

「好、好的！我會努力！」

見雪琳小姐朝自己低下頭，露露也畏畏縮縮地不斷向雪琳小姐低頭致意。

像這樣顯得慌張的露露也很可愛。

「這麼一來，都搞不懂哪邊才是學生了呢。」

我輕拍亞里沙那嘆著氣的頭，然後和她商量起今後的方針。

聊過之後才知道，雪琳小姐除了往返王立學院與離宮之外，不被允許前往其他地方，上課前後的自由時間也不是很充裕。

「那麼，我就來說明一下伸展運動，以及能在家裡增強體力的方法吧。」

「好、好的！露露老師。」

即使因為被稱作老師而感到害羞，露露依然開始說明簡單的伸展運動。

雪琳小姐比我想像得還要缺乏體力，當露露教完一系列伸展運動之後，她已經累到必須雙手倚著地面粗喘著氣。

「為、為什麼我這麼沒用……」

「別介意。我和亞里沙一開始也是馬上就累得上氣不接下氣。」

露露溫柔鼓勵眼眶泛淚的雪琳小姐。

「主人，你不帶那個孩子練等級嗎？」

「畢竟她想成為騎士嘛，而且還是聖騎士。」

亞里沙說的帶練等級——與強者同行強制提升等級，可以透過升級增加體力等基礎能力值並促進技能的習得。不過，從夥伴們的成長來看，能力值的提升似乎是從目前數值為基準來決定上升幅度。

就這樣帶她練等級，恐怕會讓她陷入只有等級上升，騎士所需體能方面的能力值卻絲毫沒變的狀態。

「主人，我也想幫忙指導幼生體，我這麼主張道。」

「那麼，妳要當露露的助手嗎？」

「好的，主人！」

總覺得娜娜就算被怪人糾纏也能夠淡然地解決，於是我任命她為露露的助手。

「希嘉王國也不是一天就建成的！一起努力吧！」

「是，露露老師！我會努力！」

看來露露成功激勵了雪琳小姐。

◆

「交到死黨了喲！」

「小玉也是～？」

波奇和小玉在晚餐前提起幼年學校的事。

「那真是太好了呢！是怎樣的孩子呢？」

跟我們一起從王立學院回家的卡麗娜小姐向兩人問道。

「她叫琪娜喲！」

「輕飄飄的大小姐～？」

「是登登侯學的人喲！」

聽亞里沙這麼問，波奇和小玉又講了各種有關那個女孩的事。

侯學是指侯爵嗎？

我用侯爵和琪娜這兩個關鍵字在地圖上搜索，結果出現琪娜・凱爾登這個名字。

根據儲倉的貴族名鑑來看，她好像是軍務大臣凱爾登侯爵的孫女。

「粉紅色的花邊既美妙又無敵～？」

「幫助波奇和小玉逃離欺負人的孩子喲。」

「嗯嗯，是非常好的孩子～」

「下次要把波奇的小說給她看喲！」

「小玉的雕像和畫也是～？」

從兩人的樣子來看，她們跟琪娜小姐似乎已經打成一片。

接著我將搜索結果告訴一臉想知道詳情的亞里沙。

「太好了呢。有侯爵家女兒當後盾的話，其他學生也不敢隨便出手了。」

不過是軍務大臣的親屬令人有些在意呢，亞里沙小聲地呢喃。

總之沒有演變成險惡的霸凌就好。

「聽我說。」

蜜雅忽然坐上我的大腿。

看來她也想聊聊王立學院的事。

「蜜雅和亞里沙是去魔法學校吧？」

「嗯，老師。」

蜜雅一臉得意。

「遇到好老師了？」

我試圖從蜜雅過於簡短的話語推測情況，卻被她用一句「不對」否定了。

「老師。」

蜜雅再度挺起胸膛。

由於完全沒有頭緒，我向亞里沙求助。

「她當上老師了。」

「——啥？」

不是去上課嗎？

「原本負責講課的人是校長，但因為他是個狂熱的精靈信徒，於是他拜託蜜雅，希望能由她來上課了。」

「嗯，魄力。」

蜜雅有點不敢恭維地點點頭。

看來是有個相當強勢的校長。

「於是蜜雅就上了講臺，但由於她是照平時的方式講解，所以沒有任何人聽得懂。」

「姆，沒人懂。」

肯定是只用單一詞彙，或是滔滔不絕的長篇大論來進行說明吧。

「於是小亞里沙就出手相助——」

亞里沙突然解開鈕釦露出肩膀，同時擺出奇怪的姿勢。我輕敲她的腦袋催促她繼續說下去（註：出手相助的日文慣用語「一肌脱ぐ」中有脫衣一詞的動詞）。

「——擔任蜜雅的解說員啦。」

「有才。」

蜜雅不停地點著頭。

「因為那場課程的反應似乎不錯，所以校長拜託蜜雅和我，說只在特別課程的期間就行了，希望我們能擔任老師。」

「理所當然。」

亞里沙搔搔頭說「真受不了」以及「小亞里沙多才多藝到嚇人呢」之類的話。雖然她是在開玩笑，但亞里沙真的很有才能。

「應該沒什麼關係吧？畢竟不會對擔任越後屋商會的顧問和幫助妮娜小姐的工作造成任何影響。」

「嗯，當然沒問題。不過，別忘了要避免太超過的技術喔。」

為了保險起見，我事先叮嚀她們不要洩漏在精靈村落學到的祕藏情報。

「那當然！我可是很有分寸的。」

「一般技術限定。」

亞里沙和蜜雅點了點頭，看來用不著我特別叮嚀。

「上課時，我們只會拿寫在吉布辭典上的內容來教。」

亞里沙舉了個具體的例子。

吉布克勞德博士的魔法解說辭典雖然是在王立學院圖書館發現的書，卻是一本內容比我手上出自精靈賢者托拉札尤亞先生的書更加詳細的好書。

「雖然上課很有趣，但在那之前的魔力測定和魔法試射也很好玩。」

「嗯，新紀錄。」

「哦～真厲害耶。」

我不太想知道她們達成了怎麼樣的新紀錄。

「因為讓新生用的測定器直接超載壞掉了，只好去王城借用王祖製作的原型魔力測定器來重新測試呢。」

魔力測定器似乎是使用鑲嵌在器材上的星水晶發光來測量魔力，並依照發光的星星數量來區分等級。一般新生是一到二星，即使是教師也只到三星，魔法學校的校長和主任才能勉強達到四星的程度。

「五星。」

「我是四星。魔力值超過五百大概就有四星吧？因為蜜雅的魔力比我多五成，所以魔力值超過一千估計就是五星了。」

蜜雅得意洋洋地挺起胸膛，亞里沙則對我說明了詳細情況。

「還有喔、還有喔！」

據說在魔法試射會上，亞里沙用「細火多彈演舞」這項火魔法一次將十個靶子全部射穿，讓老師們嚇破了膽。蜜雅也用水系魔法「水劍山」把教師用土魔法製造的鋼鐵魔像打成了蜂窩大開無雙。

「哎呀，好好體驗了一番魔法學院故事的樂趣呢～」

「嗯，享受。」

亞里沙和蜜雅一臉滿足地笑著說。

畢竟似乎沒有做得太過火，她們能享受到學院生活的樂趣實在太好了。

「卡麗娜呢～？」

「波奇想聽騎士學學的話題喲！」

小玉和波奇把話題轉到一直在當聽眾的卡麗娜小姐身上。

另外，波奇口誤的詞語應該是「騎士學校」吧。印象中卡麗娜小姐應該在莉薩和娜娜的陪同下前去參觀了騎士學校才對。

「不、不太適合我呢。」

卡麗娜小姐別過臉。

由於她似乎不願多談，於是我向陪她一起去的莉薩招了招手，小聲地打聽起箇中原因。

「劍被——」

莉薩這句簡短的話語就讓我明白了一切。

就跟在迷宮都市的冒險者學校時相同，卡麗娜小姐似乎在騎士學校也因拉卡輔助下得到的怪力而弄壞了好幾把劍。

夥伴們紛紛對卡麗娜小姐投以充滿慈愛的目光。

「只、只弄壞三把！其他只是有缺口或弄彎了而已！」

換句話說，就是有三把以上的劍報廢了。

「卡麗娜，來吃烤點心喲。」

波奇拍拍卡麗娜小姐的肩膀。

「遇到討厭的事情時，吃很多好吃的東西就對了喲。」

「肉乾也給你～？」

「波奇……小玉……謝謝妳們～」

卡麗娜小姐緊抱住兩人，用餅乾跟肉乾塞滿整張嘴巴。

我一邊守望著三人友好地享用零食，一邊向她們打聽各種在學院發生的事，中途回到家的小光也參與其中愉快地聊起來。直到晚飯時間，學院的話題都聊不完。

另外，關於第二天跟希斯蒂娜公主她們一起參加的延遲術式講座，因為是省略了基礎說明的進階課程，有不少人在中途就跟不上，但這對早已做好預習的我而言不成問題。必要的知識大多都弄懂了，我打算下次嘗試將其編入某項魔法裡面。

雖然也想去聽亞里沙和蜜雅的課程，但由於教室裡的人多到甚至連站的位置都沒有，所以就放棄了。本來希斯蒂娜公主還打算利用特權擠進去，不過被我阻止了。畢竟似乎有不少人為了聽課通宵排隊呢。

我在校舍與希斯蒂娜公主道別後，接著去參觀了小玉和波奇的授課，還在遠處觀望露露在少女學校的烹調實習課程受到千金小姐們依賴的身影。

回家後我才從亞里沙那裡得知，她們在演習場和希嘉三十三杖聯合進行魔法演示會時，擔任守櫻人的雅典娜小姐向蜜雅發起挑戰，結果她被蜜雅虐得體無完膚，甚至還哭了出來。

「那個有點做過頭了呢。」

「嗯，反省。」

面對哈哈哈地笑起來的亞里沙，蜜雅帶著認真的表情點了點頭。

不過畢竟等級不同，這也是沒辦法的事。希望雅典娜小姐不要灰心，今後也繼續努力。

美食家餐會

「我是佐藤。在電視上經常可以看到報導美食的旅遊節目和綜藝節目。每當看見記者吃得津津有味的時候，即使沒有時間參訪也會上網搜索並制定旅行計畫呢。」

「諸位，感謝今天來到我私人舉辦的餐會。」

坐在上座的宰相心情愉悅地說。

這裡是位於王城的一間餐廳，包括我和宰相在內有大約十二人參加。

或許是按爵位高低來入座的吧，我的席位就在宰相旁邊。除了宰相之外，在場似乎沒有爵位很高的人。

「今天的菜色是以西南各國，特別是布萊布洛嘉王國的料理為主。就算為了與王國的使節團加深友誼，希望大家能夠品嘗這個國家的料理。」

我搜尋儲倉中的資料，發現布萊布洛嘉王國是位於大陸西南方，由矮精靈統治的小國。

當初抵達王都時看到的隊伍，好像就是那個國家派遣來的使節團。

「前菜是伍凱烏蝦沙拉，搭配矮精靈醬汁。」

為我們服務的紳士一邊說明料理，一邊進行分盤。

前菜是搭配水煮蝦子的沙拉。

因為貪吃鬼貴族羅伊德侯爵以及何恩伯爵形容宰相的餐會是「掛著美食之名的詭異食物」，我還警戒了一下，看來只是杞人憂天。

原以為是普通的沙拉，我卻在入口的瞬間因為超乎常識的沙拉醬而大吃一驚。

沒想到原以為是沙拉醬的東西，竟然是以透明蜂蜜為基礎的醬汁……

醬汁意外地跟蝦子十分搭配，確實相當美味；但或許是因為外觀很普通的緣故，非常具有衝擊力。

「唔嗯！」

「這個是……」

其他大半成員也和我一樣很震驚。

「嗯，真好吃。」

雖然宰相一臉平靜地享用著菜餚，但從我以無名的身分和宰相打過幾次交道的經驗中可以得知——

他絕對是在享受我們震驚的反應。

「第二道菜是用矮精靈豆做的冷湯。」

接著上桌的是白皙透明的湯。

雖然聞起來感覺像是玉米濃湯，但不能大意。

我依照先前的經驗，先舀起一點放進嘴裡——好酸！

雖然餘韻並不差，但是對於不擅長品嘗酸味的人來說就難受了。

事實上與我坐同一排、位於末尾席位的那個文官，已經捂著嘴衝出餐廳。

「這麼快就有一個人出局了嗎……」

我的順風耳技能聽見正優雅喝著湯的宰相發出的低語聲。

看來不合胃口的人逐步出局是件正常的事。

「異國料理合你的胃口嗎？」

宰相與我對上視線，並這麼詢問我。

「是的，著實富有刺激性的美味。」

這不是場面話而是真心話。

等餐會結束後跟廚師見個面，請他指導我料理方式吧。

「嗯，今天的料理還有很多，請好好享受吧。」

眼神宛如惡作劇小鬼的宰相端出的整人菜單，不斷讓人出局。

雖然每道菜的外觀與味道都有一定程度的反差，不過總的來說還算好吃，因此我並未感到不滿。

我一一對宰相提出的話題做出無關痛癢的回答，同時享受著各種菜色。

接著——

「今天的主菜是烤布萊布洛嘉大毛蟲。」

作為主菜端上桌的，是尺寸如同乳豬的烤毛毛蟲。

或許是外觀太具衝擊性，導致又有兩名奮戰至今的勇士出局。

包括我和宰相在內一共剩下五人，而且其中兩人彷彿隨時都會倒下似的臉色發青。

「真不錯的香味。」

香氣有點像照燒豬肉。

雖然我是為了緩和氣氛才這麼說的，只見那兩位臉色發青的人瞪大雙眼，露出像是在說「難以置信」的表情。

大概是很習慣這樣的氣氛吧，侍從們毫不在意地繼續做著自己的工作。

他們切開毛毛蟲的外皮漂亮地擺在盤子上，最後把毛毛蟲濃稠的體液當成醬汁澆上去當作收尾。顏色奇妙的汁液十分具有衝擊性。

「受、受不了啦啊啊啊啊！」

伴隨劇烈的碰撞聲，其中一名臉色發青的參加者猛然衝出餐廳。

另一位則是坐在席位上昏了過去。看來似乎是敗給了將毛毛蟲體液淋上外皮的衝擊以及醬汁的顏色。

雖然這大概也是宰相的惡作劇，但這道菜應該擺完盤之後再端上來比較好吧？

不過話說回來，明明剛來到這個世界的時候，我連面對串烤蛙肉都會猶豫，我還真是變了不少啊。自從在旅途中及迷宮裡吃過用各種魔物食材製成的料理之後，這種程度對我而言還在接受範圍內。

嗯，這道菜肯定也很美味。

就相信宰相的味覺吧。

我下定決心，依照侍從的指示，將切成一口大小的外皮沾上醬汁後放進嘴裡。

——真好吃。

外皮酥脆但內部多汁，口感還滿有趣的。

而且跟甜甜辣辣的醬汁也很搭。只要外觀做些修飾，我認為甚至有成為王都人氣料理的潛力。

「——合格了。」

宰相小聲說出令人不安的話。

他的雙眼正看著我。

「確實能夠勝任啊。」

「嗯，跟無論味道好壞都悶不吭聲的你不同，他那總是十分享受的吃相的確不錯。」

根據AR顯示，那位繃著一張臉坐在我對面的男性好像是外務大臣。

「潘德拉剛子爵，你知道布萊布洛嘉王國的使節團造訪我國吧？」

我用一句「是的，我知道」回應宰相的問題。

「今天傍晚將會舉辦招待該使節團的晚宴，希望你能參加。」

「真抱歉啊。布萊布洛嘉王國的菜色大多比較特殊，即使在外務省也找不到能跟你一樣吃得津津有味的人。」

原來如此，這場美食家餐會似乎也是一場測試。

我不在意要跟很多大人物見面，但總覺得在外交場合要注意不犯錯很累人。

雖然對宰相和大臣很抱歉，但還是拒絕——

「據說在晚宴上，與使節團同行的布萊布洛嘉王國宮廷廚師會製作特別的料理。」

「那還真令人感興趣呢。」

我的態度瞬間轉變。

畢竟就算我拜訪布萊布洛嘉王國，能吃到由宮廷廚師製作的特別料理的可能性也很低。

這次還是把握機會貪心點吧。

「請務必讓我參加。」

「嗯嗯嗯，我就知道你會這麼說。」

聽見我的回答，宰相滿意地點了點頭。

話說回來，這份套餐最後的甜品會是什麼呢？

◆

「作戰似乎很順利呢。」

由於距離晚餐還有一點時間，我享用完甜點後來到越後屋商會。

另外，午餐會的甜點是口感清脆到會讓人上癮，用布萊布洛嘉狐鳩的血製成的鮮紅色冰品。因為用香草去除了氣味，所以意外地能夠下嚥。

「是的！多虧有庫羅大人準備的商品，情況非常順利。」

我聆聽掌櫃的報告。

所謂的作戰，就是為了買下拍賣會展出的「祈願戒指」，先行讓貴族和富商們花掉現金的計畫。

「雖然歐尤果克公爵的財力還是未知數，但他們已經買下了數量出乎預料的魔劍和魔法道具。比斯塔爾公爵或許是因為需要資金來應付內亂，至今仍對上架的商品沒有反應。而王都的富商們，尤其是果庫茲商會都來**搶購**了！」

告訴掌櫃「搶購」這個詞彙的人應該是亞里沙吧。

土魔法製作的魔法寶石似乎對貿易都市的太守夫人有非常大的效果。

「值得擔心的是王族和迷宮都市的太守亞希念侯爵，另外還有潘德拉剛子爵。」

唉呀，我也榜上有名呢。

「潘德拉剛那小子也是嗎？」

「是的。雖然並未對外聲張，但他是亞希念侯爵的次子所經營的筆槍龍商會的老闆。我認為他自己在迷宮累積了相當的財力，也必須警戒他在砂糖航路獲得的龐大資產。」

「龐大資產？」

我應該沒有公開打撈沉船得到的財寶才對吧？

「是的。他向筆槍龍商會提供了多艘大型和中型的遠洋帆船，肯定擁有相當巨額的資產才是。」

不不不，那只是把堆積在儲倉中的漂流船以及從海賊那裡搶來的船交給他們而已。

「這樣啊。他還欠我幾個人情，就由我來想辦法吧。」

「非常感謝您，庫羅大人。不過恕我僭越，由於潘德拉剛子爵及其陪臣的橘士爵等人幫了我們越後屋商會不少忙——」

「明白了，我會好好留意的。」

聽我說完後，掌櫃低頭致意。

雖然對自己（佐藤）有所顧慮實在很蠢，但也沒辦法。這就是雙重身分的麻煩之處。

不過掌櫃和蒂法麗莎相當值得信任，近期向她們表明庫羅跟佐藤是同一個人說不定會比較好。

「剩下的是亞希念侯爵嗎？」

「是的。不能小看身為迷宮都市太守的他所擁有的財力，而且就算拿出侯爵夢寐以求的魔劍也不上鉤。侯爵的目的恐怕是——」

「——不是『祈願戒指』。亞希念侯爵的目標是聖靈藥。那似乎是用來來治療他的部下，波布提瑪前伯爵的必需品。」

「不愧是庫羅大人！」

這是以佐藤的身分直接從太守夫人那裡聽來的。

「打擾了——庫羅大人。」

進入房間的蒂法麗莎在見到我之後，嘴角微微露出笑意。

「剛剛收到了宰相大人寄來的信。」

我從蒂法麗莎手中接過信件來看。

「我們之前徵詢的開拓村和開發礦山的批准似乎下來了。」

姑且不論前者，沒想到連後者都能獲得批准。原以為就算能拿到批准，也是過一陣子之後的事。

「兩邊都是五年免稅嗎……」

「不服氣嗎？」

「是的。開拓村暫且不提，我認為礦山開發只有五年有些太短了。」

如果要開拓滿是魔物的山進行礦山開發，一般而言似乎都會免除十年的稅金。

「無妨。只要募集到人，一個月左右就能運作了。」

只要使用魔法就能在短短幾天做好礦山準備，麻煩的只有準備排水設備和升降機而已。

「一、一個月嗎？」

掌櫃驚訝地瞪大眼睛。

蒂法麗莎小聲地說了句：「不愧是庫羅大人。」接著立刻將話題轉到工作上。

「那麼，我馬上去募集開拓民和礦工。」

「拜託妳了。條件就跟之前說得一樣。」

「我明白了。」

蒂法麗莎動作迅速地走出房間。

暫且不提老是抬舉我這點，她這麼能幹真是幫了大忙。

「──差點就忘了。」

此時蒂法麗莎又走了回來。或許是有些慌張，她的臉頰有點泛紅。

「前陣子製作點火工具的那位名叫葵・遙的少年造訪了店裡。」

「哦？完成聘僱了嗎？」

「是的，**那方面**萬無一失。」

蒂法麗莎點點頭，銀色的鮑伯頭短髮隨之擺動。

「那方面？還有其他方面的問題嗎？」

「葵希望能與庫羅大人見面。」

哦～會是什麼事呢？

「明白了，叫他過來吧。」

反正越後屋商會的要事大致搞定，而且距離晚餐還有時間。

稍微撥點時間給葵少年也無所謂吧。

◆

「庫羅大人，已經看得見了。」

葵少年指著宛如廢棄住宅般的建築物說。

我和葵少年見面之後，為了與他想介紹給我認識的人物碰面，我們來到平民區小工房林立的地段，穿過幾條路之後來到看似貧民街的地方。

「這附近也變得正常了不少喔。」

葵少年從視線察覺到我的想法，開口辯解道。

「是這樣嗎？」

「沒錯。老師說拜越後屋商會增加濟貧活動所賜，再也沒看到有人倒在路邊，而且他們還會聘用這裡的居民做些針線活和副業，在路邊賣身的女人也變少了。」

「那還真是不錯。」

雖然我實施這些行為並未抱著高尚的想法，但如果能幫助人們提高生活水準的話確實值得高興。

「我要當怪盜皮朋！」

「咦，皮朋是變裝高手，人家更合適啦！」

「哼哼。皮朋可是是神出鬼沒的喲！像你這種遲鈍的傢伙才當不來！」

「我要當怪盜夏露倫！」

「妳不適合當美少女怪盜啦。」

一群小孩從我們身邊跑了過去。

「真過分！你的長相也不像個宜賊阿！」

「當宜賊又不是看臉。」

是地區特色嗎，這裡的小孩子扮家家酒的對象似乎是怪盜。

「宜賊——是義賊嗎？」

「是的。因為怪盜皮朋似乎會把從無良商人和貴族那裡偷到的財物分給窮人們，所以才被人這樣稱呼。」

葵少年稍微壓低音量這麼對我說。

「你好像不認為怪盜皮朋是義賊呢。」

「是的。藉由犯罪得來的金錢來進行布施是錯誤的。如果真想幫助他人，就應該正經地賺錢或是創造工作機會才對。」

正直雖然是好事，但感覺他正直過了頭會吃很多苦。

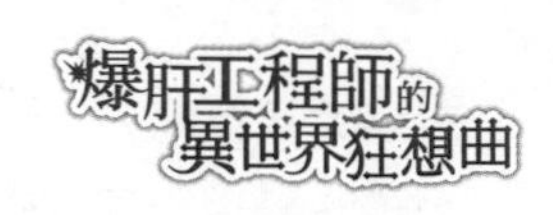

「說得也是。比起那個，這裡就是目的地的工房嗎？」
「哈哈哈，看起來只是間廢棄屋吧？」
眼前是一間看起來隨時會倒塌的建築物。
「老師！您在嗎，老師！」
葵少年試著敲門呼喚，但裡面沒有任何反應。
來這裡的目的就是跟他所說的老師見面。
「是在睡覺嗎？」
雷達上的光點顯示出室內有人。
用術理魔法「透視」看過之後，我發現門的內側只用門栓固定住，於是便用「理力之手」迅速拔掉門栓。
「門是開著的。」
「咦？真的耶——老師！我是葵，我進來了喔。」
葵少年巧妙地避開散落在地面的廢棄物和筆記走了進去。
我跟在他身後，同時因為察覺掉在地上的筆記本內容而瞪大眼睛。上面畫著用其他理論和回路，來設計我所製作的二重反轉式空力機關的圖。
「庫羅大人！這位是札哈德博士。」

「初次見面，久仰博士大名。」

「哼，客套話就免了。」

葵少年向我介紹的，是個戴著一副如同玻璃瓶底般的眼鏡、頭髮亂糟糟的白髮老人。身為人族的他除了身材矮小之外沒有其他特徵。

據說他是個綽號叫做旋轉狂的老魔術師，我先是透過在賽達姆市發現的作品得知姓名，接著在公都看過其著作之後就一直想跟他見個面。

我從道具箱裡拿出他的著作和魔法道具零件——「迴旋圓盤」放在他面前，表示我不是在說客套話。

「哼，看來並不是在說謊啊。」

札哈德博士看到自己的著作和陀螺之後用鼻子哼了一聲。

雖然乍看之下他依舊不感興趣，但態度馬上有了軟化。

「算了，坐吧——」

我一邊喝著葵少年泡的香草茶，一邊聆聽札哈德博士說話。

札哈德博士貌似曾在王立學院與王立研究所占有一席之地，後來遭到名門貴族出身的研究者陷害，導致兩邊的席位都被剝奪了。

現在的他沒有贊助商，僅靠著在平民區三不五時修理魔法道具餬口度日的樣子。

我雖然邀請札哈德博士擔任越後屋商會的研究員，卻未能得到滿意的答覆。

「哼，金錢一點都不重要。如果想要聘請我，就給我把新型飛空艇的空力機關拿來！要是能近距離觀摩那宛如藝術般的二重反轉式空力機關的美妙之處，就算把靈魂出賣給魔王我也願意。」

「可不能反悔喔？」

「誰會反悔啊。」

我用「理力之手」在工房的一角騰出空間，將小型飛空艇用的二重反轉式空力機關從儲倉裡拿了出來。由於尺寸過大，沒辦法用道具箱取出。

「這、這個是！」

我面帶微笑地看著眼睛睜大的博士。

「只要博士成為越後屋商會的研究員，這個就任你處置沒關係。」

「就、就算拆掉也沒關係嗎？」

我朝他點點頭，同時把工具箱遞給他。

即使因為興奮過頭導致拿錯工具，博士仍然以熟練的手法靈巧地開始分解空力機關。

「看來契約成立了。」

「似乎是這樣沒錯。」

葵少年對我的話點了點頭。

「詳細的契約內容麻煩你去問掌櫃或蒂法麗莎。」

我告訴博士他們，會在越後屋商會的飛空艇工廠區域內為他準備研究所。

之後再用「石製結構物」和「製作住宅」魔法來打造他的研究所吧。

「唔喔，好重。葵，過來幫忙！」

「好的，博士！」

葵少年也開始幫忙分解空力機關。

「咯哈哈哈哈，原來這裡的構造是這麼回事啊！不過，只要換成我之前打造的結構，效率就能提高三成。這邊的軸承構思太老舊了。唔姆姆，沒想到還有這樣的構造！有趣！真是太有趣了！」

札哈德博士將拆好的二重反轉式圓盤拿出來，開始從各個角度反覆觀察。

「期待你的表現，博士。」

我這麼說完，就離開他的工房了。

如果是他，肯定能把空力機關的性能提高一個檔次吧。

◆

『——我國的祕寶被偷走了！』

我為了參加晚宴回到王城，卻在前往晚宴會場途中的走廊上聽見了不平靜的話語。

朝著聲音方向看去，便見到一名矮精靈少年正在對看似女僕的人物訴說發生竊盜事件的身影。

那名赤銅色肌膚的矮精靈少年身上穿著以白色為基底的豪華服裝，同時配戴著大量用來搭配的飾品。他肯定就是宰相提過的布萊布洛嘉王國使節團的一員。從服裝來看，他的來頭應該不小。

根據ＡＲ顯示，少年是布萊布洛嘉王國的王族。這個妖精族似乎很長壽，他的實際年齡高達三百六十五歲，因此交談時還是別把他當成少年比較好。

「那、那個，所以說您用異國的語言說我也聽不懂——」

『真是的！跟妳說也沒用！負責翻譯的利伽去哪兒了！』

看來翻譯不在場，他和他的護衛也只能說妖精語。

由於妖精語算是劣等的精靈語，也能說是妖精族的共通語言，因此我完全聽得懂。感覺像是一種用粗俗方式演繹優美精靈語的語言。

我確認了一下紀錄，雖然獲得了「妖精語」技能，但因為用精靈語技能也能聽懂，所以沒必要刻意有效化吧。

『請問有什麼困擾嗎？』

『哦哦！你會說精靈語啊？我放在房間裡的「龍瞳」被偷走了！』

見我對他說精靈語，少年也從妖精語切換成精靈語跟我交談。

『那是寶石之類的東西嗎？』

『不是！「龍瞳」是我國祖傳的寶珠。能夠讓使用者得到龍所具備、能看穿森羅萬象的鑒定魔眼。』

聽起來是顆相當有用的寶珠。

我整理好思緒後，把他說的話告訴女僕。

「王城發生了竊盜事件嗎！」

聽完之後，女僕說著「我馬上去找衛兵！」，便連忙跑了出去。

我告訴少年已經安排好協尋，一邊透過地圖檢索「龍瞳」。

——找到了。

比預料得還要近。

『嗯，要是把那東西弄丟的話，我就沒臉去見故鄉的母后陛下了。』
『請放心，一定會幫您找回來的。』
畢竟已經找到了。
『哦哦，真的嗎！』
『是的，請交給我吧。』
我打開走廊窗戶，這麼告訴少年之後便跳出窗外。
「呀啊啊啊。」
「你、你是誰！」
「我、我要找近衛騎士大人了喔！」
我撥開樹叢走出中庭，三名女僕看見我之後發出了尖叫。
接著我用短暫的瞬動拉近距離，來到最先發出尖叫的女性面前。
這個女人就是偷走「龍瞳」的犯人。
「做、做什麼——」
女僕往後一跳，閃過了我相當放水的一掌。
這樣就不必擔心其他女僕被當作人質了。
「你怎麼知道我就是怪盜夏露倫？」

「怪盜？」

「紐娜是夏露倫？」

聽到女怪盜不打自招，那些真正的女僕驚訝得喊了出來。

「我是不會被抓的。」

女怪盜雙手用力一揮，我的眼前頓時出現一塊布。

當我甩掉那塊布——王宮女僕的制服後，四周早已充滿白色的煙霧——煙霧彈。

那個女人要逃走了。或許是早已穿在制服下面，她現在是一副貼身的樸素襯衫與長褲的打扮。

「哦呵呵呵呵，有本事來抓我呀。」

遠方傳來女怪盜的聲音。

我將被煙霧嗆到咳嗽的女僕們留在原地，用瞬動追上正在建築物陰暗處奔跑的女人。

「唔，是高等級的騎士嗎！」

女人放棄用跑的逃離，轉而利用靠近建築物的樹木與建築物牆壁當作立足點，交互跳躍向上逃竄。

於是我維持奔跑的速度，如同漫畫一般垂直衝上牆壁。

>獲得「飛簷走壁」技能。

>獲得稱號「對抗重力者」。

至今為止我已在牆上奔跑過無數次，但不知為何直到現在才獲得技能。

當我想著這些多餘的事情時，女怪盜已經近在眼前，於是我在她逃走前用擒抱抓住她。

因為再這樣下去會直接從三樓左右的高度摔到地上感覺很痛，所以我踏上用天驅在空中形成的立足點，跳進附近窗戶開著的建築物裡。

「放開我——」

女怪盜想掙脫我的拘束逃跑，於是我輕輕擊打她的心窩使其昏了過去。

引發騷動的「龍瞳」被女怪盜藏在豐滿胸部中，於是我用「理力之手」將其拿了出來。

畢竟對方縱使是個罪犯，玩弄昏迷女性的胸部依然有點不妙。

『幹得好！希嘉王國的騎士啊！』

矮精靈少年跑了過來。

他的身後跟著許多人，其中也包含了宰相和外務大臣的身影。

『是這個沒錯吧？』

『沒錯！這就是我國的祕寶「龍瞳」！』

少年小心翼翼地用雙手舉起彩虹色的寶珠。

『這樣就不會在母后陛下面前丟臉了！』

「龍瞳」的外觀，就像一顆五百日元硬幣大小的水晶球。

「潘德拉剛卿，那個女人就是盜賊嗎？」

「我見過這個人，她是在迎賓館工作的女僕。」

宰相和外務大臣觀察起女怪盜的長相。

「不，您說錯了。」

我這麼說完，摘下戴在女怪盜臉上的變裝面具。

這跟我化身勇者無名或庫羅時用的魔法道具變裝面具不同，似乎是用上了煉金術煉製特殊乳脂的拋棄式變裝面具。

「變裝高手，而且還是個女人——她是怪盜夏露倫嗎？」

「好像是這樣沒錯。」

畢竟她本人也這麼說過，況且ＡＲ顯示上也是這個名字。

「雖然不知道她是怎麼潛入王城的，不過遇到潘德拉剛卿算她倒楣呢。」

宰相莫名地得意起來。

我將怪盜夏露倫交給宰相與一同前來的近衛騎士，同時將其五花大綁以防她在押送途中逃跑。

『實在是感激不盡。我以布萊布洛嘉王國第八王子斯馬提特之名授予你「惡作劇卿」的地位以及能夠自稱「布萊布洛嘉自由騎士」的名譽吧！』

『呵呵呵，不愧是斯馬提特殿下，真是不錯的賞賜呢。』

雖然我不打算得到地位或榮譽，但宰相迅速地把話題延續了下去。

依照事後宰相的說法，「惡作劇卿」是授予有功的國外人士類似名譽貴族的地位；自由騎士則類似安保官，似乎是能夠在布萊布洛嘉王國內自由行動的身分。

『惡作劇卿可是每天都能惡作劇一次的好東西喔。』

『那還真是厲害……呢？』

『嗯，很厲害喔。』

少年——斯馬提特王子略微得意地對我說。

由於只要不進入布萊布洛嘉王國就沒有義務和權利，應該不需要特別在意，況且地位應該比魔導王國拉拉基得到的酒侯普通才對。

『那麼該去參加晚宴了！我就賜你坐在我旁邊的榮譽吧！』

『我很榮幸。』

我被興高采烈的王子搭著肩膀，跟他一同走進了晚宴會場。

「居然這麼輕易就跟那個難以取悅的斯馬提特殿下打好關係了啊。」

「原本期待他能在晚宴上軟化頑固王子的態度，沒想到竟然在晚宴開始前就搞定了。」

「不愧是調解了羅伊德侯爵與何恩伯爵關係的人。」

身後的外務大臣與宰相不知道在聊些什麼。

雖然我並非不在意被他們利用在外交關係上，但我也沒有什麼損失，所以就算了。

晚宴料理的菜色雖然跟中午的美食家餐會差不多，味道卻提升了一兩個層次，實在非常優秀。

或許是過年之後每天都被邀請參加各種茶會跟晚宴導致吃膩了一般的王國料理，因此才覺得特別好吃吧。

像這樣的日常生活不斷重複，我的王都生活轉眼間就來到拍賣會前幾天。

◆

「遠遠遠足～？」

「拉拉哩拉喲。」

小玉和波奇一邊哼著歌，一邊把背包裡的東西擺在地毯上。

她們明天似乎要參加幼年學校春季教室舉辦，為期兩天一夜的遠足。

「聽說會和騎士學校同行？」

「是的，亞里沙。」

「小雪琳她們似乎也會因為遠征實習同行。」

學生會先搭乘馬車到下榻的別墅，之後再以別墅為據點進行遠足的樣子。

由於娜娜和露露正在協助葛延先生的女兒雪琳小姐提升體力，所以從她那邊聽聞了各種情報。

「哦～既然能讓這種年紀的孩子們去遠足，也就是說山裡的魔物已經都處理完了？」

「嗯，似乎如此。」

我試著用地圖搜索了一下，發現從山頂的要塞到別墅的範圍內都沒有魔物。

要塞對面有條很深的山谷，魔物的領域似乎在山谷的另一側。

從地圖上顯示的魔物分布來看，能發現駐守在山頂要塞的王國軍為了不讓領域裡的魔物跑出來，會定期在邊境區域巡邏並加以驅逐的樣子。

「實習是指一起遠足？」

「雪琳是參加幼生體的護衛任務，我這麼報告道。」

「據說分成了護衛春季教室的學生，以及幫要塞運輸補給物資這兩項任務。」

娜娜和露露回答亞里沙的問題。

似乎會透過這項任務中的考察來決定學生是否能被推薦進入騎士學校，導致雪琳小姐看起來似乎比平時更加緊張。

「但是，只是沒有魔物，還是會碰到野獸吧？」

「亞里沙的擔心很有道理，我這麼同意道。」

「沒問題的，聽說騎士學校各班級的老師和高年級的學生們也會同行。」

為了讓感到擔憂的亞里沙和娜娜放下心來，露露這麼說。

她好像是從前來迎接雪琳小姐的希嘉八劍海姆先生那裡得知的。

「儲備糧食肉乾～？」

「烤麵包也是必要的喲！」

「遠足還需要儲備糧食嗎？」

從那個分量來看，夠她們每人吃兩個星期了。

「琪娜說因為不知道會發生什麼事，所以帶著比較好喲。」

「是那個軍務大臣家的孩子說的啊？」

「Yes～？」

小玉點點頭。

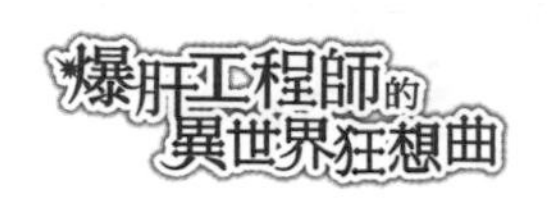

「愛操心。」

「沒有這回事喲。琪娜很聰明，肯定能派上用場喲。」

「波奇和小琪娜的感情真好呢。」

「因為是死黨喲！」

「小玉也是～？」

看來她們在幼年學校處得不錯。

或許下次招待琪娜小姐來家裡吃飯也不錯。

「不過話說回來……這麼多東西放不進背包裡呢。」

「Oh my god～？」

「硬塞進去就行了喲！」

波奇強硬地想把東西塞進去，但還裝不到一半，背包看起來就快要裂開了。

「波、波奇，差不多該適可而止了。」

「乖乖把緊急糧食放進妖精背包啦。如果只是普通遠足，是用不到儲備糧食的。」

露露連忙制止波奇，亞里沙則提出了妥當的解決方法。

「可是老師說『行李只能裝在一個背包內』喲？」

「那麼，把妖精背包裝進背包裡面不就行了？」

「Great～？」

「不愧是亞里沙喲！波奇完全沒想到喲！」

受到小玉和波奇稱讚的亞里沙表情有些微妙。

不過，這樣就能輕鬆地裝進去了吧。

「主人，那個做好了嗎？」

「嗯，做好了喔。」

我拿出兩個附有背帶的水壺，是瓶蓋能當杯子用的款式。

「遠足果然就是該用這種水壺呢！」

「小玉是粉紅色蓋子那個～？」

「波奇的是黃色蓋子的水壺喲！」

亞里沙把水壺遞給她們。

由於裡面裝了水石，因此只要提供魔力就能補充水分。

畢竟是小孩子也能當日往返的距離，應該不會有什麼問題，不過還是保險一點。

「接下來就是零食了。」

「波奇想要肉喲！」

「小玉也是～？」

「肉會放進便當裡所以不用了吧？零食是指仙貝和糖果之類的東西喔。」

「波奇知道喲！香蕉不算零食喲！」

被波奇搶先一步講出遠足笑話，亞里沙只好咬著一撮頭髮說出「波奇真是個可怕的孩子」之類的話。

看來波奇還記得之前在迷宮狩獵「樓層之主」時，亞里沙講過的笑話。

「小玉、波奇，妳們想要什麼零食呢？」

「小玉想要洋芋片～？」

「波奇要蛋糕喲！」

兩人回答露露的問題。

雖然明白她們的想法，不過兩種都不適合帶去遠足。

「我把家裡的庫存拿出來，妳們挑自己喜歡的吧。」

「耶～」

「好厲害喲！」

我透過道具箱把適合遠足的零食從儲倉中拿出並且擺在桌上。

小玉的眼睛亮了起來，波奇則彷彿隨時會甩斷似的用力搖著尾巴。

「妳們聽好！零食只能挑三百日元喔！」

「三百日元～？」

「三百日元是多少枚銅幣？」

由於貨幣單位不同，小玉和波奇並不了解亞里沙玩的哏。

「畢竟學校也沒有設限，讓她們想帶多少就帶多少不行嗎？」

而且吃不完還能分給朋友。

「那樣不行啦！嚴選零食也是遠足的樂趣之一耶！」

「原來如此……」

的確有不少同學會在有限的資金裡，煩惱究竟該以味道還是數量為優先。

「那麼，就不用金額加以限制，而是只能裝滿這個小袋子怎麼樣？」

我拿出幾個捐贈金幣時用的小袋子。

「雖然布料有點奢侈，但用這個應該不會弄破，好吧。」

由於通過了亞里沙的審查，我將袋子交給小玉和波奇。

「小玉要這個、這個還有這個～？」

「唔～非常非常煩惱喲！」

與煩惱中的波奇相反，小玉憑感覺不斷抓起零食放進小袋子裡。

「完成～？」

「唔唔唔，小玉一點都不猶豫喲。」

波奇先是羨慕地看著迅速挑好零食組合的小玉，接著開始摸索該如何搭配。

「波奇，塞這麼多餅乾會壓碎喔？」

「沒問題喲！波奇相信餅乾先生喲。」

於是不出所料，餅乾被壓了個粉碎。

「裝這麼多，裡面會變得一塌糊塗，我這麼警告道。」

「沒、沒問題喲，美味在於**沌混**喲！」

娜娜的警告也敵不過混沌的勢力。

「波奇，想要多塞點硬仙貝和糖果這類堅硬的零食是無所謂，但妳會不會裝太多了？」

「沒事喲。只要努力一點，就能再多裝一個喲！」

「姆，魯莽。」

正如亞里沙和蜜雅所擔心的，波奇的小袋子被擠破了。

「波奇，不可以浪費點心和袋子！如果再發生一樣的事，就不準妳帶零食去遠足了。」

一直旁觀的莉薩終於訓斥波奇。

波奇雙腿夾著尾巴反省，這次她似乎總算將適量的點心重新裝進新的小袋子裡了。

「另外，碎掉的餅乾、被壓扁的水果乾以及掉在地上的硬點心，都被工作人員美味地吃光了。」

亞里沙打著哈欠開始胡言亂語，差不多該到就寢時間了。

「遠足的集合時間好像滿早的，該去睡覺嘍。」

於是大家一起前往寢室。

「波奇還不睏喲。」

「小玉也是～？」

的確很像遠足前的小孩會有的反應。

「如果不早點睡，明天不能早起而遲到的話，會被大家丟下喔。」

「喵！」

「那樣不行喲！」

聽到莉薩溫柔的告誡，小玉和波奇鑽上床。

雖然兩人直到半夜依舊輾轉難眠，但在換日時沉沉睡去。

雖然守望她們的遠足似乎挺開心的，不過拍賣會就快到了，還是趁現在依序將王都裡要辦的事情處理好吧。

我幫波奇和小玉重新蓋好被子，隨即進入了夢鄉。

幕間：蠢動

「葛延的女兒將會離開王都喔。」

貧民街深處，在如同迷宮般錯綜復雜的道路前方，一間看似隨時會崩塌的建築物中，幾個男人正席地而坐。

「真的嗎？」

「嗯，不會錯的。據說是去參加王立學院的春季遠征實習。」

「那他們還真是缺乏警戒心呢。」

「不要小看王國，那恐怕是——」

「——是陷阱吧。」

「嗯，大概是打算引出潛藏在王都的我們。」

他們是之前企圖暗殺比斯塔爾公爵那夥人的餘黨。為了趕在比斯塔爾公爵跟隨內亂鎮壓軍一同返回領地前將其暗殺，因此潛伏在王都角落。

「不過，只要把葛延的女兒當作人質就能讓他展開行動了。」

「光靠我們手上的『螺絲』無法排除擔任公爵護衛的希嘉八劍，如果想確實地收拾掉公爵，或許只剩這個辦法了……」

從鼬帝國得到、能操控魔物的「螺絲」並非萬能。不僅對高等級魔物無效，為了控制魔物還需要能將螺絲打入魔物體內的人才。

「另外，還掌握到凱爾登侯爵家的女兒也會參加遠征實習的情報。」

「只要把她也拐到手，應該就能緩和王國軍的攻勢吧。」

男人們暗自竊笑道。

「不過，該怎麼誘拐才好？」

「引開護衛，在監護人混亂的時候進行擾亂，然後藉機行動。」

被詢問的男人朝放在房間角落的「螺絲」瞥了一眼。

「那麼，製造混亂就交給我吧。我和直屬部下們負責在當天排除護衛和進行誘拐。關於誘拐之後的潛伏地點——」

「那方面由我處理，我知道幾個適合的地方。」

男人們分配好各自的工作，像是沒入黑暗一般衝出廢棄屋。

波奇與小玉的遠足

「王立學院的春季遠征實習是延續了兩百年的傳統活動。為了判斷學生是否為足以進入騎士學校的人材，工兵部隊會事先在山路上準備好弱小的魔物。據說『只有身處極限狀態，才能看清一個人的為人』，但我認為這很過分——第九護衛分隊書記官里克．波龐說。」

「「「遠、遠、遠足～」」」

「遠足～？」

孩子們愉快的歌聲從馬車裡傳了出來。

為了王立學院的春季遠征實習，包含這輛馬車在內，由數輛馬車組成的隊伍一大早便從王都出發前往米瑪尼鎮。距離王都不到半天路程的米瑪尼鎮是個有名的名門貴族度假勝地，那裡設有數間狩獵館，以及數量遠超過城鎮規模的商店及旅店。

「從早上就一直唱到現在，真是的，真虧她們唱不膩。」

「算啦，別這麼說嘛。總比那些因為暈車要求停車，或是抱怨被馬車搖得屁股痛的小鬼們好多了。」

「哈哈哈，從那方面來看確實省事多了。」

喬裝成馬車車夫的護衛士兵們聊著這樣的話題。

「話說回來，還真悠閒耶。」

「畢竟這次有凱爾登侯爵家的小姐在啊。」

「為了給軍務大臣留下好印象，負責巡邏的騎士團肯定也鼓足了幹勁吧。」

年老的士兵點頭肯定年輕騎士所說的話。

或許是因為騎士團非常努力，一路上別說盜賊和野獸，就連一隻兔子都沒看到。

「輪不到我們出場是件好事。」

「畢竟春季遠征實習表面上說是只由騎士學校的學生們擔任護衛嘛。」

明明光是騎士學校的學生就已經夠麻煩了，春季遠征實習卻還要帶上想進入騎士學校的候補生這種拖油瓶，更何況還要擔任幼年學校那些學生的護衛。

即使是除去了危險因素的郊遊，但每隔幾年就會出現一次走錯路或是從山路滾下來的學生。其他像是身體不適，或單純不想爬山的學生簡直數不勝數。

不如說，負責背著出局的孩子離開，才是給騎士學校那些學生的真正試煉也不為過。

此時馬車終於停了下來。

這裡是米瑪尼鎮附近山腳下某座村子的廣場。

學生們將在這裡下車，然後分成只由在校生負責、前往半山腰遺跡將補給物資送到山頂要塞的小隊，以及直接前往米瑪尼鎮的護衛任務小隊。

後者的行程是連體力不足的幼年學校學生也能只花半天就完成的簡單遠足路線。

「所有人下車！依照隊別分開！隊長點完名之後過來向我報告！」

當渾身肌肉的教師大聲喊完，騎士學校的學生們便動作迅速地分組整隊。

雖然騎士學校的候補生也開始按小隊集合，相較於受過團體行動訓練的在校生，動作顯得相當笨拙。

「候補生！動作快點！把隊長的旗子當作記號跑過去！」

看不下去的肌肉教師訓斥起候補生。

「波奇我們要去哪裡排隊？」

「去哪裡～？」

由於並未特別對幼年學校的學生下達指示，所以她們都隨性地集中在下馬車的地方。

「等那些小隊決定好之後，應該會以馬車為單位分組行動。」

「不愧是琪娜喲。」

「感謝～？」

將為數不多的紅色長直髮綁成馬尾的貴族女孩——凱爾登侯爵家的千金琪娜，回答波奇和小玉的問題。

她是個讓人感覺不出年紀比兩人還要小的可靠女孩。

「琪娜大人，我是騎士學校的老師瑪麗恩。今天將由我陪同琪娜大人的隊別，如果有什麼事請儘管吩咐。」

一名看似新上任的年輕女教師，緊張地用僵硬的動作打招呼。

「請多指教，瑪麗恩老師。不過，若您能把我當成一個學生來對待就幫大忙了。」

「好、好的，我明白了！」

看老師一點都沒有聽進去的態度，琪娜小聲地嘆了口氣。

或許是明白她的想法，身為朋友的波奇和小玉兩人紛紛喊著：「波奇叫波奇喲！」「小玉是小玉～？」精神飽滿地向老師打了招呼。

看到那一幕的琪娜浮現與年紀相符的笑容。

「是不是那邊？」

「小瑪麗在那裡，應該是吧。」

看到穿著騎士學校鎧甲的少年笑嘻嘻地走過來，琪娜臉上不再是自然的笑容，變成了社交用的假笑。

「好久不見，琪娜大人。您可能已經不記得了，在下是上個月在凱爾登大人復職宴會上有幸能讓大人介紹的佐貢男爵家次男，敝人名叫巴里。」

「嗯，我還記得。」

「除了長相和名字以外，我只記得你顧著吹噓，說話毫無內涵的事」——琪娜臉上掛著社交用的表情，心裡默默地這麼毒舌道。

身為在軍閥之中也君臨頂點的凱爾登家直系子女，琪娜從小就接受了各式各樣的教育。

「今天我們會護衛琪娜大人的隊別，所以請放心——」

「啊～是雪琳喲！」

笑嘻嘻少年——巴里的臺詞被波奇的聲音蓋了過去。

「鎧甲好帥～？」

「波奇還有小玉！妳們也來參加了啊。」

「Yes～？」

「等一下也把零食分給雪琳喲。」

原希嘉八劍葛延先生的女兒雪琳會認識她們，是透過指導她體力的露露介紹的。

「候補生！我可沒准妳聊天！快去檢查出發前的行李！」

「是、是的，隊長！」

受到巴里怒吼的雪琳慌慌張張地前去檢查行李。

其他候補生見到那副光景，也跟雪琳一起生疏地展開檢查作業。

「真是的，今年的候補生都是些廢物，真是服了。」

「是嗎——」

「才沒那回事喲！」

「雪琳很努力～？」

琪娜打算隨口應付的話語，跟波奇和小玉的抗議聲重疊在一起。

「吵死了！平民給我閉嘴！」

遭到巴里怒吼，波奇和小玉眼眶泛出淚光。

「佐貢公子，這兩位是我的朋友。」

「是、是這樣啊。那還真是失禮，叫我巴里就行了。」

見琪娜語氣冷淡，巴里雖然有些畏懼，依然介紹了自己。

「還有一件事，小玉和波奇兩人都是士爵家的當家，並不是平民。」

「亞人是貴族？」

雖然「亞人」這個詞彙在希嘉王國沒有歧視之意，但巴里說這句話時語氣卻充滿了貶低之意。

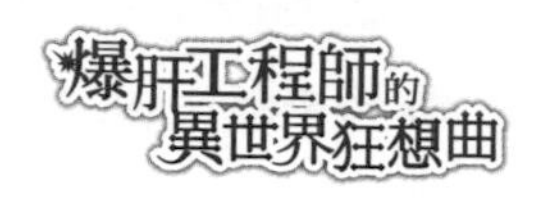

「她們是耳族。比起這個，請你向她們道歉。」

「——您說……道歉嗎？」

「您將貴族家的當家稱為平民，這麼做是理所當然的吧？」

雖然巴里一開始只覺得不解，但很快就發現琪娜說的話很有道理而且有必要性。於是他一臉苦澀，語氣平淡地說了句：「我為把妳們當成平民的事道歉。」接著便向琪娜道別，回到了隊員們的集合地點。

見到巴里語氣咄咄逼人地吼著隊員和候補生，琪娜開始覺得任命隊長不該光看劍術和魔術，或許還要考慮到人格成熟度——她那稚嫩的面容因為煩惱而眉頭深鎖。

◆

「遠、遠、遠足～」

「愉快的遠足～？」

波奇和小玉一邊走在精心打理過的山路上，一邊輪流哼著遠足之歌。

行進隊伍前後由騎士學校的學生們看守，幼年學校的學生待在中央，而騎士學校的候補生則像是填補中間空隙般穿插其中。

老師和護衛士兵則跟幼年學校的學生待在一起。

「妳們兩個真是活潑呢。」

「波奇一直都很活潑喲！」

「小玉也是～？」

對於等級高到超過五十，即使在希嘉王國內也是屈指可數的兩人而言，在整修過的山路上行走跟在鎮上散步差不多。

雖然琪娜的等級較同齡人來得高，依舊只有個位數。

這點對擔任護衛的騎士學校學生來說也一樣。就算是等級最高的巴里，等級也只有七。

「妳脫隊了，雪琳候補生！」

擔任隊長的巴里訓斥起開始脫隊的雪琳。

「……是、是的。」

「明明只拿了輕便的行李，要是在抵達遺跡前累倒的話，可是會被判定為不合格喔。」

「我、我會努力的。」

雪琳拭去如瀑布一般的汗水，咬緊牙關邁出步伐。

就算正在接受露露和娜娜的體力強化課程，年幼的她似乎仍難以在身負皮革鎧甲與木劍的狀況下，背著將近五公斤的背包走上山路。

「幫忙～？」

「這罐耐力恢復藥水給妳喲。」

小玉從下方撐住雪琳的背包，波奇則是遞出裝有魔法藥的小瓶子。

然而雪琳堅持不收。

「不行，要是讓妳們幫忙，就算不上……訓練了。」

「Nice spirit～？」

「雪琳很努力喲。」

雪琳正經八百的發言讓小玉和波奇不再提供幫助。

兩人守望著默默踏著步伐的雪琳，同時揹起琪娜及其他體力不支的孩子們的行李，再次開始享受起遠足的樂趣。

「是遺跡！」

「終於可以休息了！」

騎士學校的學生發現位於樹林對面的遺跡。

「大家加油！再加把勁就到遺跡了！」

負責率領的瑪麗恩老師利用擴音魔法道具朝著漫長的隊伍大聲喊道，孩子們立刻發出歡呼聲。

登山隊伍走過樹林之間的蜿蜒山路，來到祭祀王祖大和的遺跡前。

等學生及候補生休息結束後，便開始清掃遺跡周圍。

本來參加幼年學校春季教室的孩子沒有參與打掃的義務，但在見到身為王室忠僕的凱爾登家小姐琪娜率先開始清掃後，其他孩子也紛紛仿效。

「那裡有人。」

正在清掃的琪娜發現遺跡深處有個人影。

「啊！是小光喲！」

「哈囉～？」

波奇跑了過去，小玉則不斷揮起手來。

那個人是小光——也就是從長眠中醒來的王祖大和本人。

「是妳們認識的人嗎？」

「系～」

小玉點頭回答琪娜的問題。

「哎呀？波奇和小玉——還有，小妹妹妳是？」

「初次見面，我是凱爾登侯爵家的人，名叫琪娜。」

「哎呀，真有禮貌。我叫小光。原來小琪娜是提迦的子孫呀。嗯嗯，妳跟提迦一樣，有著一本正經的好眼神。」

見琪娜鄭重地行了淑女之禮，小光也用相同的方式回禮。

「您、您怎麼會知道初代大人的名字？」

「嗯？因為——有點緣分吧。」

小光有些懷念地回答。

「在幹什麼～？」

「在掃墓喔。」

小光回答小玉的問題。

「掃墓？」

「這裡祭祀著王祖大和大人，以及在希嘉王國建國時立功的忠臣們。」

琪娜對波奇的提問做出回答。

小光也喃喃自語地說：「沒錯，我重要的夥伴都在這裡長眠。」

「集合！要出發了！」

此時隊長巴里的吆喝聲像是在抹去小光的喃喃自語般，從遺跡外面傳來。

「哎呀～」

「要趕快喲！」

「小光大人，抱歉我們先失陪了。」

小光朝趕向出口的孩子們的背影輕輕揮手。

等她們的身影離開遺跡後，便再度轉頭看向遺跡深處的墓碑。

她的側臉，看起來就像是交織著深沉的憂鬱及懷念過去的思鄉之情。

◆

「有點落後了呢。」

「是啊。再這樣下去總覺得會輸給運送補給物資到山頂要塞的隊別呢。」

隊長巴里走在前往米瑪尼鎮的山路隊伍前方，與副隊長這麼聊著。

「沒辦法了，要走慣例的那條路嗎？」

「嗯，這麼做比較好。」

「這樣對那些候補生和幼年學校的傢伙不會太困難嗎？」

「沒問題的。現在也沒有下過雨，只要讓平民學生來揹那些走不動的小鬼就行了。」

雖然也有人表示擔憂，但隊長巴里似乎依然決定這麼做。

「沒辦法。先抵達的加分太有魅力了，那群平民應該也不會抱怨吧。」

「好，我們要去能抄捷徑的小路嘍！」

由於也得到了副隊長的同意，於是隊長巴里這麼對所有人說。

「等一下，佐貢同學！」

「有事嗎？小瑪──瑪麗恩老師。」

巴里差點說出學生之間常用的暱稱，於是連忙改口。

「才不是什麼有事嗎！行程表上應該沒說要抄捷徑吧！」

「老師妳才剛上任會不知道也沒辦法。這條小路是幾乎每年都會走的捷徑喔。」

「可、可是──」

「而且！路上應該是全權交由身為隊長的我負責才對。只有發生緊急情況，才會輪到瑪麗恩老師您來指揮才對吧？」

「話、話是這麼說沒錯……」

巴里利用對方還是個新任教師趁勢蒙騙過去。

雖然在只有騎士學校的學生進行的夏季遠征訓練中被默許抄捷徑，但帶著未經訓練的護衛對象進行的春季遠征訓練是不被允許抄捷徑的。

「出發了！」

「因為這條路比山路還要滑，注意腳底下！」

巴里發號施令，而副隊長則出言提醒大家注意。

「植物的氣味～？」

「有很多獵物的氣息喲。」

小玉和波奇興奮不已地左顧右盼。

比起修整過的山路，她們似乎更喜歡這種山間小徑。

「走這種山間小路，真的沒問題嗎？」

「Of course～？」

「有波奇我們跟著沒關係喲。沒有發現魔物的氣息，沒問題喲。」

有了小玉和波奇的保證，琪娜不安的臉上再度恢復笑容。

「這麼說來兄長大人曾說過，參加騎士學校的夏期遠征訓練時在森林抄過捷徑。」

聽琪娜這麼說，其他孩子不安的神情也消退了不少。

巴里率領的團隊辛苦萬分地走在山野小道上。

「可惡，比預期得還要累人啊。」

山野小道蜿蜒崎嶇，路上有好幾個地方被雜草遮住，因此他們是一邊用劍砍雜草一邊向前邁進。

如果佐藤在這裡，一定會指出他們的行進路線已大幅走偏。但這裡沒有他的身影。

「喂，巴里。是不是走錯路啦？」

「一般到這個時候，應該差不多會看到小河了才對。」

「別把錯怪在到我頭上！喂，斥候！去前面看一下有沒有小河！」

「咦？只有我一個人嗎？」

「少廢話，快去！這是命令！」

隊長巴里命令一位平民學生前去偵察。

「小河在那邊喲！」

「別亂講話！怎麼可能會在那裡！」

畢竟依照他腦內的地圖，小河絕對不在那個方向。

巴里將波奇講的話一笑置之。

「——斥候還沒回來嗎！」

大約過了半個小時，斥候才回到不耐煩的他面前。

「到處都找不到小河。」

面對筋疲力盡的斥候，巴里與他的同夥只是說出「你有好好找嗎？」、「讓我們等了老半天卻是這個結果喔？」之類的風涼話。

「果然是在前一條岔路走錯了。回頭吧，巴里。」

「嘖，沒辦法。」

巴里接受副隊長的建議，朝來時的地方折返回去。

雖然同一隊的孩子和同伴紛紛發出不滿和不安的聲音，但全都被巴里不耐煩的怒吼聲蓋了過去。

「波奇，妳知道小河的氣息在哪邊嗎？」

「在那邊喲。」

波奇用鼻子聞了幾次之後，將小河的位置告訴琪娜。

「如果是這樣，並不是前一條岔路，應該當成在兩條岔路前就走錯路比較好呢。」

琪娜雖然請瑪麗恩老師把這件事告訴了巴里，但緊張兮兮的巴里沒有聽從她的建議，一行人直到夕陽逐漸西下時依然迷路在山間小徑中。

「喵～？」

「怎麼了？」

「沒有蟲子的聲音～？」

波奇聽了小玉的話之後側耳傾聽。

「真的喲！」

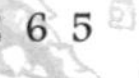

波奇驚訝地叫了出來。

附近的騎士學校在校生一副瞧不起人的表情看著兩人。

「妳們是笨蛋嗎？我們有這麼多人在移動，就算是蟲子也會壓低聲音保持警戒啊。」

「說人是笨蛋的人才是笨蛋喲？」

「吵死了，笨蛋！」

遭到怒吼的波奇縮起尾巴躲進琪娜背後。

就算現在已經變強，她似乎還是不擅長應付凶巴巴的人。

「不太妙～？」

小玉衝到樹上左顧右盼。

「我說妳！想爬到樹上玩遊戲等回去之後再玩！」

雖然那名瞧不起波奇的學生大喊著，但受到危機感驅使的小玉並未理會。

「波奇，小玉她怎麼了？」

「在警戒敵人喲。」

正當波奇向琪娜解釋時，小玉從樹上滑了下來。

「雖然看不見，但是從那邊來的～？」

小玉指著隊伍行進方向的對側說。

「有什麼東西來了嗎？」

「大概是魔物喲。」

回答琪娜問題的人是波奇。

「因為山裡的蟲子都在害怕喲。一定有很多魔物會過來喲。」

「怎、怎麼會！」

小玉和波奇所謂的聽不見蟲子的聲音，並不是指附近，而是指整座山。

琪娜認為事態嚴重，帶著小玉和波奇直接去找巴里他們談判。

「——有魔物？」

巴里先是用一副「這傢伙在說什麼？」的眼神看著琪娜，接著毫不掩飾瞧不起人的態度，跟同伴們一同嘆了口氣說：

「琪娜大人，這裡很安全。姑且不論位於要塞另一側的山谷，幾乎沒有魔物能夠越過要塞和結界柱來到這裡。」

「但是——」

「就算魔物真的出現了，這裡也有超過十位未來的騎士。就算會犧牲自己，我也會保護好琪娜大人的。」

巴里得意洋洋地講出自以為是的騎士發言。

「魔物！魔物出現了！有一隻！」

隊伍最後方傳來了叫聲。

「走！」

「後面交給我們，巴里。」

巴里一行人拔出腰上的劍衝出去。

小玉和波奇也緊跟在後。

「今年的試煉是小螳螂嗎——根本是雜魚嘛。」

從樹林中冒出來的，是體型和嬰兒差不多的螳螂系魔物。

巴里似乎把這隻小螳螂當成了校方委託工兵部隊準備的試煉用魔物。

「幫忙～？」

「波奇也幫忙喲。」

「別礙事！」

「不用幫忙也行？」

「如果得讓妳們這種小鬼來幫忙，就不配當騎士了！」

「要是發生那種事，要我當僕人或小弟都無所謂！」

「說得沒錯。」

巴里跟他的朋友嘲笑波奇。

見到他們失禮的態度，隨後追來的琪娜忿忿不平地站在後面。

「候補生，快把這些小鬼帶到後面去！」

「好、好的！」

遭到巴里怒吼的候補生雪琳，帶著小玉和波奇離開最前線。

「沒問題～？」

小玉擔心地提問。

這是因為巴里他們只面對一隻小螳螂，卻遲遲無法造成有效打擊的緣故。

「無論是騎士學校的前輩們，還是我們候補生都一樣，任務就是把幼年學校的孩子平安送到鎮上。」

雪琳將如果讓幼年學校的孩子們受傷或參與戰鬥，所有人都將被視為審查不及格的事告訴兩人。

「不及格～？」

「是的，那樣就進不了騎士學校了。」

「那、那樣不行喲！波奇會在後面聲援喲！」

「小玉也是～？」

兩人緊張地雙手冒汗，守望著騎士學校的學生打倒小螳螂。

「還真硬啊。」

「劍被螳螂的鐮刀抓到的時候，還以為會被搶走呢。」

學生們俯視著小螳螂的屍體擦起汗來。

「原來真的有魔物呢。」

「Yes～？」

小玉對琪娜的話點點頭。

「但是，還會有很多過來喲。」

「真、真的嗎！」

對波奇的話做出劇烈反應的人不是琪娜，而是守望著學生們戰鬥的瑪麗恩老師。

「波奇沒有說謊喲。」

「方向是？」

「那邊～？」

小玉和波奇指著小螳螂出現的方向說。

「所有人開始移動！幼年學校的學生扔掉行李用跑的！」

「瑪麗恩老師，妳想做什麼？」

「佐貢同學，帶頭就交給你了，目標是面前的廣場！」

「為、為什麼？」

不明白教師為何這麼拚命的隊長巴里詢問起理由。

「你想在森林裡被小螳螂群襲擊嗎！」

「可、可是被騎士團掃蕩過的地方出現整群小螳螂這種事──」

「小螳螂出現了！數量很多！」

按常理來說是不可能的──當巴里正打算這麼說的時候，他聽見了主動前去搜索敵人的斥候吶喊。

「快去，巴里！」

「是、是的！」

被教師直呼名字命令的巴里反射性地衝了出去，其他學生和孩子們也同時開始逃跑。

「一個人很危險喲。」

「幫忙～？」

「別管我了，快點走！琪娜大人，請您帶她們一起離開！否則我無法使用風杖！」

瑪麗恩老師表情嚴肅地喊道，波奇和小玉則被琪娜牽著手開始避難。

正當兩人配合著琪娜的步伐奔跑時，用風杖擊退小螳螂的瑪麗恩老師追了上來。

學生們穿過森林，聚集到由山坡形成的廣場。

瑪麗恩老師環視周圍。

「那裡～？」

「那顆岩石上面很安全喲。」

小玉和波奇指著聳立在廣場中間，宛如石碑的大岩石。

或許是被當成瞭望臺來用吧，岩石上設有類似樓梯的狹小立足點。

「孩子們爬到大岩石上！候補生負責看守階梯前方！會用土魔法的人則在階梯周圍製作土牆！」

孩子們聽從瑪麗恩老師的指揮，提心吊膽地爬上大岩石的階梯。

由於有些孩子走到一半就害怕得動彈不得，導致避難遲遲沒有進展。

「隊長，發射信號彈！」

「但、但是，那樣會扣很多分……」

「你是想死後把成績單貼在墓碑上嗎？小螳螂至少有十隻。如果是傾巢而出的話，數量應該還會增加好幾倍。」

瑪麗恩老師對事到如今依然在意成績的巴里勸說。

「來了喔～？」

「好多喲！」

小螳螂從樹林裡冒了出來。

數量將近三十隻。

「嗚、嗚哇啊啊啊啊啊啊啊！」

「媽媽，好可怕喔喔喔喔！」

幼年學校的孩子們在岩石上哭了出來。

這股情緒影響到候補生，甚至波及到了騎士學校的學生。

「沒問題～？」

「不、不要哭喲。」

雖然小玉和波奇安慰起孩子們，卻絲毫沒有效果。

堅強的琪娜為了不讓自己驚慌失措就已竭盡全力，似乎沒有餘力去管其他人。

「振作點！你們這樣還算是想成為騎士的人嗎！」

就連斥責學生們的瑪麗恩老師手腳也跟著發抖。

至於要問為什麼，那是因為走出樹林的的小螳螂群數量至今依然在增加。

「我們圍成三個圓陣吧。騎士學校的學生到最外層去，候補生在內側組成兩個圓陣保護階梯。」

學生們依照瑪麗恩老師的指示展開行動。

瑪麗恩老師瞥見巴里總算發射信號彈之後，對著學生們大喊：

「要塞以及守護米瑪尼鎮的士兵看到那個信號彈之後就會趕來！在那之前所有人都要撐下去！」

「「「是！」」」

受瑪麗恩老師指揮的學生們，以小螳螂為對手展開奮鬥。

由於小玉和波奇被禁止動手，只能扯開喉嚨大聲聲援。只要兩人出手就能迅速殲滅小螳螂群這件事，無論是琪娜還是瑪麗恩老師都不清楚。

「糟了！小瑪麗，拜託妳了！」

「叫我老師！」

瑪麗恩老師不斷用風杖吹散小螳螂群，然後用劍打倒穿過學生陣型的小螳螂。

「糟糕──」

「被突破了！」

在瑪麗恩老師解決剛才那一隻之前，有兩個地方遭到小螳螂突破，朝著候補生那圈衝了過去，而圓陣內側無法使用風杖。

「我馬上過去幫忙！優先防禦，爭取時間！」

臉色蒼白的候補生們挑戰起小螳螂。

如果揮空或是怕得不斷後退倒還算好，有些人因為害怕而蹲在地上，甚至還有人亂揮砍傷了周圍的同伴。

「咕啊啊啊啊！」

此時一名候補生被小螳螂撞飛，小螳螂的魔掌已經來到只由女性候補生構成的第二排。

要是這裡遭到突破，岩石上的孩子們就危險了。

已經有超過一半的候補生因為害怕而縮起身子。

即使如此，其中依然有人能展開行動。

「娜娜小姐的教導！要仔細觀察對手！」

雪琳為了激勵自己，用顫抖的聲音吶喊著。

她舉起小型盾牌，並用其抵擋住小螳螂的攻擊。

雖然身體纖細的雪琳被撞飛，但停下動作的小螳螂被其他候補生制服了。

「露露小姐的教導！跌倒也要馬上站起來！」

雪琳鞭策自己搖搖欲墜的身軀，起身架起盾牌。

此時將其他候補生撞開的小螳螂逼近到眼前，但眼眶泛淚的她依然用盾牌擋了下來。

「擋下來的話，就攻擊腿部！」

雪琳用小劍砍向小螳螂的中肢。

小螳螂踉蹌了幾步，被候補生及從後追上來的瑪麗恩老師給予了致命一擊。

「呼、呼——露露小姐，娜娜小姐，我成功了。」

雖然雪琳因為疲倦和遲來的恐懼而雙腿癱軟坐倒在地，但她那被淚水沾溼的臉上仍露出自豪的表情。

「Great～？」

「非常非常了不起喲！」

小玉和波奇從岩石上稱讚勇敢奮戰的雪琳。

因為孩子們的努力，小螳螂們開始逃離現場。

「牠們害怕我們所以逃走了！」

「唔喔喔喔喔！我們贏了！」

巴里他們發出勝利的歡呼。

到處大顯身手的瑪麗恩老師也因為疲勞和安心感而癱坐在地上仰望天空。

「喔～咿～喔～咿～？」

「白衣天使波奇登場喲！」

小玉和波奇戴上醫護人員臂章，穿梭在受傷的學生和候補生之間，一邊分送補充卡路里與鹽分的鹽糖和恢復體力的魔法藥，一邊幫人綁繃帶。

繃帶事先浸泡過稀釋的魔法藥，因此對消毒傷口和止血很有效。

魔法藥是佐藤親手製作的加水稀釋魔法藥，是佐藤為了緊急時刻使用而發放給她們的。

做完應急處理後，小玉和波奇再次回到岩石上。

「看啊，跑得真快。已經回到樹林裡面不見了。」

「嗯，就是啊——」

副隊長雖然回應得意洋洋的巴里，卻隱約感覺到哪裡不對勁。

「為什麼它們會逃向與出現地點不同的森林呢？」

「誰知道？大概是群體的老大逃到那邊去了吧。」

聽副隊長這麼問，巴里不假思索地隨口應道。

「下一波來了～？」

「第二彈差不多要來了喲。」

小玉和波奇在岩石上發出警告。

「——下一波？」

瑪麗恩老師抬頭看向岩石，接著沿著小玉和波奇所指的方向——小螳螂群出現的地點看了過去。

「兵──兵�螂！」

看見小螳螂完全無法相提並論的強敵出現，瑪麗恩老師發出慘叫。

她曾在軍隊中學過，想要打倒兵螳螂需要數名正規騎士，一般士兵至少需要一個分隊。

瑪麗恩老師賭上性命也頂多只能打倒一兩隻。就算和騎士學校的學生們聯手，四隻也已經是極限了。

然而，從森林中出現的兵螳螂一共有八隻。

即使在岩石上固守陣地，也不知道在援軍到來之前得付出多少犧牲。

「不過，或許不必看到最後也是種幸運吧……」

瑪麗恩老師讓候補生全部爬上岩石避難，地上只留下學生之中擅長戰鬥的人，剩下的人則全部移動到岩石階梯。

兵螳螂們闖進廣場，一雙雙複眼正盯著學生們。

牠們大部分或許並不把學生當作威脅，除了其中一隻以外，其餘紛紛開始啃食小螳螂的屍體。

「居然自相殘殺……」

「看來小螳螂是被牠們趕過來的。」

學生們像是為了隱藏恐懼地這麼說。

「要過來了！打起精神！」

其中一隻對屍體不感興趣的兵螳螂逐漸逼近。

「風啊，討伐吾之敵人！——竟然沒效？」

即使被風杖的風彈擊中，兵螳螂的表皮也毫髮無傷，只是稍微頓了頓就再次走了過來。

光從這點來看，就能明白牠的實力與小螳螂大不相同。

「唔，這傢伙！」

瑪麗恩老師試圖用劍牽制兵螳螂，但牠毫不畏懼地揮下前肢的鐮刀。

「騎、騎士盾被……！」

用鋼鐵製成的堅固騎士盾，被兵螳螂那如同鶴嘴鋤的鐮刀一擊貫穿，目擊到那一幕的學生開始產生動搖。

螳螂用鐮刀夾住貫穿的盾抬了起來，接著用另一支鐮刀將瑪麗恩老師打飛出去。

「——唔啊！」

雖然瑪麗恩老師以劍為盾避免受到直擊，卻沒能抵擋住那股衝擊，身體彎成「く」字型飛了出去。看到老師撞在地上滾動的模樣，學生們發出慘叫。

「不、不妙啊。怎麼辦，巴里。」

「咦，怎麼辦是指？」

本應發號施令的隊長巴里語帶驚慌地反問。

「前排把盾舉起來！」

聽到副隊長的吶喊，有一半的學生舉起盾牌。

剩下一半則是說完：「盾牌這種東西鐵定會像紙一樣被貫穿。」便躲到同伴身後。

兵螳螂俯瞰那些丟臉傢伙的面孔，在琪娜眼中就像正露出殘暴的笑容一樣。

「要來了！」

兵螳螂蹂躪起學生們。

雖然至今仍未出現犧牲者，但受到骨折、撞傷和擦傷的人不可勝數。

「會、會死。再這樣下去所有人都會被殺掉……」

躲在同伴身後發抖的巴里眼神空洞地呢喃。

「巴里！快點指揮！你是隊長啊！」

「換、換你來！我不當隊長了！對了，在你們被幹掉的時候逃——不，不對。那樣不行。對了。報告。我不是逃跑，而是去報告這個狀況！」

「喂，你在說什麼！」

「我、我不是該死在這裡的人！」

巴里用劍揮砍打算抓住他的副隊長。

接著他無視看著手上的血、嘴上喃喃自語地說出「你……」的副班長，飛快地逃走了。

「慢、慢著，巴里！」

「也帶我一起走啊！」

巴里的跟班跑掉之後，有幾名學生也跟著他們的背影追了上去。

雖然兵螳螂對他們也有點興趣，但好像並不打算追過去。

「可惡，就算只剩我們也要保護大家！」

「──「是！」──」

聽見副隊長的吶喊，剩餘的學生帶著一副快要哭出來的表情回應。

「再這樣下去會全滅。」

原本在岩石上觀察戰鬥的雪琳聽見琪娜的喃喃自語後下定決心。

她衝下樓梯，從放置在岩石底下的教師行李中拿出擴音的魔法道具。

「監視我的人！求求你們！請救救大家吧！」

雪琳透過從老師那裡借來的魔法道具大聲喊道。

但是，潛伏在森林裡面的監視人員卻沒有任何人做出反應。

他們認為這場魔物騷動，是盯上雪琳的比斯塔爾公爵領裡的人引起的。他們推測那些人

會趁著魔物暴動的空擋抓走雪琳，因此打算把完全中計而現身的那幫人一網打盡。對他們而言比起他人的性命，任務更加重要。

「……拜託來人，救救大家。」

雪琳用彷彿從靈魂深處擠出來的聲音發出懇求。

「ＯＫ～？」

「收到了喲。」

跟琪娜一起追著雪琳下來的小玉和波奇馬上就答應了。

她們至今為止都為了不讓雪琳不及格才一直忍耐著。

「小玉！波奇！妳們可以嗎？」

「Of course～？」

「小意思喲。」

小玉和波奇本想從妖精背包拿出劍，卻因為連同背包一起忘在岩石上而慌張起來。

於是她們撿起逃跑學生掉落在地的劍，彷彿什麼事都沒發生地擺出架勢。

「——真的沒問題嗎？」

「系。」

「當、當然喲！」

面對擔心的琪娜，兩人保證自己沒問題。

波奇表情嚴肅地看著小玉。

「小玉，三十％喲。」

「系。」

波奇和小玉操作起戴在手腕上的力量抑制手環。

為了讓她們能毫無顧忌地和迷宮都市的小孩子玩耍而製作的這個已悄悄完成進化，甚至安裝了四個階段的控制機制。

沒有弄成簡單易懂的「ＯＦＦ、弱、中、強」模式，是因為年輕時迷上某部妖怪漫畫的亞里沙強硬主張。

稍微解放力量的小玉和波奇朝魔物衝了過去。

◆

「好厲害。」

小玉一衝過去，兵螳螂的腳部關節便被一刀兩斷。

「好厲害、好厲害。」

波奇一閃而過，兵螳螂那即使學生們一起上也沒能造成傷害的長形頭部被劈成了兩半。

「妳們兩個好厲害！」

琪娜高興地拍起手來。

直到剛才都在展開死鬥的學生們，紛紛露出下巴快要掉下來的表情呆愣地看著兩人大開無雙。

「竟然能用普通鐵劍砍斷兵螳螂那麼硬的腳。」

「那是因為她們有瞄準關節部分在砍。比起這個，厲害的是那個把兵螳螂的頭砍掉的犬耳族啊！」

「笨蛋！你知道想要瞄準上下亂竄的螳螂關節有多困難嗎！」

聽到學生們的評價，波奇和小玉有些害羞地露出笑容。

「不妙！其他的兵螳螂也過來了！」

聽到副隊長的吶喊，所有人頓時臉色發青。

不對，並不是所有人。

「總會有辦法～？」

「雜魚不管來多少都只是雜魚喲。」

小玉和波奇朝逼近的兵螳螂衝了過去。

「惡即斬斬喲！」

「死即成屍，無我斬不斷之物～？」

這裡沒有人會吐槽小玉和波奇莫名奇特的說話方式。

兩人穿梭在兵螳螂之間，接連不斷地將兵螳螂擊倒。

「結束～？」

「真沒勁喲。」

收拾掉所有兵螳螂之後，兩人依照迷宮生活的習慣熟練地取出魔核。

「兵螳螂的魔核能買二十根肉串喲。」

「甲殼也剝掉～？」

「當然喲！甲殼能完整拆下來的話，能買十五根肉串喲！」

她們似乎是把肉串當成價格標準。

「頭上有什麼東西喲。」

「螺絲～？」

小玉和波奇將插在兵螳螂頭上的金屬部件拿了出來。

儘管她們並不知道，但那是來自鼬帝國、能讓魔物服從的魔法道具。

「得救了嗎？」

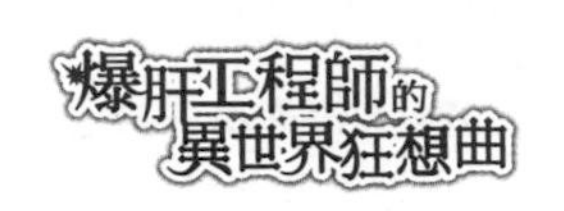

「嗯，魔物全被她們收拾掉了。」

「是嗎，得救了啊～」

「太好啦啊啊啊啊！」

得知威脅已被排除的學生癱坐在地面，放下心來的孩子們也開始大哭起來。

「哎呀呀～？」

「很困擾喲。」

面對這哭聲的大合唱，小玉與波奇顯得很慌張。

兩人很猶豫，究竟該給糖果，還是該拿出珍藏的肉乾。

「沒關係的，就讓他們哭到累了為止吧。」

琪娜帶著雪琳來到兩人面前。

「謝謝妳們，小玉、波奇。我很自豪能成為妳們的朋友。」

「喵嘿嘿～？」

「被死黨這麼說，波奇也很高興喲。」

被朋友直接表揚，小玉和波奇開心地扭著身體。

「非常感謝，小玉、波奇。謝謝妳們救了大家。」

雪琳也向兩人低下頭。

「總會由辦法的啦～？」

「小玉和波奇只是做了理所當然的事喲。比起這個，先治療受傷的孩子喲。」

聽到波奇這麼說，想到受傷的老師與前輩的雪琳站起身來。

「如果要進行治療，或許早點移動會比較好。」

「是的，我去請其他候補生也來幫忙。」

雪琳聽從琪娜說的話跑了出去。

但這種積極的氣氛，卻在下個瞬間煙消雲散。

「呀啊啊啊啊啊啊啊啊啊啊！」

尖叫聲傳了過來。

是巴里他們逃走的方向。

「那邊也有魔物嗎？」

琪娜不安地呢喃。

隨著連續發生的小型爆炸，數道人影飛到了半空中。

從身影來看，那並不是少年，而是幾名身穿黑衣的男人。

「發生了什麼事？巴里他們應該不會用火魔法才對。」

副隊長說得沒錯，使用火魔法以及飛上半空的黑衣人都是雪琳的監視者。

「快看！是巴里他們！所有人都在！」

巴里一行人連滾帶爬地衝出對面的森林。

他們身後跟著一隻身帶紅色與黑色毛皮的巨大老虎。現場如果有人具備鑑定技能，就會知道那是名為「空泳魔虎」的四十八級魔物吧。

「肉～？」

「看起來很好吃喲。」

看著空泳魔虎的小玉和波奇用舌頭舔了舔嘴唇。

「……那隻魔物正在玩弄前輩們。」

雪琳喃喃自語地說。

空泳魔虎具備貓系野獸特有的性質，會玩弄逃跑的獵物。

不過正因為如此，巴里他們儘管被實力相差甚大的魔物追趕，仍能活到現在。

「小玉、波奇，拜託妳們，請救救他們吧。」

即使對方是欺負過自己的人，雪琳依然希望他們能夠得救。

話雖如此，那卻是不清楚空泳魔虎究竟是多麼強大的魔物才說得出口的魯莽請求。

「系系系～？」

「包在波奇身上喲。」

小玉和波奇乾脆地答應了。

「沒、沒問題嗎！」

琪娜見狀驚訝地叫了出來。

「Of course～？」

「但是，牠看起來有點強喲。」

「一百%？」

「是喲，全力以赴上喲。」

「系系系～？」

兩人關閉力量抑制手環，掀起滿天塵埃衝了出去。

「救、救命啊啊啊啊啊！」

臉上被眼淚與鼻水沾溼的巴里一行人跑了過來。

空泳魔虎用前腳拍飛其中一個被追上的人，使其滾到巴里身旁。

看到那一幕的巴里因為緊張，失足摔倒在地。

「小玉，那邊交給妳喲。」

「系系系～」

小玉接住被拍飛的少年，並直接將魔法藥撒在他身上進行治療。

「嗚哇、嗚哇、嗚哇啊啊啊啊啊啊啊啊啊啊！」

接著空泳魔虎舉起前腳，朝著摔倒在地的巴里臉旁揮下。

連爬著逃走都辦不到的巴里本能性地緊閉雙眼，全身僵硬地等著那一刻的來臨。

然而，他的死期遲遲沒有到來。

「──什！」

巴里睜開眼睛驚訝地叫了出來。

「騙人的吧……」

他不敢相信自己眼前的光景。

要問為什麼，因為空泳魔虎那甚至連要塞都能粉碎的爪擊，被一個比自己嬌小的犬耳女孩擋住了。

「救助助～？」

有人拉住巴里的身體，朝後方扔了出去。

當他抬頭打算對這種粗魯的行為抱怨時，才發現自己被貓耳女孩給拯救了。

「妳、妳們兩個──」

「接下來輪到波奇跟小玉出場喲。」

「耶耶～」

波奇和小玉背對著他們說。

對巴里他們而言，那對小小的背影看起來比任何人都還要巨大。

——TYIGGGGGEZR。

空泳魔虎發出咆哮，朝兩人發起怒濤般的連續攻擊。

「嘿！唔呀！嘿呀啊啊啊啊喲！」

「喵！喵啊！喵噢噢噢～？」

雖然她們用凌駕於空泳魔虎的速度不斷架開攻擊，卻無法彌補鐵劍脆弱和體格輕盈形成的差距。

兩人被打飛出去後，在巴里一行人的身邊著地。

「趕快逃～？」

「沒錯喲。這裡交給波奇和小玉，快點去避難喲。」

沒有平時的裝備，想要在保護身後人物的狀態下制伏實力相近的對手，就算是身為祕銀冒險者的她們也相當困難。

「可、可是！」

「我們也——」

幾位少年猶豫不決的話語，很快就被金屬碰撞的尖銳聲音蓋了過去。

波奇手上的鐵劍斷裂，碎片在波奇臉上劃出一小道傷口。

「快逃喲。趁波奇跟小玉撐住的時候，快點！」

「可惡，我們要逃嘍！——這個給妳！」

見到波奇氣勢凌人的表情，巴里對同伴們這麼說，隨後把自己手上的短劍扔給波奇，便帶著同伴有如脫兔般逃離了現場。

「唉呀呀喲。」

波奇接住短劍並從鞘裡拔了出來。

那是一把用祕銀合金製作的短劍。

——ＴＹＩＧＧＧＧＥＺＲ。

正在對付空泳魔虎的小玉降落在波奇面前。

「破破爛爛～？」

小玉的鐵劍似乎也被空泳魔虎弄斷了。

「這裡交給波奇喲。」

波奇手上的短劍開始發出紅光。

「那、那是！」

「那種小孩子竟然！」

「難道真的是！」

觀望著波奇她們戰鬥的騎士學校在校生騷動起來。

「——是魔刃喲。」

紅色魔力構成的刀刃覆蓋住波奇手上的短劍。

據說那是就算在希嘉王國也只有一流的武人才會使用，奧義中的奧義。

「小玉也來～？」

她從斷裂鐵劍的根部創造出紅色的魔力刀刃。

似乎是利用鐵劍容易使魔力擴散的性質，在沒有刀刃的地方創造出魔刃。

「小玉真靈巧喲。」

「喵嘿嘿～？再來一把～？」

小玉撿起波奇扔掉的斷劍，做出了第二把魔刃劍。

——TYIGGGGGEZR。

空泳魔虎因為見到兩人的劍而提高警戒，發出咆哮衝上天空。

「休想跑～？」

「魔刃Go喲！」

兩人用劍發出紅色光彈擊中空泳魔虎。那是魔刃炮。

「——咦？咦咦？」

「魔刃飛出去了？」

「那是魔法吧？」

騎士學校的學生們似乎不認識魔刃砲。

「被擋住了喲。」

「風結界～？」

因為自身的風結界被擊碎而感到害怕的空泳魔虎再度提升了高度。

——TYIGGGGGEZR。

接著不斷放出風之刃。

「扭扭～扭扭扭～」

「危險喲！」

小玉透過雜耍般的動作以毫釐之差閃避風刃，波奇則是以滑稽的誇張動作進行回避。

感到不耐煩的空泳魔虎，身上開始纏繞紫色的電光。

「小玉，牠在劈里劈里喲！」

「系——」

——TYIGGGGGGEZR。

「——掀榻榻米之術～？」

地面隆起形成的土牆，擋住空泳魔虎釋放的雷擊。

「啊呀呀呀喲！」

「劈里啪啦～？」

靜電程度的電流穿過土牆，令兩人一陣發癢。

「反擊喲！」

「系系系～？」

兩人衝出掩護，一邊釋放魔刃砲一邊在地面奔跑。

空泳魔虎在天空奔馳閃避紅色光彈。

「嘿呀喲。」

紅色光彈伴隨著波奇的氣勢改變軌道，擊中了空泳魔虎的側面。

「合體技喲！」

「OK～？」

波奇和小玉利用兩段跳高高躍起，接著小玉在空中充當起發射臺，將波奇朝著空泳魔虎發射出去。

——ＴＹＩＧＧＧＧＧＥＺＲ。

畏懼波奇的空泳魔虎再次提升高度。

「還沒結束喲！」

波奇藉助空步技能在天上奔馳。

與能在空中自由奔跑的天驅不同，波奇的空步頂多只能製作出五步到六步的立足點。

不過——

「碰到了喲！」

波奇的手抓到空泳魔虎的尾巴。

——ＴＹＩＧＧＧＧＧＥＺＲ。

雖然空泳魔虎開始掙扎，波奇藉由強大的握力抓住空泳魔虎的毛，逐漸爬到牠的背上。

「你已經逃不掉了喲！」

波奇的短劍發出耀眼紅光。

——ＴＹＩＧＧＧＧ——ＧＷＧＹＡ。

察覺到危機的空泳魔虎雖然想釋放紫電，卻被從地面上發射的紅色光彈擊中額頭阻止。

「漂亮的助攻喲！」

往地面一看，能看到小玉正豎起大拇指。

「接下來是必殺——魔刃突貫！」

波奇在極近距離朝空泳魔虎延髓發出必殺技。

這招輕易貫穿了空泳魔虎的防禦障壁，撕裂金屬般的毛皮和鋼鐵般的肌肉，最後貫穿了被堅硬骨頭保護的延髓。

「……太淺了喲。」

短劍傳來的觸感這麼告訴她。

這是因為這把祕銀合金製的短劍跟她愛用的魔劍不同，魔力滲透率較低的緣故。

——GWGYAAAAAAA。

空泳魔虎因為意想不到的沉重傷害發狂似的扭動身體，甩飛了因為施展必殺技而姿勢不穩定的波奇。

「唔哇啊啊啊啊啊喲。」

波奇發出略顯從容的慘叫，一邊用空步減緩墜落的速度。

但由於空泳魔虎飛得太高，空步的有效次數中途就用光了。

「啊哇哇哇喲。」

身穿粉紅色披風，猶如飛鼠般飛在空中的小玉抓住了在空中驚慌失措的波奇。

「捕捉～？」

「小玉，謝謝妳喲。」

「總會有辦法～？」

兩人相視露出微笑。

——GWGYAAAAAAA。

聽見後方聲音查覺到危機的小玉將波奇扔了下去。

接著數道風刃劃過小玉和波奇之間。那是空泳魔虎的攻擊。

不愧是高等級魔物，光是要害受到一發必殺技似乎還死不了。

「千鈞一髮喲。」

一個背包掉到了降落在地面上的波奇身邊。

「是波奇的妖精背包喲。」

波奇抬頭一看，發現小玉在上空揮著手。

看來小玉趁著波奇在天上攀爬空泳魔虎的身體時，趁機回收了放在岩石上的妖精背包。

「落葉飄之術～？」

正在進行飛鼠滑翔的小玉，模仿起空戰技術「落葉飄」的軌道落在空泳魔虎的背上。

即使空泳魔虎不停掙扎，忍者小玉依然緊貼在牠身上。

原本在空中亂動的空泳魔虎突然改變軌道，以面朝下的姿勢摔在地上。

「老虎摔之術～？」

小玉在把地面撞開大洞、身體不斷抽搐的空泳魔虎背上說著「忍忍」並擺出忍術姿勢。

這應該跟在穆諾伯爵領把古皮蛇龍從空中摔下去的「蛇龍摔」之術是同一招吧。

「掉到地上的話，就輪到我們了喲！」

波奇從妖精背包拿出愛劍。

「瞬動——居合拔刀，魔刃旋風！」

波奇高速接近空泳魔虎，拔劍出鞘使出第二招必殺技。

深紅色的斬擊深深劃開空泳魔虎的頭部。

「瞬動——魔刃雙牙！」

小玉從波奇的反方向接近，用雙手拿著的魔劍撕裂空泳魔虎的頭。

——ＧＷＧＹＡＡＡＡＡＡ。

即使腦袋快要不保，空泳魔虎依然飛上空中。

牠的眼睛並未看著傷害自己的小玉和波奇，而是在岩石上觀望著的孩子們。

「不妙～？」

「迎擊喲！」

雖然小玉和波奇發出魔刃砲，但空泳魔虎絲毫不理會，朝孩子們所在的岩石衝了過去。

兩人也連忙追了上去，但光憑這樣並追不上。

「瞬動～」

「衝刺喲！」

小玉和波奇提升速度，逐漸拉近與空泳魔虎之間的距離。

「喵！」

「糟糕了喲！」

在空中奔跑的空泳魔虎四周出現數道風刃。

要是讓牠成功發出，孩子們不可能平安無事。

小玉和波奇雖然為了迎擊風刃而釋放魔刃砲，但邊跑邊射實在難以確保命中率。

當她們擊落一半的時候，空泳魔虎已經做好發射準備。

小玉和波奇只能用絕望的眼神仰望一切。

「——神威巨槍。」

伴隨著清澈的嗓音，巨大光彈散發著耀眼光芒從天空的另一端飛了過來。

兩發光彈擊潰風刃，伴隨「轟轟轟」的聲響貫穿空泳魔虎。等靜止之後才發現，原以為

是光彈的攻擊是兩支電線桿大小的透明長槍。

空泳魔虎雙眼失去神色，化為屍體掉到地面上。

「沒事了嗎～？」

此時有人從樹上跳躍接近這裡。

「抱歉，我來晚了。」

「小光～？」

似乎是在遺跡碰面的小光看到信號彈之後過來支援了。

「助攻漂亮～？」

「還以為來不及了，有點緊張喲。」

「妳們兩個沒受傷吧？」

小光打量起兩人。

「沒問題～？」

「這點程度小意思喲。」

小玉和波奇喝著魔法藥，並且擺出敬禮的姿勢。

「只靠兩個人就解決了這種大小的空泳魔虎嗎……妳們明明年紀那麼小，真厲害呢。」

兩人受到小光稱讚，害羞地笑著。

「解體、解體～？」

「沒錯喲。要是不快點放血會不好吃喲。」

「要拿回去的話，要我用『無限收納庫』幫忙搬嗎？」

「好耶～」

「拜託妳了喲！」

「雖然一般而言塞不進去，但只要花點小工夫——看，就像這樣！」

小光將無限收納庫的黑色板子壓在空泳魔虎身上，接著進行某種操作後，黑色板子沿著空泳魔虎的輪廓變形，隨後將其龐大的身軀收了進去。

「波奇！小玉！」

跟小光一同返回之後，琪娜一馬當先地跑了過來。

「妳們沒受傷吧？」

琪娜仔細檢查起小玉和波奇的身體。

「啊哈哈～」

「好癢喲。小玉和波奇沒事喲。」

為了不讓琪娜這位死黨擔心，她們並未講出用魔法藥治療的事，只是笑著說自己沒事。

雪琳和巴里也在這時候跑過來。

「謝謝妳們，波奇、小玉。」

雪琳眼眶泛淚地向兩人道謝。

「總有一天，我也要變得跟妳們一樣強來保護大家。」

「Nice guts～？」

「雪琳很努力，一定會變強喲！」

兩人對雪琳的誓言表示贊同。

「那、那個……」

「我們……」

巴里等人畏畏縮縮地來到兩人面前。

「真對不起。」

「正是如此。」

三人跪在地上，擺出五體投地的姿勢道起歉來。

「喵！」

「怎麼辦喲。」

從沒遇過這種狀況的兩人不知道該如何是好。

但她們覺得聰明的琪娜應該有什麼好主意，於是用求助的眼神看著她。

「──呵呵。」

琪娜擺出貴族風範的表情點點頭。

「這麼說來，各位前輩們說過，要是接受了她們的幫助，『要當僕人或小弟都無所謂』，沒錯吧？」

「那、那個……」

「雖然說過──」

「既然如此，被她們拯救性命的你們，正常來說應該怎麼做才對呢？」

面對還想找藉口的巴里等人，琪娜露出宛如花朵綻放的笑容下達最後通牒。

「騎、騎士說一不二……」

「我們就來當妳們的小弟吧。」

對於一臉苦澀下定決心的巴里等人，琪娜小聲說「妳們？」、「來當？」，要求他們修正用詞。

「「「請讓我們當波奇小姐和小玉小姐的小弟！」」」

面子被琪娜剝奪殆盡的巴里等人低著頭這麼說。

「小弟～？」

「就是在徒弟和朋友之間的關係。」

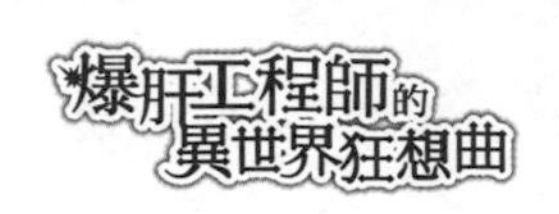

琪娜對歪頭表示不解的小玉和波奇說明。

「交到死黨之後又交到了小弟喲！」

波奇高興地跳了起來。

「好多朋友～？」

「就這樣子把朋友增加到一百人喲。」

「系系系～？」

琪娜將自己的手疊在小玉與波奇緊握在一起的手上。

「春季教室雖然快結束了，但還是要一起度過快樂的時光喔。」

「Of course？」

「當了個然喲！」

三名死黨笑著確認彼此的友誼。

一旁的巴里等人——不對，小弟們紛紛露出難以言喻的表情看著她們。

幕間：遠足之後

「遠足開心嗎？」

「系！」

「非常非常刺激喲！」

小玉和波奇結束遠足回到王都宅邸，便手舞足蹈地熱心告訴夥伴們遠足到底過得有多麼開心。

聽說她們在結交死黨之後還收了小弟。

但似乎不是當作僕人，而是徒弟那樣的感覺。

「我沿著信號彈過去一看，發現她們正在跟空泳魔虎戰鬥，讓我大吃一驚呢。」

「喵嘿嘿～？」

「是很有實力的對手，打得很開心喲。」

誤以為小光在誇她們的小玉和波奇向我們報告玩得很開心。

然而兩人頭上吃了一記莉薩的拳頭。

「妳們兩個，忘記我之前說過強敵出現的話要按下緊急通報器嗎？」

聽莉薩這麼說，兩人「啊！」了一聲露出恍然大悟的表情。

「反省～」

「對不起喲。」

由於是從弱小的魔物開始依序出現，導致兩人錯過了按下緊急通報器的時機。

「小光能趕上真是太好了。」

「哈哈哈，只是在快結束的時候發出致命一擊而已。我想就算只有她們兩個也能輕鬆取勝喔。」

聽到我的感謝，小光顯得很謙虛。

「話說回來，這個。」

小光從道具箱拿出一個扁掉的金屬部件。

「──是螺絲嗎？」

那是來自鼬帝國的螺絲，是一種可以操縱魔物的道具。

恐怕是那些打算暗殺比斯塔爾公爵的傢伙，企圖把雪琳小姐當成人質吧。

「操縱魔物的人抓到了嗎？」

「雖然不清楚是不是所有人，但聽說發現了慘死的屍體。」

屍體上有被巨大爪子撕裂的痕跡，應該是空泳魔虎做的吧。

「這麼說來，空泳魔虎也是被操縱的嗎？」

「不，空泳魔虎頭上沒有螺絲。那類魔物的好奇心很旺盛，應該是被大批魔物移動吸引過來的吧。」

原來如此，也就是那些打壞主意的傢伙自作自受全滅了啊。

「話說回來，小光光為什麼會在那種地方？」

「那附近有我同伴們的墳墓，我掃完墓結束時偶然碰到的呢。」

小光表情有些失落地小聲說。

「比起那種事，拍賣會明天就開始了吧？已經準備好了嗎？」

「嗯，非常周全。」

小光察覺到四周氣氛安靜下來，假裝打起精神轉換了話題，於是我也配合著她。

我參加拍賣會的主要目的是「祈願戒指」。

那枚戒指或許能解除亞里沙和露露身上的「強制」，所以我無論如何都要買下來。

雖然已經準備齊全，但還是多準備一兩步以備不時之需比較好吧。

「對了！賽提以預備金的名義給了我很多金幣，你拿去用來競標吧。」

小光這麼說完，把從國王那裡收到、大約裝有一千枚金幣的袋子從道具箱裡拿了出來。

「這樣的話，我從妮娜小姐跟作為越後屋商會顧問收到的金幣也拿去用吧。」

當亞里沙拿出裝有金幣的袋子後，其他夥伴們也紛紛從妖精背包裡拿出自己的零用錢放在桌上。

「雖、雖然我的錢不多！」

「主人，我將放出私房錢，我這麼告知道。」

「用吧。」

「請把我在迷宮都市決鬥得來的獎金也拿去用。」

莉薩的金額相當驚人。

「波奇也拿出零用錢喲！」

「小玉也是～？」

波奇和小玉充滿氣勢地翻起妖精背包，卻遲遲一無所獲。

「找到了喲！」

波奇找到一枚銅幣，露出開心的笑容高舉給我看。

「喵～」

或許是沒有找到，小玉顯得很沮喪。

小玉垂頭喪氣地說著「對不起」，於是我摸了摸她的頭說「不用道歉喔」來安慰她。

本來我給小玉跟波奇的零用錢就只夠買零食，沒剩下也是理所當然的。壓歲錢肯定也變成了肉串吧。

「小光，還有大家，謝謝妳們。」

我在堆有約一千三百枚金幣的桌子前向大家低頭感謝。

雖然我已經準備了三十萬枚金幣用來競標，但大家的心意很讓人高興，因此就直接收了下來。

等拍賣會結束之後，再連同感謝一起還給大家吧。

「對了，佐藤。拍賣會會場是怎樣的感覺？」

「正式會場的大小跟競技場差不多。聽說當天會場四周會出現很多攤販和賣二手貨的露天攤位，感覺就像一場祭典。」

我回答完小光的問題後，夥伴們也露出興致勃勃的表情。

「我應該會在會場待很久，會發零用錢給大家，妳們就好好享受一番吧。」

「期待。」

「好耶～？」

「喲！」

以蜜雅為首，大家都給出不錯的回應。

「要小心點喔，總覺得會有很多小偷或強盜。」

「嗯，到處都是。」

這是我跟越後屋商會的成員一起去寄放拍賣品時發現的。

由於還見到了在會場附近販賣假貨的詐欺師以及到處亂晃的犯罪公會成員，於是我將他們一網打盡送到了衛兵執勤室。

「當天要用什麼身分參加？」

「用庫羅。」

我準備代表越後屋商會參加。

由於我在參加茶會時得知拍賣會有個代替競標的代理人制度，而且大多數貴族都會透過這個制度間接參加，因此我早已安排佐藤利用這個系統，讓聘請的代理人競標卷軸以及「祝福的寶珠」。

「不可以花心喔。」

「我不打算對下屬出手。」

我對波爾艾南之森的高等精靈心愛的雅潔小姐可是一心一意的。

那麼，接下來只要在拍賣會獲得「祈願戒指」，解除亞里沙和露露身上的「強制」之後，王都的事情就全部處理完了。

雖然有點在意小光那個世界的「鈴木一郎」，既然有神明的預言，我想應該不要緊。

如果有兩個「祈願戒指」的話，我會用其中一個許願讓小光和她的「鈴木一郎」再會就是了。

唉呀，差點忘了。

「小光，我有點事想拜託妳——」

再做最後一項布局吧。

幕間：拍賣會前日

「你是說能超越『英傑劍』的魔劍！」

「是的，據說還是跟護國聖劍光之劍一樣能飛在空中的魔劍，將會在拍賣會上展示。」

「唔嗯嗯嗯，可惡的越後屋商會，居然做到這種地步！」

聽完部下在王城的交誼會從越後屋商會掌櫃那兒打聽到的內容，主人發出了呻吟。

「雖說是為了減少以『祈願戒指』為目標的人，沒想到會拿出國寶級的魔劍。」

「作為魔劍的實用性恐怕很低。」

「但是——」

「嗯，那些貴族全都會去競標。畢竟沒有比這個更珍貴、更能向他人炫耀的商品了。」

那是佐藤想重現聖劍光之劍的機能而製作的試作品之一。

而作為武器的性能正如這位主子推測的一樣，沒有什麼實際效用，因此他才會拿出來拍賣吧。

「但是如果只有一把，也只能把一人踢出局。」

主人不解地喃喃自語。

正如他的言外之意，沒買到的人並不會有任何金錢上的損失。

「那、那個……」

「難道還有其他物品？」

「並不只有那把『飛天魔劍』。」

「你說什麼！」

部下告訴主人，另外還有「能回到投擲者手上的長槍」、「纏繞魔刃的魔劍」、「能瞬間生成匹敵中級魔法術理盾的小型盾」與「避箭的風盾」等足以稱為國寶的裝備，都會在拍賣會上展出。

「打算無論如何都要買下其中一件的人應該很多。那些不入流的商人應該都會失去競爭力吧。」

「凱爾登侯爵和軍閥貴族應該也有此打算才是？」

「沒錯——是嗎，原來是這樣啊！」

主人從椅子上站起身。

「被你們擺了一道啊，越後屋商會！」

為了不觸及激動主人的逆鱗，部下等待主子後續的話。

「那些傢伙打算擾亂大派閥的團結，削弱大派閥的團體力量！」

各公爵與名門貴族是從自己從屬與派閥貴族那裡收集現金，藉此競標「祈願戒指」。

但即使是相同派閥的貴族也並非團結一致。要是這類謠言傳開，肯定會出現打算逃避提供資金，或是搶先一步動手的人。

「為了『祈願戒指』不惜做到這種地步嗎……」

越後屋商會著實可怕，就算抱持著這種新想法，主人依然難以決定究竟該堅持追求「祈願戒指」，還是放棄戒指選擇國寶級的裝備。

此外，王都各地都冒出與這對主僕相同的對話，因而誕生出一批過於煩惱而睡不好覺的人們。

不過造成這份煩惱的越後屋商會也一樣，艾爾泰莉娜掌櫃及蒂法麗莎也度過了一個直到深夜都輾轉難眠的夜晚。

說到底，這邊是因為——

「究竟是華麗的紅寶石項鏈，還是沉靜的藍寶石項鏈比較適合搭配這件新禮服啊？——哎喲，好難抉擇喔！」

「艾爾，我真的可以借用這件禮服嗎？」

雖然蒂法麗莎平時總是用掌櫃，或是名字後面加上大人的方式稱呼艾爾泰莉娜，但艾爾泰莉娜允許她在私人的時間用「艾爾」這個暱稱來稱呼自己。

「嗯，那當然嘍！畢竟明天要一整天和庫羅大人同行啊！要是不好好打扮，對庫羅大人可是很失禮的喔。首飾也借給妳，妳就從寶石箱裡面挑選自己喜歡的吧。」

「好、好的。非常感謝妳。」

艾爾泰莉娜和蒂法麗莎兩人直到深夜，都在互相挑選隔天要穿的衣服。

◆

「喲，還真是丟臉啊。」

「是皮朋嗎……」

怪盜夏露倫盯著牢房高處的窗口照射進來的人影，喃喃自語地說。

即使是位於衛兵總部腹地內的監獄塔，對皮朋而言似乎也是能輕易入侵的地方。

「只不過是失手了，妳也變得太老實了吧？」

怪盜皮朋對絲毫沒打算抬頭的她發出挑釁。

「這次我澈底輸了。我沒有露出任何馬腳。不僅變裝得很完美，也沒做出會被人鑑定的可疑行為。況且我從好幾天前就開始觀察假冒的對象了，連本人的習慣都模仿得很完美。」

皮朋默默聽著夏露倫比平時更加急促的話語。

「但卻被那傢伙看穿了。他彷彿從一開始就知道我是怪盜夏露倫似的，毫不猶豫地直接朝我衝來。」

夏露倫撫摸著被抓住時造成的瘀青呢喃。

「那可得一雪前恥才行啊。」

「一雪前恥？」

此時她終於首次抬起頭。

「沒錯。因為第一次可能只是偶然吧？畢竟就算是擁有鑑定技能的衛兵，也未必能看穿妳的變裝。」

並不是鑑定對夏露倫無效，而是她很擅長不讓人對自己使用鑑定。

「還是說被本大爺當作競爭對手的人，是個會對僅發生一次的偶然認輸的雜魚呢？」

「哼，真廉價的挑釁。」

夏露倫這麼說完，嘴角再度有了笑容。

「很有效吧？」

「嗯，雖然很不甘心，但你說得沒錯。」

夏露倫隨著腳銬的聲音站了起來。

「雖然在妳提起幹勁的時候講這個很過意不去，但我必須最後再來救妳——理由不用我說，妳應該也很清楚吧？」

「嗯，當然。」

她很清楚要是今晚就逃走的話，她真正想偷的東西將會被人察覺，拍賣會場的警備也會因此加強。

「明天下午我會來救妳，屆時還趕得上嗎？」

「嗯，那當然。下次我一定會成功。」

「這才算是本大爺的競爭對手嘛。」

留下些微笑聲，怪盜皮朋的身影悄無聲息地消失無蹤。

「下次我絕對不會失手。即使有你在也一樣——潘德拉剛。」

夏露倫面對牢房窗外的月亮，悄悄地暗自立下誓言。

然而，她不知道這句誓言究竟有多困難……

拍賣會

「我是佐藤。說起拍賣會，總是給人以超乎常理的價格進行美術品和珠寶飾品買賣的印象。一想到裡面有著上班族一生年收入的數倍、數十倍金額在流動，就會覺得相當沒有現實感呢。」

「庫羅大人，讓您久等了！」

當我用空間魔法「歸還轉移」一來到越後屋商會，便聽見掌櫃甜美嘹亮的招呼聲。

她今天沒穿平時那種幹練的女社長風格服裝，而是選擇普通貴族女孩一樣的雅緻禮服。

跟昨天在茶會上遇到的伯爵千金拿來炫耀的禮服很相似。

確認之後，那好像是同一間工房的作品。雖然一件似乎要三十枚金幣這種驚人價格，但從掌櫃的年收入來看應該相當充裕。

「好了！我們出發吧！」

「請等一下——」

蒂法麗莎用凜冽的聲音制止本想用戴著白色手套的手挽住我手臂的掌櫃。因為她也會一

同前往拍賣會，所以身上並不是越後屋商會的制服，而是與掌櫃相似的禮服。

當兩人站在一起，髮色等各方面相輔相成，感覺就像是黃金美女和白銀美女，有股非常豪華的感覺。

「——掌櫃，您忘了宰相大人那件事了。」

「我、我知道。」

沐浴在冰冷視線中的掌櫃輕咳一聲。

宰相的事是指什麼呢？

「我原本打算等到拍賣會場貴賓席落座之後，再交給庫羅大人的。」

「其實是因為可以跟庫羅大人約會，太興奮才忘掉的吧？」

掌櫃的藉口被從房門口探出頭來的幹部女孩拿來調侃。

在掌櫃銳利視線的注視下，她玩笑地說著「好可怕、好可怕」，隨即逃向了隔壁房間。

掌櫃滿臉通紅，害羞地抖動著手指。

……真是的。

接下來明明就要去戰場(拍賣會)了，卻還是這麼不認真。

「要放鬆等善盡自己的職責之後再說。」

「好、好的！我會誠心誠意地服侍您！」

我明明在罵人，掌櫃的臉卻莫名地比剛才更加紅潤。

看來她對「職責」微妙地產生了下流的誤解。

「庫羅大人，雖然失禮，但這件事就由我來報告吧。昨晚宰相大人捎來了『感謝諸位如此迅速籌備復興建材』的留言及感謝信。」

蒂法麗莎不等掌櫃開口，迅速向我轉達了宰相的事。感謝信的內容雖然大致上跟留言相同，但上面有一段話非常重要。

「付款方式將採用能即時換取現金的匯票支付。」

他大概很清楚我們為了拍賣會在籌款吧。

宰相也挺通情達理的嘛。

「既然宰相難得有這番好意，我們先去商業公會露個臉再過去吧。」

指定商業公會當作換錢地點，一定也是宰相協助的吧。

去完商業公會之後，我帶著掌櫃和蒂法麗莎前往拍賣會的會場。

◆

「琪娜，這邊～？」

「小弟也快點過來喲！今天波奇請你們吃肉串喲！」

熟悉的聲音從馬車外面傳進了我的耳裡。

往窗外一看，便看見一群由小玉和波奇帶頭的孩子正在拍賣會場前的攤位購買食物。

後方不遠處也能見到莉薩和娜娜守望著她們的身影。

那名蜜雅身旁的紳士，是在音樂廳跟她打成一片的樂聖嗎？

「小露露老師，請妳也嘗嘗這個加了肉的！」

「你在說什麼！一開始當然要先吃甜的麩皮點心啊！」

越後屋商會的廚師與一頭紅髮的妮爾將露露夾在中間，喋喋不休地講個不停。

亞里沙看起來也很開心地混在其中。

「庫羅大人，有什麼讓您在意的東西嗎？」

「沒有，只是看到了橘顧問和妮爾她們而已。」

我把視線轉回車內，回答掌櫃的問題。

就在這個時候，馬車穿過擁擠的大門來到乘車用的出入口。

這裡有不少戴著面具和面紗的紳士淑女。

「庫羅大人，這邊、這邊！」

走進拍賣會場後，立即看到遠方有個越後屋商會的幹部女孩正跳來跳去，不停揮著手。我們朝她的方向走去，此時一名騎著石狼的嬌小幹部女孩從人群的另一側走了過來。

「魯娜，我不是經常跟妳說不要在室內騎石狼嗎？」

「咦～可是只要騎這個，就能引來很多目光，很有趣嘛。」

即使被掌櫃責備，幹部女孩依舊毫不在意。

「要教訓等回去再說。」

我這麼說完之後，便請幹部女孩幫忙帶路。

我們穿過警備森嚴的門扉，走在狹窄彎曲的通道上。

「庫羅大人，我們到了！這裡是特別拍賣品櫃檯！」

「恭候多時了。魯娜小姐已經說明了情況。我們會依照拍賣的順序進行鑒定，並且保管商品。」

雖然大部分的拍賣品已經在昨天交付完畢，但包含幾把魔劍在內的物品由於警備上的理由，希望我們當天再送過來。

櫃檯裡有一名頭髮斑白、看似管理員的紳士以及兩名鑑定士，此外還有幾名工作人員。站在他們身後的護衛，是很有實力的四十級前聖騎士。

「請把物品放到這邊的桌子上。」

我依照名單上的順序，從道具箱拿出拍賣品遞給紳士。

而他則是把那些東西交給身邊擁有鑑定技能的——

「您、您做什麼！」

看到被打飛到牆上的鑑定士，紳士臉色一沉地說。

護衛拔出劍，將紳士護在身後。

嗯，看來要解釋一下。

「那個男的是盜賊。我已經拿掉他藏在胸口的偽裝魔法道具，只要請另一位男性鑑定就知道了。」

即使對我有所懷疑，紳士依然向另一名鑑定士下達指示。

「這、這是『偽裝職業』的魔法道具。正、正如越後屋商會的大人所說，這個男人是盜賊沒錯。」

「怎麼會！聘用的人應該都確認過身分了才對……」

與一臉驚愕發出呢喃的工作人員不同，紳士拍了拍手引起注意並迅速做出指示，警衛則將盜賊抓起來帶出房間。

雖然覺得有點做過頭了，但不需要對盜賊手下留情。

對了，其他地方或許還有也說不定。

我把地圖範圍縮小到拍賣會場周遭並展開搜索。

一個、兩個、三個……。

地圖上出現了許多犯罪者的光點。

「祈願戒指」能從「強制」中拯救亞里沙與露露，因此我不打算放過那些打算奪走它的害蟲。

「也把其他害蟲收拾掉吧。」

我這麼宣言之後，隨即確認起通往目標的路徑。

應該能用魔法搞定。於是我用魔法「眺望」與「理力之手」打開關著的門確保路線，一邊碎碎唸假裝進行詠唱，朝地圖上鎖定的對象射出「追蹤震撼彈」。

為了不對目標以外的人造成影響，我挑選沿著道路天花板的路徑進行發射。

從地圖上能見到追蹤震撼彈接二連三地命中目標。

雖然大約有兩人閃過了第一發，但那只是無謂的抵抗。

第二發之後震撼彈不斷命中，奪去了犯罪者們的意識。

呵呵呵，邪惡毀滅了。

「庫、庫羅大人？」

——哎呀，我好像太專注了。

為了讓擔心的掌櫃放下心來，我朝她露出微笑。

「不要緊。這種程度還在我預想範圍內的喔。」

「**的喔**？」

掌櫃一臉疑惑地偏過頭去。

糟了——我竟然用了不符合庫羅形象的平時說話方式。

「別在意這種小事。」

「好、好的……」

必須稍微冷靜一點——

於是我環顧起周圍仍愣在原地的人們。

工作人員仍一副目瞪口呆的模樣完全派不上用場，於是我將情況告訴神智依然保持清醒的紳士。

「還在發什麼呆。二樓兩人、倉庫兩人，地下金庫室前有一個。還不快點去把他們都抓起來！」

「是、是！」

紳士先是命令周圍的部下去逮捕犯人，接著自己也朝金庫跑了過去。

真是的，希望事前的清掃工作能做得確實一點呢。

從確認完畢的紳士那裡得到先前交付的拍賣品都平安無事的報告後，我便再次進行中斷的交貨作業。

我們在大廳跟騎著石狼的魯娜分開，在接待小姐的帶領下前往上級貴族專用的參加者休息室。

此外，還被她拐彎抹角地提醒會場內嚴禁使用魔法。

◆

「──以上就是拍賣會的競標順序。」

雖然說明很長，卻沒有特別需要注意的事。

比較稀奇的事情，應該是需要事先申報能夠出價的金額，「一旦超過該金額便無法下標」這點吧。但我早已從掌櫃和蒂法麗莎兩人那裡知道了這件事，所以沒問題。

「請問還有什麼疑問嗎？」

「可以立刻取得標下的物品嗎？」

雖然還有很多事情想問，但必須先確認最重要的事。

「不，是在拍賣會中途的休息時間，前往一樓的交貨點進行得標物移交。不過移交後的

商品保護須由得標者自行負責，這點還請您注意。」

會這麼做似乎主要是為了防竊。

拍賣會以兩小時競標和一個小時的休息時間為單位，一共分為三個部分，合計要花上九個小時。

起初聽說明時還覺得休息時間有點長，但看來是有相應的理由在。

此時敲門聲響起，一名女性帶著警衛走了進來。

「公認鑑定士好像到了。那麼不好意思，麻煩您出示競標用的貨幣。」

我向掌櫃打聽過設定事先確認現金制度的理由。

據說過去不僅有人在拍賣會上用超出攜帶現金的金額進行競標，那場騷動甚至還發展成一場貴族之間的內戰紛爭。

「也能用希嘉王國以外的金幣嗎？」

「是的，只要事先申報就沒問題。」

我一邊跟侍女確認，一邊打開道具箱拿出裝有金幣的袋子。

並逐一將它們擺在桌子上，每袋裡面都裝著一千枚金幣。

「好厲害……」

「雖說是新創立的，但真不愧是王室的御用商會呢。」

我的順風耳技能聽見了在休息室牆邊待命的職員交頭接耳說的話。

但我毫不在意地繼續把金幣袋放到桌上。

「咦……」

「那、那個……」

此時連接待小姐和公認鑑定士都露出驚訝的表情。

他們對此應該都司空見慣了才對——真是些奇怪的傢伙。

因為桌子已經放不下金幣袋，於是我向兩人詢問：

「看來桌子放不完，可以把剩下的放在地上嗎？」

無論是接待小姐還是公認鑑定士，甚至連後面的職員和警衛都瞪大眼睛不發一語。

真希望他們至少能明確給個答案。當我把沉默當作肯定，不斷把金幣袋堆放在地板上時，接待小姐總算有了反應。

「請、請等一下！」

「怎麼了？不可以放在地上嗎？」

「不對，不是這個意思啦！」

原先有著上流社會氣質的接待小姐露出符合年齡的表情不斷揮著手臂。

雖然很可愛，但從身分上來看不太好吧？

「您到底準備了多少金幣呀！」

「總之大概有三十一萬枚吧？」

因為根據越後屋商會的調查，就算推算得粗略一點，最上層的貴族頂多準備十萬枚左右的金幣就是極限了，於是跟掌櫃她們討論之後，決定將競標資金訂為三十萬枚金幣。多出來的一萬是復興建材的費用以及夥伴們託付給我的。

貴族雖然本身擁有龐大的資產，但平時身上並不會攜帶超過一千枚金幣。

「您、您打算標下整座都市嗎！」

接待小姐以像是在慘叫般的聲音大聲說道。

「冷靜點，這種態度很失禮喔。」

「非、非常抱歉……」

受到掌櫃提點的侍女顯得很沮喪。

「無論如何，我都無法鑑定如此大量的金幣。我將抽出幾袋進行檢查，之後請您依照申報的金額領取牌子。」

公認鑑定士說完之後，從三百一十個中挑出三個袋子進行鑒定。

「最後請您以王祖大和大人之名，發誓金額毫無虛假。」

雖然對小光發誓感覺有點奇怪，我依舊在接待小姐的催促下發誓。

但在這個許多人愛著王祖大人的國家，這種誓言或許最能有效防止不當行為也說不定。

「這是競標用的牌子。」

接待小姐將標示金幣一萬枚的競標牌遞給我，同時開始說明。

牌子用碩大的字體寫著二與九兩個數字，似乎是用來代表競標者。由於拍賣會基本都是匿名，因此拍賣期間只會稱呼號碼。

「只要舉起它，看到牌子的風魔法師就會使用能傳到整個會場的擴音魔法，因此請舉到能讓人看清楚的位置。」

我從公認鑑定士手上接過六塊代表金幣一萬枚的牌子，對方說之後會將剩下的二十五塊代表一萬金幣的牌子送到房間。

◆

「——怎麼了？」

在走廊上行走的人紛紛湊到牆邊跪了下來。

「庫羅大人，是王太子殿下來了。我們也——」

掌櫃這麼說完，便跟蒂法麗莎及接待小姐一起在牆邊行臣下之禮。

正當猶豫究竟是庫羅桀傲不遜的角色性格比較重要，還是該以越後屋商會的老闆立場為優先時，我跟希嘉王國的王太子——索多利克第一王子對上了視線。

他是個年約三十，有著知性外表的美青年。或許是比較像母親，他跟國王不太相像。

「從那個面具與特殊的打扮來看，你就是勇者無名大人的隨從，名叫庫羅的傢伙嗎？」

「正是如此。」

王子用讓人難以猜測想法的語氣說。

或許是庫羅無禮的回答惹怒了他們，王子的隨從喊著「無禮之徒」吵了起來，但王子絲毫不在意地舉起手制止了他們。

「你這是除了主人勇者無名大人以外不會向任何人屈膝的意思嗎？」

我一言不發地看著王子。

「哼，我就用在迷宮都市討伐魔族的功績來抵消你這次的無禮。你就好好幫助勇者，為王國效力吧。」

雖然王子似乎打算放過無禮的庫羅，但有個錯誤我無法視而不見。

「有個地方我要訂正。」

我對打算走過我身邊的王子補充一句。

「我們只會為了世界的危機展開行動，並不是為了王國。」

「哼，只要不妨礙我國的利益，結果是一樣的。」

王子對我的主張嗤之以鼻，隨即離開了現場。

雖然他的隨從惡狠狠地瞪著我，從立場來看那是理所當然的反應，所以我便加以無視。

「……還以為心臟要停了。」

「我也是。」

掌櫃和蒂法麗莎雙手撐在地上，放鬆似的用力呼了口氣。

看來各方面都讓她們操心了。

「原諒我。下次我會做得更好。」

畢竟國王年事已高，要是跟王太子鬧僵的話往後應該會很麻煩。

等趴在地上的兩人復活後，我們在接待小姐的帶領下前往越後屋商會分配到的二十九號貴賓席。

從這個位置略高的貴賓席向外看，便能將整個會場盡收眼底。

在這個呈扇形階梯狀、如同大學教室的會場一樓排列著大約三百人左右的座位；我們所在的貴賓席則像是從會場牆壁突出的陽臺一樣，總數大約有三十個。

雖然必須從陽臺探出身子才能看到隔壁的貴賓席，但對面及遠處的貴賓席倒是能一覽無遺。同時為了保護個人隱私，姑且也準備了輕薄的蕾絲窗簾。

「距離開始好像還有一點時間。」

「需要叫人準備點飲料嗎？」

掌櫃用時鐘魔法道具確認完時間之後，蒂法麗莎朝放在貴賓席內的手鈴看了一眼這麼詢問道。這應該是用來呼喚守在貴賓席外女僕的道具吧。

「不需要。」

我內心默默感謝蒂法麗莎的關心，然後一邊眺望其他貴賓席來打發時間，一邊用地圖進行檢索。

除了剛才遇到的王太子之外，還有大約三個貴賓席裡面坐著第五王子之類的王族。

我懷著希嘉國王真是多子多孫的想法翻開貴族年鑒，才知道國王共有九名王子，其中四人已經死亡。依然健在的是王太子、第五王子、第八王子，以及第九王子等四人。而剩下的夏洛利克第三王子似乎正在鄉下的修道院療養。

公主的數量更多，人數多達十三人。除了希斯蒂娜公主之外的成年公主都已經嫁給了國內的有力貴族，或是其他國家的王族；未成年的公主也大多都有婚約的樣子。

從希嘉王國「女性就該嫁人」這種老舊思想為主流的環境來看，不難想像希斯蒂娜公主的立場應該相當艱困。雖然關係還沒好到能以朋友相稱，但要是有什麼地方能幫上忙，我想助她一臂之力。

「庫羅大人，參加的有力貴族果然比平時更多呢。」

「嗯，似乎是這樣沒錯。」

光顧著思考王族的事，都忘了調查貴賓席。

我隨口回答掌櫃的話，接著再度展開剛才的調查。

名門貴族大多是像迷宮都市賽利維拉的太守夫妻、貿易都市的太守以及立頓伯爵夫人之類的有力人士。領主部分則是以歐尤果克公爵、比斯塔爾公爵和艾爾艾特侯爵為首的過半人士參加。

另一方面，參加的富商則很少，包含王都最大的果庫茲商會在內，只有三個老牌商會確保了貴賓席。鼬人族商人——沙北商會的霍米姆多利先生並不在貴賓席，而是坐在一樓最前排附近的位置。

國外的參加者則是沙珈帝國和西方各國的大使們。我試著找了一下，卻沒見到矮精靈王國布萊布洛嘉斯馬提特王子的身影。因為他好奇心旺盛，我原以為他會喜歡這種活動。

「庫羅大人，拍賣清單跟剩下的牌子送來了。」

蒂法麗莎將送到貴賓席的東西拿了過來。

「跟預期的一樣，『祈願戒指』是壓軸呢。」

我對站在一旁看著清單的掌櫃點點頭，並簡單地將清單瀏覽過一遍。

由武器防具及魔法道具打頭陣，藥品和珠寶飾品於中段進行，卷軸和祝福寶珠則是放在後半。

「第一項商品是冒牌光之劍嗎？」

這是越後屋商會的拍賣品，是打算實裝聖劍光之劍的飛行機能卻失敗的作品。雖然最後利用「理力之手」的原理搭配了飛行機能，但與光之劍那種能夠自動防禦或排除敵人的機能相距甚遠，飛行速度也很慢。

原打算透過風石和風符文的噴射機能加以改善，可是不僅速度跟弓箭差不多，還會在加速途中被躲掉。簡單來說就是個不良品。

「由於是在交誼會發表的商品中反應最好的，應該是為了炒熱拍賣會氣氛，才會放在第一個吧。」

原來這麼受歡迎嗎……

看來是因為優美的外型和公布的性能相當吸睛，導致很多人被蒙蔽了雙眼。

自從進入房間以後，已經等了一個小時。

此時場內總算放出拍賣會即將開始的廣播。

戰鬥即將展開！

◆

「第一項拍賣品是飛天紅劍洛亞斯！」

主持人這麼說完，觀眾席隨即發出歡呼。

我還在想怎麼突然響起了雄壯的曲子，原來是不知何時配置在舞臺側面的小規模樂團開始演奏起背景音樂。

「我什麼時候取了那種名字？」

「因為沒有固定名稱，或許是魯娜擅自取的吧。之後我會好好罵她一頓。」

「無所謂，反正現在就要賣掉了。」

喜歡石狼的幹部女孩魯娜拿著「冒牌光之劍」——飛天紅劍從舞臺側面走出來。

好像是要進行競標前的展示。

飛天紅劍從魯娜手中飛出，巧妙地穿過數個用術理魔法製作的圓環，最後猛然加速朝標靶飛了過去。

她用得相當熟練，也許練習了很久吧。

「「「噢噢噢噢噢噢噢噢噢噢！」」」

當飛天紅劍將靶子粉碎的瞬間，整個拍賣會場都壟罩在震耳欲聾的歡呼聲中。

原來如此，剛才的展示的確看不出「冒牌光之劍」的「冒牌」部分。
看來魯娜似乎有命名和宣傳的才能。
於是──
「金幣六百枚！」
「金幣六百一十枚！」
起價一百枚金幣的「冒牌光之劍」價格不斷升高。
雖然起初歐尤果克公爵和比斯塔爾公爵也有參與競標，但現在則是進入了貿易都市塔爾托米納太守和立頓伯爵一對一的局面。
狀況也在不久後停下，主持人敲響分出勝負的槌子。
這個世界似乎也是用敲打槌子來表示得標。
「飛天紅劍洛亞斯由十二號貴人以金幣兩千零三十枚得標！」
從牌子的號碼來看，得標的人似乎是貿易都市的太守。
「得標金額超乎預期呢。」
「不，以那把劍來說這個價格並非不合理。」
根據掌櫃的判斷，那把劍就算與大國的國寶相提並論也毫不遜色。
或許是最初的飛天紅劍以昂貴價格得標的緣故，接下來的魔劍及魔法裝備的得標價也是居高不下。

而與越後屋商會販售中的商品採用不同防禦強化方式的試做盾牌，則是被近衛騎士以及軍務大臣凱爾登侯爵標了下來。

「每項商品都以不錯的價格賣掉了呢。」

掌櫃喜形於色地說。

奇特的試做武具和裝備類的平均售價為五百枚金幣，而那五把俗稱「英傑劍」——已經在市面上流通數百把的鍍祕銀鑄造魔劍，也分別漲到了三百五十枚至四百枚金幣的價格，所以我能理解她的反應。

但是姑且不論前者，當我思考起後者為何能提升到這等價格時，蒂法麗莎給出了「因為不知道下次什麼時候能買到」的回答。

原來如此，原來還有這麼多人想要啊？

不過話說回來——

「Inflation（物價暴漲）也該有個限度啊。」

聽到我的喃喃自語，蒂法麗莎念著「**因夫雷？**」可愛地歪頭表示不解，於是我進行了簡單的說明。

「那麼接下來上場的是『赤龍的咆哮』在賽利維拉迷宮討伐『樓層之主』時獲得的祕

寶！第一場先從武器防具開始展示！」

由於戰利品包含各式各樣的物品，因此要根據不同種類進行展出。

因為這些戰利品已經獻給了國王，所以是由國王的代理人負責展示。

「首先從冰之魔劍『冰樹之牙』開始！」

每次揮舞都會灑落冰之結晶，相當漂亮。

原以為傑利爾先生會拿來當成自己的愛劍，但他作為「赤龍的咆哮」的領隊，或許無法那麼任性也說不定。

「感覺會被祕銀冒險者們怨恨呢。」

「嗯，畢竟出價者的興趣都被我們奪走了。」

競標金額出乎預料地裹足不前。

攻擊力明明比剛才的「英傑劍」更高，價格卻只有金幣兩百枚左右。

待在比斯塔爾公爵貴賓席裡的傑利爾先生也表情一臉苦澀。

「沒辦法了——金幣兩百五十枚！」

因為實在沒辦法，我舉起牌子喊出競標價格。

拿到的牌子只是用來保證持有金額的上限，因此用金幣一萬枚的牌子喊出以下的金額也沒問題。

或許是我假意投標的行為起了作用，價格持續以「兩百六十」、「兩百七十」順利地升了上去。

隨後我不斷重複這類行徑，把價位提到了金幣三百六十枚左右。

因為覺得要是繼續拉高，對手有可能會棄標，還是就此收手吧。於是我退出後大約還有兩個人持續競標，最終得標金額為金幣三百七十二枚。

雖然我做了不少努力，傑利爾先生的表情依舊十分苦澀。

「難以理解。」

「既然上一輪的『英傑劍』能以四百零二枚金幣售出，那麼對方可能認為來自迷宮『樓層之主』的魔劍能賣出更高的價格吧？」

嗯，說得也是。

我點頭同意掌櫃的話。

但此時蒂法麗莎說了句「搞不好」作為開場白，接著繼續開口說：

「他是為了自己使用，聘請了代理人進行競標吧？」

——啊。

我沒有這麼想過。

如果真是那樣，我或許做了件壞事也說不定。

於是我帶著這個想法，不再幫傑利爾先生他們之後展示的戰利品哄抬價格，但受到最初「冰樹之牙」高價賣出的影響，每一件戰利品都以比往年更高的價格賣了出去。

緊接著是隊伍「潘德拉剛」的戰利品，因為不需要有所顧慮的緣故，我抱著打發時間的想法，拚命地哄抬價格。

拜此所賜，真鋼打造的戰錘和麻痺刺槍的價格都遠遠超出了預期金額。

如果沒有得標任何東西的話感覺會惹人嫌，所以我標下了數把雷杖的其中之一。

而只有一把的雷晶杖，因為會使用雷魔法的希嘉三十三杖的三名魔法師充滿殺氣地在那裡競標，所以我沒有出手。由於雷晶杖的核心雷晶珠在市面上是極其罕見的稀有品，因此我能理解他們的心情。

「庫羅大人，買下這個真的好嗎？」

「嗯，花一點錢無所謂。」

畢竟金幣三十一萬枚只是出價的上限，最終結算金額超過一點也沒關係。

◆

「那麼，接下來是第二場。首先是潘德拉剛隊伍從『樓層之主』身上得到的萬能靈藥！

從身體缺損到中毒石化，從不治之症到魔王的詛咒，什麼都能治好的萬靈藥！以五十枚金幣起標——」

「金幣兩百枚！」

主持人還沒講完，貴賓室的亞希念侯爵夫人——迷宮都市賽利維拉的太守夫人便迫不及待地出價。

「金幣三百枚。」

歐尤果克公爵用嚴肅的語氣參與競標。

「金幣三百零一枚！」

鼬商人霍米姆多利先生小聲地說。

「金幣三百一十枚！」

「金幣四百枚！」

雖然貴賓席上的老牌富商不願輸給鼬商人也參與競標，太守夫人迫不急待似的出價。

平時端莊嫻雅的太守夫人今天氣勢凌人。

是為了拯救心腹波布提瑪前伯爵脫離困境才會這麼拚命吧。

我從遠方祈禱太守夫人能夠勝利。

「還真是沒完沒了耶。」

「嗯……」

雖然超過金幣五百枚之後出價的人變少了，但現在太守夫人和歐尤果克公爵依然在持續競爭。

「超、超過一千枚了。」

屏氣凝神看著那一幕的蒂法麗莎喃喃自語地說。

雖然有點猶豫，不過太守夫人最終還是突破了千枚金幣的大關。

人們的視線都聚焦到了歐尤果克公爵所在的貴賓席上。

坐在遠方貴賓席的太守夫人也目不轉睛地盯著他的一舉一動。

「還、還有人要出價嗎？」

主持人開口詢問，接著經歷三次倒數之後，揮下了得標的槌子。

大概是因為一直彎腰注意情況的緣故，只見太守夫人安心地大大嘆了口氣，深深倒在椅子上。

——辛苦了，太守夫人。

不過，就算她沒能成功得標，下次事前準備結束後我會得到幾瓶聖靈藥，到時我也會分給她就是了，

「不愧是迷宮都市的太守夫人呢。」

見太守夫人花了千枚金幣買下聖靈藥，掌櫃小聲地說出感想。

雖然這份聖靈藥已經獻給國王，依舊會在扣掉手續費之後將拍賣會的得標額直接當成賜給我們的獎金，所以有一種從太守夫人那裡撈了一大筆錢的感覺。

之後再把聖靈藥的這一千枚金幣用來投資促進迷宮都市發展的項目上吧。

「竟、竟然對我和妮爾用了那麼貴的藥……」

我往旁邊一看，發現蒂法麗莎正做出臉色鐵青、紅著臉的高難度行為。

「別擔心，治療妳們燙傷用的不是聖靈藥而是下級聖靈藥。」

「這、這樣啊。」

蒂法麗莎這次露出了既安心又遺憾的表情。她還真靈巧。

「價格頂多只有聖靈藥的四分之一，不必在意。」

「四分之一……那、那不就是兩百五十枚金幣嗎！」

蒂法麗莎罕見地叫了出來。

「妳有這個價值。」

因為被接下來的拍賣品吸引了注意力，我隨口應付道。要是鬆懈可能會導致詐術技能擅自發動，得小心一點才行。

「這、這樣啊。」

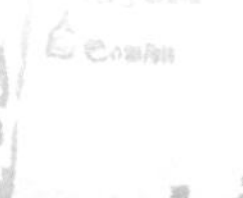

「……唔。」

連耳朵都變得通紅的蒂法麗莎低下頭去，掌櫃則是有點鬧別扭地拉住我的袖子。

總感覺兩人今天情緒都不太穩定。

或許是讓她們忙過頭了吧。

「萬能藥和上級魔法藥的得標金額也很不錯呢。」

雖然是從迷宮得到的物品，不過竟然賣出了跟魔劍旗鼓相當的價格，物價暴漲過頭有點恐怖。

「嗯，畢竟無論哪種都得來不易啊。」

「我們越後屋商會提供的『萬能解毒藥』也不惶多讓。」

我隨口對掌櫃以及展現對抗意識的蒂法麗莎說了句「是啊」附和著。

解毒藥在商會也是以二十到日四十枚金幣的價格販售。此外因為會製作的人才稀少，況且這次出展的還都是我親手製作的最高級品，應該會以高於平時數倍的價格賣出吧。

「唔姆姆，會展出越後屋商會的生髮藥及疲勞恢復藥的傳聞是假的嗎……」

藥品的競標全部結束後，一樓座位傳出幾道失望的聲音。

「生髮水和疲勞恢復藥有那麼搶手嗎？」

「是的。前者是因為安她們無法維持品質，後者則是被王城的文官們爭先恐後地搶購一空，導致無論怎麼準備都供不應求。」

「嗯……」

高品質的生髮水意外地難製造呢。

我往剛才發出嘆息的方向看去，只見一位頭頂空蕩蕩的紳士很沮喪的樣子。

——嗯，增加產量吧。

畢竟亞里沙也說過「頭髮是長久的朋友」嘛。

或許把擔任越後屋商會的煉金術師安一行人帶去快速升級，稍微提高水準會比較好也說不定。

「終於要開始了呢。」

「嗯。」

當我正思索那些事情的時候，只見蒂法麗莎和掌櫃表情異常地認真盯著舞臺。

在我詢問理由之前，主持人宣布「接下來是珠寶飾品以及美術品」，並且隨即淹沒在女性的尖叫聲與歡呼聲中。

原來如此，她們兩位也是女性，因此對那一類東西似乎很感興趣。

我利用順風耳技能仔細聆聽，得知被稱為「能與裘葉爾大師作品匹敵的奇跡寶石」的東西很受歡迎。

「哦哦，是那個寶石啊？」

是我用魔法「石製結構物」加工而成的寶石工藝品。

「沒錯！自從在交流會上放出樣品之後，訂單多到甚至讓人動彈不得。」

「是的，在貴族之間究竟會得到多高的評價，令人有點在意。」

聽見我說的話後，掌櫃和蒂法麗莎立刻給出了反應。

「是藍寶石戒指打頭陣嗎？」

這是將藍寶石加工成戒指形狀，然後在內側嵌入拉成線型的光石。一旦注入魔力，寶石內部就會浮現出花朵圖案的光芒。

「競標開始了。」

價格由十枚金幣起標，雖然每次價格提升的幅度並不大，但由於舉牌喊價的人此起彼落，轉眼間就突破一百枚金幣。

「大家都殺氣騰騰的呢。」

「這也是沒辦法的。只要配戴那種寶石，不僅能在社交界備受矚目，還能擴展社交環境，就連人脈也是手到擒來。」

原來如此，聽完掌櫃的話之後，我也理解了這股狂熱。

認為社交和人脈重於一切的貴婦人會想要這種東西也是理所當然的。

話雖如此，價格高於魔劍倒是超乎預期。

「由十七號貴人以金幣五百零三枚得標！」

伴隨著槌子的敲打聲，主持人這麼宣言。

最先得標的似乎是在王都社交界擁有極大影響力的立頓伯爵夫人。

後續展出的寶石，也被各大名門貴族的婦人以相當高的價格買了下來。

雖然除了用光石和金剛石當作材料的寶石及那顆藍寶石之外，其實花費的成本不高，但她們似乎並不在意。

雖說立頓伯爵夫人向我訂過同樣的品項，不過那些是要刻上家紋的客製化商品，應該不會降低價值吧。

「就算只是社交工具，也相當驚人呢。」

「不僅如此。」

「是的，我想那個水準的寶石任何人都會想戴一次。」

蒂法麗莎和掌櫃伴隨著嘆息否定了我說的話。

「是這樣嗎？」

「──是的！」

「那麼，之後把妳們在意的款式告訴我，我會做成妳們喜歡的樣子。」

「「可、可以嗎？」」

「我從不食言。」

這是為了慰勞她們平時的付出。畢竟如果只有她們兩個加上幹部女孩等人的份，用魔法很簡單就能做出來。

「「太好啦！」」

總是很冷靜的掌櫃與以伶俐美貌著稱的蒂法麗莎毫不猶豫地笑了出來，然後相互擊掌。

我因為她們稀奇的反應當場愣住，隨即兩人滿臉通紅地調整態度。

不過看她們這麼高興我也很開心。

我一邊欣賞止不住笑意的掌櫃以及儘管拚命隱藏笑臉卻依然嘴角上揚的蒂法麗莎，一邊看著拍賣會的第二部分。

雖然也有小玉和娜娜看了會很開心的雕刻和繪畫，但從價格來看似乎別有用心，因此我並未出手。

還是去畫廊或布偶專賣店幫她們挑點好東西吧。

◆

接著來到第三部分。

終於來到競標「祈願戒指」的回合。

不過因為那是壓軸，其他還會展出卷軸和祝福寶珠之類等物品，我也稍微有點興趣。

「──『傳信鴿召喚』的卷軸由三百一十號貴人以金幣二十枚得標！」

由於這種拋棄式卷軸在拍賣會上也只有收藏家、軍隊相關人士或西門子爵那種經營卷軸工房的人會出手，因此價格上不去。

「又是三百一十號呢。」

「將三種死靈魔法系以外的卷軸全都買了下來，他應該是潘德拉剛大人的代理人吧？」

蒂法麗莎真敏銳。

正如她推測的一樣，三百一十號是我聘請的代理人。

我請對方以金幣一千枚當作預算，幫忙標下卷軸和寶珠。

另外，代理人沒有出手的三張死靈魔法卷軸，被在公都開卷軸工房的西門子爵以金幣十枚左右的價格買了下來。

順便一提，那三張卷軸分別是傑利爾先生他們從「樓層之主」身上取得的「下級不死生物創造」，以及鼬商人霍米姆多利展出的「惡靈召喚」與「召喚不死隨從」。

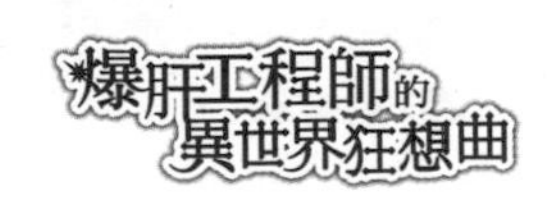

「下一個似乎很受歡迎呢。」
「是那樣嗎？說起空間魔法『物質轉送』，就是轉移小型物體的魔法吧？而且還只能用一次，實在不清楚該怎麼用呢。」
看起來也不像能用來討伐魔物的魔法。
「嗯，的確沒什麼人願意出價呢。」
雖然收藏家追加到金幣十五枚，但在那之後就成了鼬商人霍米姆多利先生和我的代理人之間的一對一競爭。
「那個獸人是沙北商會的會長吧？據說潘德拉剛子爵之前跟他買過卷軸，所以他應該是打算買下來賣給子爵大人吧。」
若真是如此，讓代理人在價格哄抬太多之前收手，或許就能用更低的價格購入；但不管怎麼說，我都無法在這個狀況下跟代理人接觸，或是用空間魔法的「遠話」下達指示。
我抱著一言難盡的心情看著競標，直到代理人以四十五枚金幣將卷軸標下。
看來就算是霍米姆多利先生，也無法保證我會以這個價格買下卷軸吧。
卷軸的部分到此結束，接下來輪到「祝福寶珠」出場。
這顆寶珠是從討伐「樓層之主」掉落的寶箱取得的消耗品，具備暫時讓使用者獲得技能的效果。

「──毒耐性真受歡迎耶。」

「畢竟貴族隨時都存在被毒殺的風險，因此敵人越多的人就越會認真競標。」

掌櫃對蒂法麗莎的感想做出回答。

以最近遭遇兩次暗殺的比斯塔爾公爵為首，好幾名貴族正爭先恐後地出著價。

在這個「毒耐性」之前展出的「麻痺耐性」和「水魔法」寶珠，被我的代理人分別以一百零二枚與一百六十二枚金幣的價格買了下來。

那兩個雖然也十分受歡迎，程度仍遠不及毒耐性寶珠。

而在水魔法之前展出的「光魔法」由於是聖騎士必備的魔法，因此以三百一十九枚金幣的高價售出。

「啊，好像結標了。」

「金幣兩百三十一枚嗎？比預料來得低呢。」

「要是價格繼續攀升，不如購買解毒系魔法道具還比較划算，畢竟還能傳給後代。」

雖然掌櫃這麼說，但「解毒系魔法道具」性能並不優秀，如果是經常被盯上性命的人，應該兩種都想要吧。

「接下來是最後的寶珠！是歷史上首次亮相，至今仍未收到發現報告的夢幻寶珠！」

就算過了很久，主持人的口氣仍然相當激動。

「那就是——」
接著他為了吸引周圍的目光，吊人胃口似的拉長語氣說：
「——高手的證明，也就是『魔刃』的寶珠！」
「「「唔哦哦哦哦哦哦哦哦哦哦！」」」
武人以及熟悉刀劍的貴族男性嘴裡紛紛發出類似慘叫的歡呼聲。
我能理解他們的心情。
「畢竟魔刃很方便嘛。」
可以大幅減少擦拭血跡和保養武器的麻煩。
「不，我認為一定不是那種理由……」
掌櫃表情複雜地小聲說。
『——主人，你現在有空嗎？』
此時亞里沙用空間魔法「遠話」傳來問話。
不對，因為聽到些許吵鬧的聲音，所以是「戰術輪話」。
『歡呼聲大到連場外都聽得見，已經輪到「祈願戒指」了嗎？』
『不是，剛才的是「魔刃」寶珠喔。』
軍務大臣凱爾登侯爵和副大臣波龐伯爵氣勢洶洶地展開競標。

兩人似乎都不會使用魔刃技能。

『下一個就是「祈願戒指」了。』

『那麼就快到了呢。』

『嗯，只差一點點了。』

只差一點就能解除亞里沙和露露的「強制」了。

雖然沒有絕對能解除的把握，但我相信以神的力量，應該足以解除一兩個契約。

『主人，我相信你。』

『主人！我也相信主人！』

露露跟亞里沙異口同聲地說，聽到這些話的夥伴們也接連開口祝我獲得勝利。

『交給我吧，我一定會得標的。』

我立下勝利的誓言，切斷了與亞里沙等人的通話。

那麼，差不多該和小光聯絡了。

◆

「嗚哦哦哦哦哦哦哦哦！這樣老夫也能用魔刃啦啊啊啊啊啊啊啊啊啊啊啊！」

聯絡完小光之後，我聽見軍務大臣凱爾登侯爵的吶喊聲。
他淚流滿面地在貴賓席上握拳擺出勝利姿勢。
肯定是很憧憬魔刃技能吧。
「依照事前情報和至今為止的統計來看，能跟我們一同競標『祈願戒指』的人大約有五到六位。」
蒂法麗莎將名單遞給我。
她一絲不苟地把至今所有的競標價格寫下來並進行統計。
「嗯，正如我所料。」
我這麼說完，隨即發現自己講得不夠完整，於是補充了一句：「蒂法麗莎，感謝妳辦事這麼牢靠。」
此時小型樂團的曲子從雄壯變成了神祕的風格。
老神殿長以及擁有道具箱技能的巴里恩神殿年輕神官從側面走上舞臺。
或許是在警戒竊賊，拍賣會場似乎有五名持有道具箱技能的巴里恩神殿相關人員在負責看守。
「庫羅大人。」
「我們一定要標下來。」

「嗯，那當然。」

我向正注視著我的蒂法麗莎和掌櫃用力點點頭。

「那麼接下來是今天的最後一件拍賣品。由巴里恩神殿展出的神之恩寵。能匯聚奇跡的祕寶！」

主持人一臉陶醉地引領著話題。

夠了，趕快開始吧。

「那就是只有最高位的大祭司和教皇才能使用的祈願魔法。而這就是封印著相同奇跡的『祈願戒指』！」

我品味著焦急的心情，把主持人的話當作耳邊風。

「『祈願戒指』就收在『封龍匣』之中，而且只有巴里恩神殿的神殿長大人才能將匣子打開！」

關於主持人提到的「封龍匣」，我在找掌櫃商量「祈願戒指」遭竊的可能性相關事情時曾聽說過。那是一種如果不清楚正確開啟方式強行撬開的話，內容物將會消失到次元彼方的凶惡保險箱。

「那麼，神殿長大人、神官大人，麻煩你們了。」

神官從道具箱中取出帶有特殊花紋的正方形匣子，接著高舉遞給老神殿長。

老神殿長用長袍的袖子遮住匣子，然後進行某種操作。

「怎麼回事！光芒！光芒溢出來啦啊啊啊啊啊！」

主持人煽動著氣氛。

「多麼耀眼的光芒啊！這就是封入神之奇跡的『祈願戒指』！」

老神殿長向周圍展示戒指。

AR顯示上的名稱也是「祈願戒指」。為了保險起見，先做個標記吧。

此時突然有道黑影從舞臺側面伸向老神殿長手上的戒指。

——是盜賊。

「庫羅大人！」

「我知道。」

我使用時常發動的「理力之手」將盜賊從陰影處拖了出來。

或許是被拖動導致失去平衡，黑影沒能觸及老神殿長，而是撲空撞到地板上消失。

「有賊！快叫警衛！」

在主持人呼叫警衛的期間，老神殿長迅速將「祈願戒指」放進「封龍匣」裡。

那似乎跟「魔法背包」相同，是一種將物品放進亞空間的道具，標記清單上「祈願戒指」的現在位置也變成了地圖不存在的區域。

因為擔心會弄丟，所以我也對「封龍匣」上標記吧。

「讓各位見笑，真是失禮了。——那麼開始競標吧。」

雖然出了些差錯，但似乎還是按照預定展開競標。

「起標為金幣一百枚！」

與主持人的話同一時間，一樓的人紛紛開始出價競標。

不管是誰都只追加了金幣一枚到十枚的幅度。

看來為此而來的人不只我們。

「金幣五百枚！」

在超過三百枚金幣的時候，貴賓席的人也加入了戰局。

以此為契機，不斷有人舉起競標的牌子。

到金幣超過一千枚的那一刻，我也舉起牌子開始出價。

「金幣兩千枚。」

我的話剛說完，會場立刻陷入一陣騷動。

雖然突然翻倍或許有些過頭，似乎正好可以用來趕走那些不入流的人。

「金幣兩千一百枚。」

「金幣兩千兩百枚。」

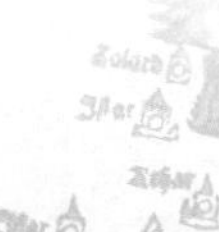

「金幣兩千三百枚。」

「金、金幣兩千三百零一枚。」

不斷有人加入戰局。

仍有不少對手充滿鬥志。

而老牌商會的加價幅度開始縮小，似乎快要出局了。

我也不太喜歡跟人高價競爭，等人數減少一點之後，再以一百為單位喊價吧。

「沒有減少呢。」

「是啊。」

價格已經來到金幣三千九百枚。

此時門口傳來敲門聲。

「我去確認一下。」

蒂法麗莎站起來，前去確認是哪位不識趣的來訪者。

我舉起牌子，宣言了「金幣四千枚」。

「請、請您等一下！」

我因為聽見蒂法麗莎慌張的聲音與毫不客氣走近的腳步聲回頭一看。

闖進房裡的無禮之徒，是剛才跟王太子同行的親信。

「看來王子的部下不明白何謂禮儀啊——金幣四千三百枚。」

「我說你，面對客人竟然東張西望，太無禮了！」

這話輪不到你來說，我將這句吐槽留在心裡，斜眼看著那位親信。

「殿下想得到『祈願戒指』。」

「這樣啊。」

畢竟他從剛剛開始就一直在出價，所以我當然知道。

「——金幣四千六百枚。」

「你、你這混蛋！聽不見我剛才說的話嗎！」

「怎麼？你的主人命令你在拍賣會做些違法的勾當嗎？」

由於親信一副逼人退讓的態度令我很不快，於是我用無法找藉口的方式提問。

如果王太子本人發生了什麼十萬火急的狀況親自來拜託的話倒還好說，否則我可沒打算聽從他這種曖昧的說法，放棄解除亞里沙和露露身上「強制」的機會。

「清廉的殿下怎麼可能下達那種命令！」

「那麼就是你自己獨斷吧——金幣四千八百枚。」

我可不打算幫你這個下僕討好主人。

「回去，我沒空搭理你。」

「你這傢伙！區區平民竟敢愚弄名門伊梅迪恩伯爵家的長子！」

因為那個白癡突然拔劍砍了過來，於是我維持坐著的姿勢用兩根手指夾住劍尖將其奪走，接著在極近距離對他發出「威壓」。

因為我有點不高興，所以並未斟酌「威壓」的下手輕重，親信口吐白沫地倒了下去。

「——金幣五千枚。」

話說回來，競標對手正逐漸減少。

一起競標的比斯塔爾公爵似乎已經放棄。

「庫羅大人，這樣沒問題嗎？」

「不必在意，我只是制伏了拔劍襲來的暴徒而已。」

畢竟我連他的一根手指都沒碰到。

「金幣六千枚。」

「……金幣六千一百枚。」

唉呀，差不多快撐不下去了嗎？

「金幣七千枚。」

畢竟是最後衝刺，我試著以千枚金幣為單位提高價格。

接著往旁邊一看，發現掌櫃的表情顯得憂心忡忡。

「很不安嗎？」

「是的，雖然索多利克殿下是個總以王國為優先、光明磊落的人，但與此同時，他也有絕不放過自己敵人的一面。」

「心胸狹窄的傢伙。」

既然要當國王的話，真希望他能具備強烈的領導魅力將敵人一併納為己用呢。

「……金幣七千一百枚。」

王太子也出了價。

是已經相當勉強了嗎，他的臉色有些陰沉。

畢竟國王姑且不論，一介王子能自由使用的錢應該沒有那麼多。

「那麼，還有其他人要出價嗎？」

主持人開始詢問是否還有人要競標。

「既然是為了越後屋商會，那就沒辦法了——」

「庫羅大人。」

「好不甘心。」

我將雙手放在緊咬下唇的掌櫃與蒂法麗莎的肩膀上。

接著——

『小光，交給妳了。』

「——金幣一萬枚！」

我話一說完，拍賣會場一樓的座位上同時發出了清澈的嗓音。

「什麼！」

我的順風耳技能聽見王子發出驚訝的聲音。

「那麼，還有其他競標者嗎？」

「唔……金幣一萬零一枚！」

或許是沒那麼寬裕了，王子只稍微追加了一點。

「金幣兩萬枚！」

「開、開什麼玩笑啊啊啊啊啊啊！」

小光愉快的出價聲，與王子將身體探出陽臺的吶喊聲重疊在一起。

接著小光抬頭看著陽臺，在發現王子後開朗地揮了揮手。

「光、光圀公爵夫人。為、為什麼您會在那種地方……」

小光大概聽不見王子的喃喃自語。

「這、這個……請問……還有其他競標者嗎？呃……沒有了嗎？」

主持人貌似也很在意王子剛才的吶喊，表情顯得十分困擾。

「那、那麼，由於好像沒有其他競標者，所以我開始倒數了。三……二……一……那個，真的沒有了嗎？」

王子怒瞪著正在察言觀色的主持人。

呃，主持人又沒有錯。

「那、那麼結標！得、得標的是三百二十五號貴人，以金幣兩枚標下『祈願戒指』！」

緊張過頭的主持人漏掉了「萬」這個字。

只見工作人員衝上前去低聲提醒他，於是主持人連忙改口：「失、失禮了。得標金額是金幣兩萬枚。」

『一郎哥，任務完成了喔！』

『小光，謝謝妳。』

『呵呵，難得準備了兩百萬枚金幣，但完全用不到呢。』

『確實呢。』

雖然流程和預料中不一樣，但只要結果沒問題就一切好說。

這是為了防止得知我競標金額的貴族和商人們串通一氣，準備比我的總金額更多的資金與競標牌來對付我，才讓小光在勉強趕上戒指拍賣的時機進場當作保險。

雖然小光可能會有代替越後屋商會被王子討厭的危險性，不過跟我不同，不可能會有親

信去要求小光配合，因此應該沒問題吧。

要是有個萬一，她肯定也會用「王祖大人」之力度過難關。

如果這也行不通，我再設法解決就行了。

「我們走吧。」

「「是，庫羅大人。」」

我無視倒在地上的親信離開貴賓室。

正當穿過大門的時候，背後的燈光突然消失。

「匣子！匣子不見了！」

老神殿長狼狽的聲音響徹漆黑的拍賣會場。

怪盜

「我是佐藤。說起怪盜總會給人一種變裝高手、無論戒備多麼森嚴的地方都能入侵，就連無法解鎖的金庫也能輕易打開的印象。這果然是因為某三世給人的印象太強烈的緣故嗎？」

「是怪盜啊啊啊啊！」

漆黑一片的拍賣會場響起主持人的叫聲。

原以為有人想偷「祈願戒指」的話，會挑選從匣子取出戒指遞交的過程中下手，看來我的預測有些天真。

「——庫羅大人。」

「不必擔心。」

我同時將地圖和標記清單並排顯示出來。

「祈願戒指」仍裝在「封龍匣」裡。

而位置——比預計得還要遠。

已經在拍賣會場外面了。

「——可惡的怪盜。」

跟封龍匣待在同一地點的，是個叫做皮朋的怪盜。

於是我發動空間魔法「眺望」鎖定怪盜皮朋。

這樣你就逃不掉了。

「偷東西的是怪盜嗎？」

「沒錯，我馬上就拿回來。」

對掌櫃說完後，我模仿起勇者隼人那帶有男子氣概的笑容，朝眼神透露出不安的蒂法麗莎露出微笑。

接著用縮地衝出房間，踹破附近的窗戶用天驅飛上天空。

隨後依照地圖上的標記用閃驅縮短距離，同時用肉眼捕捉到了在屋頂間進行瞬間移動的怪盜。

「——是空間魔法嗎？」

我確認起地圖資料，發現怪盜居然有「短距離轉移」這種犯規的先天性技能。假如擁有「道具箱」和「變裝」等適合怪盜的技能，再加上這種天賦的話，從事怪盜行業應該會很輕鬆吧。

「不過，那也到此為止了。」

我用閃驅繞到怪盜皮朋的面前。

「來得還挺快的嘛。」

短距離轉移貌似會消耗體力，怪盜皮朋的氣息有些混亂。

「把偷走的東西還來。」

我朝皮朋伸出手這麼說。

「那就沒辦法了——你以為我會這麼說嗎！」

皮朋說到一半朝我扔出手上的空瓶，同時轉移到地面。

「白費力氣——」

我用閃驅降到地上，穿過掀起的圓形沙塵朝皮朋追去。

皮朋在奔跑的同時，利用轉移穿過平民區小巷子的轉角前進。

或許是技能等級很高吧，皮朋的短距離轉移幾乎沒有冷卻時間。

由於每個轉角相隔的距離太短，閃驅有些不方便，於是我改用縮地追趕皮朋。

雖然在穆諾領對付被魔族附身的朱路拉霍恩時就已經有過不斷使用短距離轉移追趕對手的經驗，但這次不僅地形錯綜複雜，對手還占有地利之便，因此感覺完全不同。

不過，即使如此對手的體力也不是無限的。

追上只是時間的問題。

此時我注意到皮朋消失的巷子裡，掉著一個摔碎的空瓶。

從那略微熟悉的氣味來看，應該是市面上的魔力恢復藥。

皮朋大概是一邊用魔法藥恢復魔力，一邊不斷使用短距離轉移吧。

「唉呀。」

皮朋在轉移前掀翻的障礙物擋住了我的前進路線。

追蹤時在數次中會被成功一次，遭到皮朋事先準備的陷阱或手下妨礙。

雖然並不算特別礙事，但也因此浪費了不少時間。

「——停下來了？」

我有些疑惑地盯著雷達上的光點，然後朝狹窄巷子的盡頭衝了出去。

「市場啊……」

在稍微彎曲的狹窄道路上，充滿了無數攤位以及前來購物的人們，將整條道路擠得水洩不通。

「原來如此，是打算混進人群嗎？」

我巧妙地使用縮地，通過斥候系技能躲在人群裡朝怪盜接近。

堆在攤位後面的木箱陰影處，站著一名正與清純女孩接吻的長髮美男子。

美男子像是在驅趕貓狗般，朝出現在木箱對面的我不耐煩地揮手。

——演技還真不賴。

「那個女人就是搬運贓物的人嗎？」

「你說那什麼莫名其妙的話——」

這男人似乎還想繼續演，那就朝他的腹部輕輕地揍一下吧。

當我往前踏出步伐的同時，皮朋的身影消失了。

雷達上的標記捕捉到轉移到建築物對面的皮朋。

轉眼間，跟皮朋在一起的女人也逃進了人群之中。

要追哪邊好呢——

「這邊交給我！」

上方傳來了小光的聲音。

我抬頭一看，發現小光正好從建築物上跳了下來。

在四周顧客發出慘叫時，我用遠話對小光說：『拜託了！』

「——嘖，居然已經追上來了。」

皮朋扔下變裝面具，身影再度消失。

他似乎又逃到建築物對面。

我用閃驅跳過建築物，並且追上皮朋。

「嘿嘿嘿，真是可惜。戒指我已經交給剛才的女人了。」

「說謊。」

我用一句話打斷皮朋的胡說八道。

畢竟匣子還在皮朋手上，從標記清單來看，戒指仍然處於「地圖不存在的區域」。既然那個女人沒有寶物庫技能跟「魔法背包」，那東西肯定是由皮朋帶著。

「——嘖。」

就在縮地即將逮到他之前，皮朋再度用轉移消失無蹤。

雖然也想過用單位配置的目測轉移來進行追蹤，不過要使用不習慣的目測轉移來對抗他那占據地利且熟門熟路的短距離轉移實在沒什麼勝算，因此只能焦慮萬分地用縮地和閃驅追上去。

而且我也跟亞里沙約好不會濫用單位配置了。

真是說曹操，曹操就到。亞里沙對在追趕皮朋的我發送「戰術輪話」。

『主人！剛剛氣勢洶洶地衝出會場的人是主人和小光吧？』

『嗯，戒指被偷了。現在正在追蹤。』

『咦咦！那不是很糟糕嗎！』

亞里沙驚訝地大叫。

「但是，就連主人親自出手都還沒逮到，對方是什麼人啊？」

「是個名叫皮朋的怪盜。那傢伙正在熟悉地形的平民區用短距離轉移四處逃竄。」

沒有刻印板之類的路標，完全不曉得他究竟是如何在沒有視野的情況下越過建築物進行轉移。

「讓我們也幫忙追捕吧！」

「那就拜託了。這傢伙採用的是沿著平民區繞王都一圈的路線。」

再這樣下去要捉到他會花上不少時間，就借助亞里沙她們的力量吧。

我利用紅繩事件時使用的區域號碼將皮朋的逃跑路線告訴夥伴們。

「ＯＫ，明白了！我們就先繞過去，用張設包圍網的方式等他自投羅網。」

夥伴們紛紛對亞里沙精神飽滿的聲音做出回應。

那麼，我就負責擔任把皮朋趕進夥伴包圍網裡面的獵犬吧。

◆

「——來了。」

「唔喔喔喔喔喔喔喔喔！」

此時蜜雅召喚的水之擬態精靈溫蒂妮從水窪裡冒了出來，擋住皮朋的去路。

雖然我趁著他的注意力被引走的時候伸手碰到了他的衣服，他卻像蜥蜴斷尾一樣拋下上衣消失無蹤。

「姆。」

「謝謝妳，蜜雅。」

「嗯。」

我向蜜雅道謝，並且繼續追趕皮朋。

『這裡禁止通行喲！』

接著見到波奇倚著劍站在巷子的縫隙間，堵住了皮朋的行進路線。

「我沒空跟小鬼玩！」

皮朋把波奇當成小孩般小看直接衝了上去。

波奇見狀揚起嘴角。

「——開玩笑的。」

皮朋在進入波奇的射程範圍之前發動了轉移。

見到目標在眼前消失的波奇顯得很慌張。

「啊哇哇喲！」

「別擔心，交給我吧。」

我摸了摸波奇的頭，朝皮朋追了過去。

『忍忍～？』

「唔哇。這些蜘蛛絲是怎麼回事！」

皮朋在像是木材堆積場的地方，被小玉的忍術給抓住了。

這結局比預料中還要無趣呢。

「別小看我皮朋大人！」

木材被掀翻，皮朋的身影再次消失在木材與煙塵之中。

「喵！不好～？」

我降落在溫柔地擔心起皮朋的小玉身邊，接著把木材收進儲倉。

「金蟬脫殼～？」

現場只有被纏在絲線上的男用襯衫和褲子隨風飄蕩。

逃跑的速度還真快。

「主人，這個～？」

小玉撿起掉在地上的虹色寶珠。

我對這東西有印象。這是怪盜夏露倫想在王城偷走的布萊布洛嘉王國祕寶「龍瞳」。

恐怕是皮朋弄丟的吧，有點在意他究竟打算用這個做什麼。

我對發現它的小玉道謝，並且發出下一個指示。

「幹得好，小玉。不過雖然抱歉，麻煩妳快點移動到下個地點。」

「系系系～？」

我告別用扔手裡劍姿勢敬禮的小玉，繼續朝雷達上代表皮朋的光點追了過去。

『若想通過這裡——』

「唔哇，不妙！」

皮朋不等莉薩把話說完就發動轉移。

他應該是透過本能察覺到自己與莉薩之間有著壓倒性的實力差距吧。

「——我有那麼可怕嗎？」

我對表情有些受傷的莉薩說了句「沒有那回事」，隨即將皮朋趕向露露鎮守在制高點的道路上。

皮朋發出的「噢哇」、「嗚噢」、「從哪裡射擊的！」與「可惡啊啊啊啊！」等慘叫聲從道路對面傳了過來。

畢竟無論轉移多少次，落地點總會有衝擊彈飛到自己腳下，因此我能理解他的心情。

『抱歉，射擊路徑上有小孩子在，因此無法射擊。』

『露露，幼生體由我保護，我這麼告知道。』

娜娜擋在皮朋奔馳的路徑上，也就是孩子們玩耍的空地前方。

「打算危害幼生體的人不可饒恕，我這麼告知道！」

「我才沒那種打算呢！」

皮朋靈活地閃過娜娜釋放的理術「魔法之箭」，並且再度消失。

娜娜射出的魔法箭擊碎了皮朋掉落的魔法藥瓶朝我飛來，於是我揮手將其掃開。

「主人，我保護了幼生體，我這麼報告道。」

「做得好。」

我向一臉得意的娜娜以及鎮守在水塔上的露露揮揮手，接著展開最後的追逐戰。

剛才躲避娜娜的魔法之箭時掉落的魔法藥或許就是最後一瓶，皮朋的魔力所剩無幾。大概再轉移幾次就會用完。

為了追趕消失到建築物對面的皮朋，我用閃驅飛過建築物。

『壓軸登場！別妄想從小亞里沙手中逃脫喔！』

「嘖，魔法師小鬼嗎！」

亞里沙身穿魔法師風格的寬鬆大帽子和長袍，手持前端彎曲的古木法杖等在那裡。她什麼時候買了那種衣服啊？

「將——」

「別以為我會給妳時間詠唱！」

皮朋舉起手臂朝著亞里沙衝了過去。

「——軍了！」

亞里沙釋放出殺傷力較低的魔法「閃火」形成火焰包住皮朋，同時躲在地上水窪裡的溫蒂妮，也發出鏈鋸般的水流牢籠將皮朋困住。

「這點程度的火！」

皮朋揮開火焰大聲喊道，接著瞬間愣住。

「怎、怎麼可能！」

「哼哼，在超絕魔法師小亞里沙面前，可別以為短距離轉移之類的天賦還會有效喔。」

面對驚慌失措的皮朋，亞里沙笨拙地拋起媚眼。

「是阻礙轉移的結界嗎！」

皮朋嘖了一聲，打算強行突破溫蒂妮製作的水牢。

接觸到水牢的皮朋皮開肉綻，血花誇張地噴了出來。

因此嚇了一跳的蜜雅反射性地解開水流牢籠。

「抱歉。」

我對開口道歉的蜜雅說了句「沒關係」。

要問為什麼，因為那邊已經有凶惡的守衛在等著他。

「不許過喲！」

「這邊也禁止通行～？」

「閃開——」

本想強行通過的皮朋掉進了陷阱之中。

「下水道之術～？」

「不愧是小玉喲！」

仔細一看，路邊還放著鐵鏟。

雖然沒看見挖出來的土，但似乎是事前準備很麻煩的忍術。

「那麼，把你偷走的『祈願戒指』還給我們吧？」

無法使用轉移的皮朋，無法從我們手中逃脫。

就跟亞里沙說得一樣，已經將軍了。

「嘖。」

皮朋表情不快地咂了咂舌，把手伸進腰間的袋子拿出「封龍匣」。

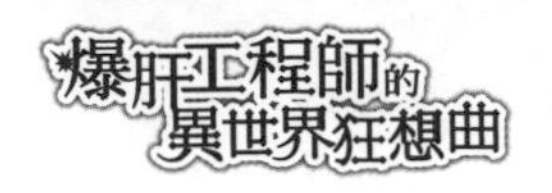

——還挺老實的嘛。

掉在路上的「龍瞳」、想在王城將其偷走的怪盜夏露倫的臉、說明「龍瞳」的小矮妖王子，還有從掌櫃那裡聽到的「封龍匣」相關事情等，有如走馬燈般接連不斷地從我的腦中一閃而逝。

難不成——

「夏露倫！」

皮朋發出吶喊並將匣子扔了出去。

有個女人正從匣子落下的三層樓高公寓窗戶伸出手來，她正是那個本該被小光追捕的清純系美女。

獸娘們紛紛衝向那間公寓。

但在怪盜夏露倫接到手之前，匣子就被比她更加迅速的風給捲了過去。

「接得漂亮！」

是小光。

「漂亮～？」

「非常非常棒喲！」

小玉和波奇發出稱讚，夥伴們的視線也往那裡看了過去。

「把我的願望——」

「到此為止了。」

我從正在小聲呢喃的皮朋手中將「祈願戒指」搶了過來。

「咦咦？戒指怎麼會在那邊！」

亞里沙發出驚訝的聲音。

「你怎麼知道的？」

「靠直覺吧？」

我只是認為皮朋會弄丟「龍瞳」，應該是在打開「封龍匣」的時候。

「波奇隊員、小玉隊員，快把犯人抓起來！」

「捕獲～？」

「逮捕喲！」

待我拿著戒指飛出洞穴後，小玉和波奇跳進洞裡把皮朋五花大綁地束縛起來。

我在拿回戒指時也奪取了他剩下的魔力，因此他應該暫時無法用轉移逃跑了吧。

＞獲得稱號「不屈的追蹤者」。

＞獲得稱號「怪盜的天敵」。

我朝紀錄看了一眼，發現得到了這樣的稱號。

「唉呀，抱歉、抱歉。畢竟跟我認識的王都差太多了，才被她跑掉了好幾次。」

小光拿著匣子降落到地上。

雖然她說得一派輕鬆，語氣依然藏著一抹失落。

大概是在追捕途中想起了以前的王都吧。

「主人，這女孩也要綁起來嗎？」

莉薩將昏倒的怪盜夏露倫夾在腋下回到這裡。

跟中途返回的小玉和波奇不同，她似乎是趁著追逐匣子的氣勢直接抓住了夏露倫。

「嗯，那女孩好像也是怪盜，所以要綁得牢靠點。」

畢竟她在王城被我抓住後，明明應該已經被關進監獄了，卻若無其事地逃了出來。

「對了，我可以問你一件事嗎？」

我向如同搞笑漫畫般被小玉和波奇綑成麻花捲的怪盜皮朋問道。

「幹嘛？」

「你為何要偷戒指？」

「哼！身為怪盜，怎麼可能放過眼前的世紀至寶！」

什麼啊，居然是這種理由嗎？

原以為是有什麼迫切需要「祈願戒指」的理由才問的，看來是我多管閒事了。

「我也能問個問題嗎？為什麼不在拍賣會一開始從匣子裡拿出來時對戒指下手呢？」

「哼，在那種戒備森嚴的時候動手乃是二流。」

聽到小光的問題，怪盜皮朋語氣囂張地說。

「趁對方放心的時候下手才是最容易成功的。」

「明明是個罪犯卻這麼囂張。」

「嗯，判定有罪。」

「唔哇，住手！不要用水噴臉！」

通過蜜雅的指示，溫蒂妮們用水柱噴著皮朋的臉進行懲罰。

那麼，就開始怪盜事件的善後工作吧。

「光囡公爵夫人，還有隊伍『潘德拉剛』的各位，感謝各位協助我逮捕怪盜。」

我向小光和夥伴們道了個對待外人的謝，然後抓起怪盜兩人送往衛兵隊的總部。

雖然覺得在怪盜面前不需要演這齣戲，但由於以庫羅而非佐藤的身分跟夥伴們一起行動有點不自然，為了保險起見我還是刻意這麼做了。

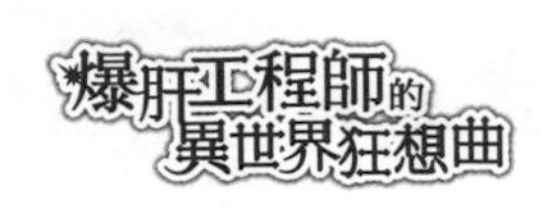

◆

「我回來了。」

把怪盜和「龍瞳」送到衛兵總部，再把裝有戒指的匣子送回拍賣會的會場之後，我向掌櫃和蒂法麗莎說明了狀況。

因為戒指的得標者是小光，所以前往拍賣會場辦理得標手續也是小光的工作。

由於比預料中更花時間，回到王都宅邸時太陽已經下山了。

「歡迎回來」

「**歡回～？**」

蜜雅和小玉一如往常地早一步來迎接我，我在其他孩子的招呼下前往客廳。

「主人，今天的晚餐已經在院子裡準備好了。」

「謝謝妳，露露。」

看來今天似乎也要一邊欣賞夜櫻一邊吃晚餐。

雖然希嘉王國的櫻花花期似乎比日本的吉野櫻更長，不過也差不多快結束了。

「那麼，為了慶祝拍賣會競標成功——乾杯。」

「「「乾杯！」」」

夥伴將我的乾杯聲當作信號舉起杯子相碰。

除了小光以外的人都是無酒精飲料。

「鮭魚皮和希嘉酒挺搭的呢~一郎哥也這麼認為吧？」

「嗯，是啊。」

雖然櫻花鮭的旺季還會持續一段時間，但離開王都之後就沒那麼容易買得到了，所以今天要吃個痛快。

此時腦中雖然浮現了紅酒比希嘉酒更搭的回憶和居酒屋的畫面，但由於忘記那是哪位同事說的話，我便任由印象消失了。

「喵？」

「就算不吃皮，也有很多鮭魚肉喲？」

小玉和波奇要把鮭魚皮當作下酒菜看來還早。

「怎麼啦，小光光？」

「哈哈哈，沒什麼啦。」

聽亞里沙這麼說，我轉頭看著小光，只見她臉上掛著隨時都會哭出來的微妙笑容。

「我不認為沒什麼，我這麼告知道。」

「嗯，擔心。」

娜娜和蜜雅也這樣說，小光仍搖頭說：「真的沒什麼啦。」

「只是覺得，一郎哥真的不是我的一郎哥而已。」

有些喝醉的小光，眼神有點寂寞地看著我。

「每當我說『鮭魚皮和日本酒很搭』的話，他一定會慣例地說出『肯定是紅酒比較搭才對』這句話呢——」

小光那個世界的鈴木一郎心胸似乎挺狹窄的。

我覺得鮭魚皮應該更加寬容才對。

此時亞里沙用手肘頂了我一下，於是我一邊幫小光倒酒，同時隨口說了句：「你們的關係真的很好呢。」

然而旁邊的亞里沙露出一副「還有更好的話可以說吧！」的表情，我卻不明白自己錯在哪裡。我是為了不說些多餘的話讓小光更難受，才會講些無關痛癢的話。

「嗯，關係非常好。」

「是男女朋友嗎？」

「哈哈哈，不是啦。」

聽亞里沙這麼說，小光搖了搖頭。

「雖然我比任何人都更喜歡他，但並沒有成為戀人。」

「沒有告白嗎？」

「當然有嘍。但是，我被拒絕了三次。」

小光像是在緬懷過去般瞇起眼睛說。

「因為對一郎哥來說，我就像他妹妹一樣。」

「主、主人可不行喔，因為已經有我在了。」

或許是因為小光對我暗送秋波，亞里沙連忙張開雙手擋在了我面前。

「姆。」

「亞里沙。」

因為受到蜜雅和露露的抗議，亞里沙又改口說：「是我**們**才對。」

「一郎哥，你現在比較喜歡年紀小的了嗎？」

「怎麼可能，我從以前到現在都喜歡年紀比我大的。」

至於心愛的雅潔小姐，已經比人類的歷史還要長壽了。

「連這方面都一樣呢！」

已經喝醉的小光抱住我。

雖然我很開心她終於露出笑容，但希望她別笑著流淚。

因為感覺安慰的話語毫無意義，我溫柔地撫摸小光的頭髮和後背，直到她停止哭泣。
「好想見你，一郎哥。」——哭累睡著的小光輕聲擠出的戀慕之言刺痛著我的耳朵。

◆

「對不起呢，明明是難得的慶祝宴會。」
睡了一覺、酒精消退的小光愧疚地向大家道歉。
「就說別在意了啦，畢竟不偶爾發洩一下的話會爆炸的嘛。」
亞里沙代表大家說。
「——所以說，這個話題就到此為止！」
亞里沙拍了拍手這麼宣言。
「主人！」
「那麼，就展示一下『祈願戒指』吧。」
我使了個眼色，小光便將「祈願戒指」從無限收納庫拿出來放在桌上。
戒指散發著溫暖的藍光。
「這就是『祈願戒指』……能讓神明實現願望的祕寶……」

露露注視著戒指喃喃自語地說道。

她原本表情一臉陶醉，途中卻露出若有所思的神情。

「……亞里沙。」

露露向亞里沙招了招手，小聲地說起悄悄話。

因為感覺是需要保密的內容，於是我關上「順風耳」技能以防不小心聽到。

亞里沙原先十分驚訝，但在確認完露露的眼神後，變成見證了女兒成長的母親般充滿慈愛和自豪的模樣。

「……主人。」

此時露露和亞里沙向我招招手，於是我湊了過去。

「——真的可以嗎？」

由於悄悄話的內容很令人意外，我忍不住反問起露露和亞里沙。

「是的，我認為那樣比較好。」

「我也贊成露露的意見！」

明明是個沉重的決定，兩人的眼神卻沒有絲毫猶豫。

露露和亞里沙真是溫柔啊。

「既然這樣，就由妳們兩個交給她吧。」

我把「祈願戒指」遞給亞里沙和露露。

兩人收下戒指走到小光面前。

「——咦？」

「這是我和露露的禮物。」

亞里沙和露露把「祈願戒指」放在小光的手上並讓她握住。

察覺到自己手中究竟是什麼的小光驚訝地瞪大眼睛。

「請用吧。」

「咦，但是——」

面對露露催促的話語和眼神，小光顯得非常困擾。

「別在意啦，妳就拿去用吧。」

「我們沒關係的。」

「沒錯、沒錯。就算保持奴隸身分也沒有什麼困擾的事情，而且我們這位作弊級的主人一定會用其他方法幫我們解除『強制』。」

露露和亞里沙朝不知所措的小光點點頭。

在兩人滿臉笑意的勸說下，小光的困惑中混雜著喜悅及對兩人感到抱歉的心情。

「好了，就用它許個能跟心愛之人重逢的願望吧！」

我對眼角泛著淚光、哀求似的看著我小光點點頭。

於是小光雙手緊握戒指抱在胸前。

最後淚水終於潰堤，淚珠滑過小光的臉頰。

「謝謝妳們，亞里沙、露露。還有一郎──」

原想稱呼一郎哥的小光搖了搖頭，像是在訣別一樣改口叫我「佐藤」。

這應該是她明確表示我並非「一郎哥」，而是在異世界相遇的「佐藤」吧。

「我的願望是──」

小光說出願望。

從戒指散發出的耀眼藍光充斥整座王都。

那是猶如包含著神的慈愛的溫暖光芒。

於是──

尾聲

「我是佐藤。雖然有不少結尾出人意料的故事，總覺得大多都是好結局。雖說遊戲會出現比較多壞結局，不過只要認為那是為了讓人體會到真結局的精髓，就不會覺得那麼討厭了吧。」

「那個，結果怎麼樣了？」

等小光使用「祈願戒指」發出的藍光特效消失之後過了一會兒，亞里沙怯生生地向小光提問。

「謝謝妳們，亞里沙、露露。我已經許完願望了。」

小光朝我們低下頭。她似乎許下了「希望能見到自己世界的鈴木一郎」的願望。

「可、可是，什麼也沒發生吧？」

「神明大人已經給出了類似『那個願望馬上就會實現』這種感覺的回答，所以應該沒問題。雖然神明大人挺吝嗇的，但不會說謊。」

小光鬆了一口氣似的說。

縱使覺得狀況跟使用戒指前並無不同，但對小光而言，神明那「馬上就會實現」的保證似乎很重要。

就算是為了小光，我誠懇地祈禱那個「馬上」不是從神明的角度來看。

「這樣啊，那真是太好了呢，小光光。」

「……嗯。」

亞里沙露出帶著母性光輝的微笑祝福小光。

「那麼，為了重逢做準備，必須做個美容才行！」

「美、美容？」

「沒錯！要打造令人刮目相看的美貌，把平行世界的木頭主人迷得神魂顛倒！」

亞里沙用看似昭和風格的廣告用語來煽動小光。

「好了，輪到短時間內提升了罩杯的露露姊姊大人登場了！」

「咦？等等，亞里沙。」

亞里沙把露露也拖下水跟小光一起跳起體操。

「波濤洶湧～？」

「波奇也要變**材身好**喲！」

不知為何，小玉和波奇也跟著氣氛在小光旁邊開始做體操。

「參戰。」

「蜜雅參加的話，我也參加，我這麼告知道。」

「等、等等！娜娜不需要吧！」

「我討厭被排除在外，我這麼主張道。」

「那就沒辦法了。莉薩也一起來吧！」

結果，就連莉薩也被牽連其中，所有夥伴都開始做起體操。

◆

「——嗯？」

當我守望著熱烈做起體操的夥伴們時，有人傳來「遠話」。

『你好，我是佐藤。』

於是我立刻接通。畢竟亞里沙不可能在這種情況下使用「遠話」，所以對方只可能是波爾艾南之森的高等精靈，也就是我心愛的雅潔小姐。

『晚上好。我是雅伊艾莉潔。』

不管什麼時候聽，雅潔小姐的聲音都十分美妙。

『晚上好，雅潔小姐。這邊月亮照耀下的夜櫻很好看喔。』

『夜櫻嗎～這邊的櫻花季已經結束，差不多可以看到杜鵑花了。』

『那還真不錯呢，下次過去的時候一起去賞花吧。』

由於在雅潔小姐通話時突然感覺到視線，於是我往那邊一看，發現小光和亞里沙她們停下體操盯著我看。

「不覺得佐藤的表情傻傻的嗎？」

「那個表情應該是小潔發來遠話了吧。」

「嗯，確定。」

聽到小光這麼說，我不禁伸手摸了摸臉頰。

我的表情有那麼鬆懈嗎？

於是我輕咳幾聲，利用無表情技能掩飾自己的表情。

「小潔？是佐藤的戀人嗎？」

「不是。」

「主人已經向她求婚還被甩了。」

「嗯——對方年紀果然比較大？」

「大概多個一億加兩千歲喔。」

才沒有合體機器人的主題曲那麼多啦。

「一億——難道是高等精靈！」

「嗯。」

雖然小光顯得非常驚訝，但我也不能一直放著雅潔小姐不管便再次開啟通話。

『怎麼了嗎？』

『沒什麼。比起那個，雅潔小姐主動發來遠話還真稀奇呢。』

基本上發出遠話的人都是我，因此說完之後讓我有點擔心是不是波爾艾南之森發生了什麼事。

『愛汀她們請我轉告你，說已經修行完畢希望你來接她們。』

愛汀是娜娜的大姊，大約在一個月前，包括她在內的姊妹們在精靈師父之下展開修行。

『比預期還要快呢。』

『嗯，因為大家都很努力，比亞也對她們讚不絕口喔。』

我跟雅潔小姐約好明天就去迎接，同時依依不捨地切斷遠話。

到了隔天——

「主人，不好意思讓您大老遠地來這裡接我們。」

「不用在意，愛汀。」

以說話流暢的一號愛汀為首，七名姊妹接二連三走到我面前。

雖然從AR來看，她們的等級只提升了一到兩級，但增加的幾個稱號和技能，正表現出她們這一個月的努力。

「各位，妳們都很努力呢。」

「「「是的，主人。」」」

聽到我的稱讚，姊妹們自豪地挺起胸膛。

「是美都！美都也在，我這麼告知道！」

身為小妹的八號維兔驚訝地指著小光說。

隨後姊妹們就像是說好了一樣，同時轉頭看著小光。

這麼說來，姊妹們好像認識小光。

「好久不見，小八子。還有大家。」

「我的名字不叫八子，而是維兔，我這麼告知道！這是主人命名的，我這麼炫耀道！」

除了維兔之外的其他姊妹也一個接一個地對小光說出自己的名字。

「哈哈哈，就算妳們一口氣講給我聽，我也記不住啦。」

小光把不斷逼近的姊妹們推回去。

「妳認識維兔她們嗎，我這麼提問道。」

「沒錯喔，娜娜。我從遺跡醒過來時，小八——小維兔她們也跟約翰一起待在那裡。」

「一起當過女服務生，我這麼告知道。」

「美都經常烤焦料理被罵，我這麼報告道。」

「等、等一下！」

被及肩長髮散亂著的五號風芙說起糗事的小光顯得很慌張。

這個小光似乎也不擅長料理。

「露露小姐！特麗雅已經……特麗雅已經從妮雅大人那裡得到真傳，我這麼告知道！」

「恭喜妳，特麗雅小姐。」

三號特麗雅和露露用雙手互相擊掌。

從廚師精靈妮雅小姐那裡得到真傳雖然不錯，但AR顯示在她身旁的「陷阱師」、「機關大師」跟「連鎖魔術師」等幾個神祕稱號令人有點在意。

她究竟在精靈村落經歷了什麼樣的修行啊？

「佐藤。」

「雅潔小姐。」

本應在世界樹工作的雅潔小姐來到了樹之家。

「姆，佐藤的聲音變尖了。」

「她就是小潔。」

「雖然的確是個美女，但真的是高等精靈嗎？不是人族嗎？」

「妳沒見過嗎？高等精靈和精靈不同，是成年人的外表喔。」

小光和亞里沙說起了悄悄話。

「雅潔小姐，我來介紹一下。這位是我的同鄉，類似青梅竹馬的高杯光子——」

「我叫小光！」

或許是不想被人叫做光子，小光迅速地蓋過自己名字的部分。

「跟勇者大和長得很像呢。」

「是子孫嗎？」

精靈師傅的代表比亞先生和巫女露雅小姐從雅潔小姐身後出現。

「『調停者』比西羅托亞大人和巫女露絲特芙雅大人！」

小光在見到那兩人之後叫了出來。

「好懷念的稱呼呢。難不成，妳是大和本人？」

「是、是的。我現在叫小光。」

看來她們彼此認識。

「當時難得讓您協助我們停止戰爭，我卻沒能維持和平，實在非常抱歉。」

「事情已經過去了，而且那是因為愚蠢之人的干涉加上不幸的偶然所致。」

似乎還發生過不少事。

「勇者大和，在跟雅潔大人問候的途中講別的話很失禮喔。」

「非、非常抱歉，巫女露絲特芙雅大人。」

因為被晾在一旁的雅潔小姐表情有點困惑，所以巫女露雅的語氣有些嚴厲。

於是小光再度看向雅潔小姐做出自我介紹。

「我是佐藤的……不對，平行世界的佐藤的青梅竹馬，名字叫做小光。」

「青梅竹馬小光小姐？我是波爾艾南之森的高等精靈雅伊艾莉潔。請別客氣，叫我雅潔就行了。」

見小光做出「好的，雅潔小姐」這般回應，巫女露雅小姐便語帶嚴厲地說「要叫雅潔大人」訓斥了她。看來小光和巫女露雅小姐以前也發生過不少事。

由於小光待得好像有點不自在，慶祝修行完畢的宴會結束後，我並未留下來過夜，而是直接帶著姊妹們回到王都。

「愛汀妳們今後打算怎麼做？要跟我們一起踏上環遊世界的旅程嗎？」

「不，因為現在仍會拖各位的後腿，我們打算跟娜娜一樣前往迷宮修行。」

大姊愛汀回答亞里沙的提問，姊妹們也同時點了點頭。

不對，好奇心旺盛的維兔和喜歡料理的特麗雅似乎對旅行有興趣。

「這樣啊，那麼必須幫妳們準備迷宮用的裝備才行呢。」

據點有迷宮都市的宅邸和別墅在，應該沒問題吧。

由於我和亞里沙都不在場，就幫她們準備類似連接王都宅邸與祕密基地的那種轉移門，以及通往效率良好的獵場捷徑吧。

「畢竟迷宮都市還有潔娜小姐她們在，等抵達那邊之後，再介紹公會長和熟人給妳們認識吧。」

畢竟在有困難時能依靠的人越多越好嘛。

「主人，我想見蜘蛛助，我這麼告知道。」

維兔用力舉起手說。

她口中的蜘蛛助，指的是維兔操縱過的長腳蜘蛛蟹。

「這樣啊。那就出發吧——」

我們穿過王都宅邸的轉移門前往莉薩她們的修行場，也就是我們的祕密基地。

「蜘蛛助！」

——SHPYEEEEDAR。

維兔和蜘蛛助都很高興能夠再次相見。

「主人，蜘蛛助的樣子有點不同，我這麼指出道。」

「畢竟這個地方的瘴氣比較少，會是這個緣故嗎？」

雖然魔物討厭瘴氣薄弱的場所，被馴服的蜘蛛助卻長時間待在清淨的地方。說不定牠的肉體也因此產生了變化。

「幻獸。」

蜜雅小聲地說。

只要讓魔物直接生活在形成精靈池的源泉附近，就能進化成幻獸嗎？

我持有的資料裡並沒有那種學說，或許是只有精靈才知曉的世界祕密。

祕密基地也大受娜娜姊妹們的好評，我們逗留在王都的這幾天，她們幾乎都待在這裡。

對了、對了，雖然是隔天的事，但我已經知道特麗雅的「機關大師」和「連鎖魔術師」這兩個稱號的含義了。

真沒想到能在現實中見到像陷阱類遊戲的那種連鎖反應。

◆

「號外，號外！」

當我前往越後屋商會的總店途中，路上有人在發號外。

由於跟日本不同，這裡的號外需要收費，於是我用一枚大銅幣買了下來。

「居然已經有報紙了呢。」

「上面寫了什麼？」

小光和亞里沙從我的左右兩側探出頭觀看。

號外的內容是說派遣到比斯塔爾公爵領的叛亂鎮壓軍，已經奪回了第一座都市。

「真希望戰爭能早點結束呢。」

「說得沒錯。」

雖然我透過儲倉和歸還轉移大量運輸比斯塔爾公爵領出產的棉花，從中得到了龐大的利益，但我預計透過投資棉花相關的村落以及整備運輸道路等方式，將那筆錢還給他們。

那些擁有股權的貴族和商人好像有一段時間對我很不滿，但我們透過巧妙的利益分享壓住了他們的不滿。能夠確保他們的獲利，同時不減少越後屋商會的利益，應該是拜掌櫃的優秀商業頭腦所賜吧。

「佐藤先生，這邊、這邊！」

一名少女正站在越後屋商會的門口呼喚著我。

她是被盧莫克王國所召喚，來自其他世界的日本——南日本聯邦的唯・赤崎。

「嗨，好久不見。在買東西嗎？」

「不是啦，因為聽說小葵設計的魔法道具已經上架了，所以才跟達令一起過來看看。」

唯向我介紹她身旁的豐腴少年。

他是唯的未婚夫，也是王都第一富商果庫茲商會的公子哥。根據AR顯示，他好像是現任希嘉國王的庶子。雖然沒有王位繼承權，但還是希望兩人別被捲入奇怪的權力鬥爭之中。

在距離不遠的地方，果庫茲商會的掌櫃兼護衛正守望著兩人。

「哦～在旋轉體上加了線的割草機嗎？還真是做了個有趣的東西呢。」

傳聞中拜旋轉狂札哈德博士為師這點，看來並非浪得虛名。

關於被葵少年尊為師傅的札哈德博士，自從給了他一間位於越後屋商會工廠角落的研究所之後，他便全力分析二重反轉式空力機關，不到半個月就提出了改良方案。

依照設計，預估能將輸出提高兩到三成，成果遠超出我的預期。

由於我、亞里沙和露露三人要上樓協商，便在一樓跟打算購物的夥伴們分開走上樓梯。

「是子爵大人和露露老師！」

紅髮少女妮爾一臉高興地跑了過來。

「嗨，妮爾小姐。今天在總店幫忙嗎？」

「是的！咖啡廳的**鏈鎖店**增加了，所以在總店負責研修。」

似乎是因為覺得可愛就試穿了總店制服，結果直接被叫去櫃檯幫忙。

「店員小姐，能過來一下嗎？」

「好的！馬上過去！」

受到客人呼喚的妮爾跑了過去。

「佐藤先生以前就是子爵大人嗎？」

「不是，在公都見面時我還是名譽士爵。」

我對刻意歪頭表示不解的唯回答。

「從名譽士爵晉升成子爵？怎、怎麼可能！」

唯那名體型豐腴的未婚夫少年驚訝地叫了出來。

「——啊，抱歉。不對，對不起，子爵大人。請您寬恕我的無禮。」

少年立刻就察覺到自己失言，向我低下頭說。

他年紀輕輕卻意外地成熟，看來唯的將來也能一帆風順了。

跟唯她們一起參觀完割草用的魔法道具後，我走上樓跟掌櫃及蒂法麗莎見面。

今天要來提議越後屋商會將在開拓村製作的主力商品。

「這就是番茄嗎？」

「看起來很好吃呢。」

「裡面的果凍部分雖然很看個人喜好，但可是營養滿分的蔬菜喔。」

「這是種植在公都東邊普塔鎮附近的蔬菜，在那邊叫做紅果。」

雖然我在迷宮都市的實驗農場也有種植，但如果想讓番茄料理普及，占地面積依然壓倒性地不足，所以我打算讓這邊也開始耕種。

現在我用魔法打造的第一個開拓村已經住進了第一批開拓民，礦山則是剛開始試挖。我打算一邊透過最初的試營運來找出問題點，一邊增加開拓村以及坑道。

「露露老師，火爐預熱結束了！」

「露露老師，麵皮已經準備好了！」

「謝謝你們。主人，我去教一下披薩的食譜。」

露露在前來呼喚的越後屋商會廚師，以及衣服從制服更換成廚師服的妮爾帶領下前往了廚房。

我打算把披薩和蛋包飯當成咖啡廳的新菜單，藉此來推廣番茄。之後說不定還會開設專賣店。

在等待露露的期間，我跟掌櫃彼此閒話家常，得知希嘉王國境內以及中央各個小國的各種傳聞。

「優沃克王國協助了比斯塔爾公爵領的叛亂軍嗎……」

優沃克王國是侵略了亞里沙的祖國——庫沃克王國的鄰國名稱。

看來，光是將庫沃克王國收入囊中並不能滿足優沃克王國的國王。

雖然我不打算插手人類之間的戰爭，但為了尋找有關對亞里沙和露露施加「強制」的宮廷魔術師的行蹤線索，我考慮去優沃克王國調查一下。

如果能用地圖搜索找到的話會輕鬆許多，但若想得到線索，就必須找到了解優沃克王國的人才。看來，先用閃驅跑一趟似乎比較好。

◆

「庫羅大人，這是拍賣會展示品的銷售額。」

拍賣會後的第三天，當我用庫羅身分來越後屋商會露臉時，她們將堆積在桌子上的金幣袋小山展示在我面前。

這只是拍賣會的部分。先前為了消耗貴族和商人的金幣，出售魔劍及暢銷魔法道具得到的錢則另外計算。

「這些錢全部投資到新的事業上。細節全部交由掌櫃負責，就算用上為拍賣會準備的現金也無妨。」

畢竟這次金額不小，包含不打算影響到王國的貨幣流通量這點，我決定不將金幣存進儲倉而是拿來用。

「庫、庫羅大人！假如不參加王都的擴張計畫，這超過十三萬枚的金幣根本沒地方可使用啊！」

因為我把事情全都拋給掌櫃，讓她發出了狼狽的聲音。

雖然我認為金額並沒有那麼大，但作為單次可運用金額來說或許有點多。

畢竟為了拍賣會準備的三十萬枚金幣中，有二十萬枚是由我自掏腰包，因此早已回收完畢。順便一提，從小光她們那裡收到的錢已經跟著禮物一起還回去了。

「王都的擴張計畫嗎──」

整地和建造城牆只要用我的魔法就──又不是叫人無償勞動，正常建造更能促進就業。

「用來促進王都的就業情況似乎比較好。」

「庫羅大人，要是往那方面投入資金，有很高的機率會導致礦山事業和開拓村事業缺乏所需的人員。」

雖然我認為王都人口比普通都市多出好幾倍應該沒什麼問題，但還是應該尊重最了解現場狀況的蒂法麗莎說的話。

「這樣啊，請原諒我輕浮的發言。」

「不，我才該請您原諒我突然插嘴。」

「這麼說來，聖留伯爵領的迷宮事業似乎也在募資呢。」

「雖然不清楚一介商會是否能夠參與其中，但還是去打聽看看吧。」

在王國會議上有不少貴族都聚集到了聖留伯爵身邊，因此很有可能已經募集到了足夠的資金。

「剩下就是擴張現行事業比較合適吧——」

接著我們三人彼此討論起資金的用途，最後決定採用我的建議，也就是增加希嘉王國和周邊各國的分店，以及在棉織品和絲襪之類的事業與咖啡廳方面追加資金，另外再增設礦山周遭設施。

不過即使如此也只投資了三成左右，除此之外就決定從幹部女孩與外部顧問亞里沙那裡募集主意。希望亞里沙不要想出什麼奇怪的事業。

「增加分店大概需要多久時間？」

「雖然店鋪本身只要一個月就能完成準備——」

「那樣會來不及完成員工訓練。想要培養足以擔任遠處分店店長的人才，最快也要半年才行。」

蒂法麗莎修正了掌櫃的推測。

就我個人而言只是想儘早確保單位配置和歸還轉移的移動場所，但看來比想像中還要花時間。

「庫羅大人，您覺得先將負責確保房屋還有調查當地需求的人員派遣過去，並同時進行教育怎麼樣？」

掌櫃看著陷入沉思的我提出這樣的建議。

只要這麼做，就能達成我想開分店的主要目的。

「是個非常出色的建議。」

我採納掌櫃的建議，並委託蒂法麗莎制定具體計畫。

但平時早該有所行動的她卻直勾勾地盯著某個方向，於是我沿著她的視線看過去——我的手？

看來是因為對掌櫃的提案太過感動，我無意間伸出雙手握住她的手。

或許是太過突然而嚇了一跳，掌櫃的臉頰泛起紅暈。

唉呀，這算是性騷擾吧。

「抱歉，掌櫃。請原諒我。」

「好、好的，庫羅大人。」

唔，希望妳不要一臉珍貴地將握過的手抱在胸前。

因為蒂法麗莎的視線冷淡到快讓我凍僵了。

◆

在離開王都的幾天前，我跟小光及夥伴們一起來到王立學院。

「波奇、小玉！」

「啊，是小弟喲！」

「琪娜也在～？」

似乎有波奇和小玉的朋友在。

「妳們去玩吧。」

「系！」

「耶耶耶喲！」

因為兩人看起來很想出去玩，於是我給出了許可，只見她們以驚人的速度飛奔出去。

原本聽說小弟只有三人，現在卻有大約十人。畢竟她們說就像是朋友一樣，大概是玩在

一起的時候增加的吧。

難得兩人交到了朋友，為了讓她們保持聯絡，之後就定期回來王都吧。

「啊！是波爾艾南的蜜薩娜莉雅！」

抱著看似很重的書指著蜜雅的，是希嘉三十三杖的守櫻人雅典娜小姐。

「吉布克勞德。」

「才、才不是妳想得那樣！這可不是因為聽了妳課程內容的前輩推薦，我才去借來看的！偶、偶然！沒錯！只是偶然在圖書館發現，覺得這本書不錯才借來的！有意見嗎！」

「沒有。」

見雅典娜小姐用傲嬌般的態度說個不停，蜜雅表情認真地搖了搖頭。

「好書。加油。」

「——咦？」

「她說那是本好書，希望妳看完它好好努力。」

因為雅典娜小姐聽不懂蜜雅簡短的鼓勵，亞里沙便翻譯出來轉達給她。

「謝謝——不對！這才不用妳說！雖然之前輸給了妳，但下次見面時贏得勝利的人絕對是我！」

「嗯，期待。」

面對雅典娜小姐氣勢洶洶的宣言，蜜雅一派輕鬆地點了點頭。

我們將因為蜜雅出乎意料的反應顯得不知所措的雅典娜小姐留在原地，為了達成造訪王立學院的目的而離開現場。

「露露老師！娜娜老師！」

葛延先生的女兒雪琳小姐從騎士學校的方向一邊揮手一邊跑了過來。

跟剛認識的時候完全不同，她奔跑的姿勢相當穩定。

在她身後還能見到希嘉八劍海姆先生的身影。他應該是陪著雪琳小姐一起來的吧。因為對上了視線，我便向他點頭致意。

「我合格了！」

「恭喜妳，小雪琳！」

「祝賀妳合格，我這麼告知道。」

雪琳小姐面帶笑容地抱住露露和娜娜。

看來她如願以償地通過了騎士學校的入學考試。

於是我也和夥伴們一起向雪琳小姐表達祝賀之意。

因為在騎士學校可能會經常受傷，我便將用小粒血玉製成的耐力恢復項鍊當作合格禮物送給了她。

此時一名身穿制服的聖騎士朝海姆先生跑了過去。

「——什麼！」

由於海姆先生的聲音比想像中還要大，大家都看了過去。

注意到這件事的海姆先生壓低音量，但還是太遲了。我的順風耳技能已經聽見聖騎士的報告。

「我、我說，發生了什麼事嗎？」

「派去比斯塔爾公爵領的叛亂鎮壓軍似乎被殲滅了。」

我回答亞里沙小聲提出的問題。

希嘉王國西北方的動亂似乎還會繼續。

前往優沃克王國尋找使用「強制」的宮廷魔術師時，可得小心別被捲進去才行呢。

後記

各位好，我是愛七ひろ。

非常感謝各位購買《爆肝工程師的異世界狂想曲》第十八集！

我能夠像這樣不斷累積作品集數，全都是託各位讀者支持的福。接下來我也會努力讓故事變得更加有趣，希望大家今後也能繼續多多支持。

前一集是在八月（註：本文中的銷售情報皆為日本當地的販售狀況），這一集比往常都還要快，只用三個月的時間就發售了。

這三個月也過著非常充實的日子。雖然作為專職作家做了幾個新的嘗試，但是並沒有多麼波瀾萬丈，私生活倒是挺嚴峻的。被心肺復甦後送上救護車這種縮短壽命的經驗，真希望是最後一次了。

那麼，差不多該一如往常地來聊聊本書的重點了。

雖然佐藤與美都兩人終於在上一集重逢，但發現的人只有佐藤，美都並未察覺自己見到了他。

雖然只要重看之前的集數就能明白，佐藤跟美都之間有幾項令人不安的情報。沒錯，跟ＷＥＢ版不同，文庫版的兩人是●●●●的存在，隱藏起來的內容只要看過本書應該就會明白才對。

故事是將美都的這份心意當作起因，以及在拍賣會標下某件物品當作重點展開。雖然拆開來看會發現流程跟ＷＥＢ版並無不同，但由於幾乎全部重新編寫過，因此應該很難找出與ＷＥＢ版相同的地方才對。

同時，跟主線故事看似無關的小插曲也依然存在。

本書是將ＷＥＢ版大受好評的王立學院篇重新撰寫，大幅加筆之後的故事。當然，波奇跟小玉的遠足也一樣！

另外，出現在本書刊頭彩頁的新角色雪琳小姐也跟波奇和小玉一樣活躍。

她的真實身分是前兩集被迫展開艱困戰鬥的葛延先生之女。關於她究竟是抱持什麼想法跟佐藤等人相遇的，還請大家參照本篇。

由於要是說太多，導致劇透的話就不好了，有關本書的重點就差不多聊到這裡吧。

在感謝之前有件事要告訴大家。

雖然大家可能已經藉由官方網站或傳單等方式得知，預計明年春天發售的爆肝工程師第十九集將會出版「附贈廣播劇ＣＤ的特裝版」。

那是以佐藤從王都回到迷宮都市時潔娜帶來的某本書為開端，夥伴們團結一致進行任務的全新短篇為基礎打造的廣播劇。

關於角色配音請靜待官方網站公布。卡麗娜小姐究竟會由誰來飾演，身為作者我也非常期待。

那麼接下來是慣例的謝辭！

由於責任編輯Ａ與責任編輯Ｉ兩位精確的指正和改稿建議，不僅除去了難以理解、冗長與重複的地方，還提升了場面的魅力和臨場感。今後也麻煩兩位繼續指導並鞭策小弟。此外，本書末期才加入的責任編輯Ｓ也透過他的年輕活力為「爆肝」增添了不少色彩。

還有，每次都用出色插畫幫狂想曲世界增添色彩的ｓｈｒｉ老師，我無論怎麼感謝都無法表達謝意。尤其是這集那表現出雪琳心境的刊頭彩頁實在棒極了。

以角川ＢＯＯＫＳ編輯部的各位為首，我想在此向與這本書的出版、通路、銷售、宣傳與跨媒體等各方面的人士獻上感謝。

最後，向各位讀者獻上最大的感謝！
大家願意將本作品閱讀到最後，真的非常感謝！
那麼我們下一集諸國漫遊篇再會吧！

愛七ひろ

邊境的老騎士 1~4 待續

作者：支援BIS　插畫：菊石森生　角色原案：笹井一個

美食史詩的奇幻冒險譚第四幕！
老騎士巴爾特抱著赴死的決心迎戰不死怪物——

巴爾特接下指揮由帕魯薩姆、葛立奧拉及蓋涅利亞三國組成的聯合部隊，前往剿滅魔獸群的命令。這或許是個適合他的使命，不過他必須率領的是一群底細未知的聯軍，他們會願意服從巴爾特的指揮嗎？又是否能與強大的魔獸群對抗呢？

各 **NT$240~280/HK$75~93**

關於我轉生變成史萊姆這檔事 1~14 待續

作者：伏瀨　插畫：みっつばー

利姆路等人將直搗帝都！
超人氣魔物轉生記，高潮迭起的第十四集！

魔國聯邦順利擊退來自東方帝國的九十四萬大軍侵略！而不希望戰爭繼續擴大，利姆路決定直搗大本營帝都！他與成為帝國幹部的優樹合作，打算協助優樹發動政變篡奪皇帝寶座。然而，利姆路將因此被迫見識到與先發部隊完全無法相比的帝國真正實力……！

各 NT$250~320/HK$75~107

賢者大叔的異世界生活日記
9
Kotobuki Yasukiyo
寿安清
Kadokawa Fantastic Novels

國家圖書館出版品預行編目資料

爆肝工程師的異世界狂想曲 / 愛七ひろ作 ; 九十九夜譯 . -- 初版 . -- 臺北市 : 臺灣角川股份有限公司 , 2021.05-
冊 ;　公分 . -- (Kadokawa fantastic novels)
譯自 : デスマーチからはじまる異世界狂想曲
ISBN 978-986-524-408-8(第 17 冊 : 平裝). --
ISBN 978-986-524-884-0(第 18 冊 : 平裝)

861.57　　110003643

Kadokawa
Fantastic
Novels

爆肝工程師的異世界狂想曲 18

（原著名：デスマーチからはじまる異世界狂想曲 18）

2021年10月6日　初版第1刷發行

作　者：愛七ひろ
插　畫：shri
譯　者：九十九夜

發行人：岩崎剛人
總編輯：蔡佩芬
編　輯：彭曉凡
美術設計：李思穎
印　務：李明修（主任）、張加恩（主任）、張凱棋

發行所：台灣角川股份有限公司
地　址：104台北市中山區松江路223號3樓
電　話：（02）2515-3000
傳　真：（02）2515-0033
網　址：www.kadokawa.com.tw
劃撥帳戶：台灣角川股份有限公司
劃撥帳號：19487412
法律顧問：有澤法律事務所
製　版：巨茂科技印刷有限公司
ISBN：978-986-524-884-0